Zwei Dinge bedeuten mir Leben:
die Freiheit und die Frau, die ich liebe.

Voltaire
1694–1778

EMILY

Abschied

»Mom, ich muss mich beeilen, sonst verpasse ich meinen Flug.« Genervt blickte ich auf meine Armbanduhr und sah, wie sich der Sekundenzeiger unnatürlich schnell zu bewegen schien, während in mir das Gefühl aufkam, dass meine Mutter und mein Vater zu Salzsäuren erstarrt waren. Zumindest wäre das eine passende Erklärung, wieso sie wie festgewachsen herumstanden, obwohl sie genau wussten, wie eilig ich es hatte.

»Emmi-Maus. Dräng uns doch nicht so. Wir sind auch nicht mehr die Jüngsten«, konterte mein Vater, während er nun mit dem großen überladenen Gepäckwagen durch die Hallen des Sea-Tac-Flughafens schlich. Ich war mir sicher, wenn ich jeden Koffer und jede Tasche einzeln zum Check-in bringen würde, wäre ich immer noch schneller gewesen als mein Vater mit diesem sperrigen und schlecht zu kontrollierenden Metallwagen.

»Emmi-Schatz, ich habe dir deinen kleinen Reisefernseher eingepackt, damit du dich nicht langweilst.« Meine Mutter klang ehrlich stolz auf ihre Worte und ich musste mir ein genervtes Stöhnen und Augenverdrehen verkneifen.

Ich wusste ja, dass sie es nur gut meinte, aber dachte sie wirklich, dass mir langweilig werden würde? Ein ganzes Semester in Venedig? Allein unter tausend anderen Studenten? In der wohl aufregendsten Stadt Italiens? Nun konnte ich mir ein verstörtes Augenrollen doch nicht mehr verkneifen.

»Ach Mom, das war nicht nötig«, sagte ich bestimmt.

»Ich weiß doch, wie gerne du deine Comicserien guckst«, erwiderte meine Mutter lächelnd, legte mir den Arm um die Hüfte und zog mich an sich, während mein Vater weiter mit dem Gepäckwagen kämpfte.

»Animes, Mom. Keine Comics«, seufzte ich entnervt und fragte mich selbst, wieso ich die Versuche, meiner Mutter den Unterschied zwischen Comics und Mangas zu erklären, nicht endlich aufgab. Meine Bemühungen bei diesem Thema waren ungefähr genauso Erfolg versprechend wie der Versuch, ihr Videostreams, das Internet mit seinen Möglichkeiten im Allgemeinen oder die Relativitätstheorie zu erklären.

»Papperlapapp. Ist doch alles das Gleiche.« Meine Mutter schüttelte den Kopf und die dunkelrot gefärbte Dauerwelle wackelte dabei herum.

»Mom, das ist nicht das Gleiche«, erwiderte ich, bereute es aber sofort. Diesen Kampf konnte ich nicht gewinnen.

»Aber natürlich! Es sind Comicfiguren mit zu großen Augen, die, wenn sie mal weinen, auf der Stelle das ganze Haus fluten.« Meine Mutter setzte ihre strenge Miene auf und ich wand mich mit einem verächtlichen Schnauben ab. Wieso hatte ich noch mal zugestimmt, dass sie mich zum Flughafen bringen durften?

»Ach Emmilein, wir werden dich so vermissen!« Meine Mutter – Magda – legte nun auch den anderen Arm um mich und zog mich in eine feste, liebevolle Umarmung, bis ich keine Luft mehr bekam. »Versprich mir, jeden Tag anzurufen. Und zieh dich warm an! Wegen des Wassers und des Winds ist es dort nicht so warm wie hier in Seattle.«

»Mom, wir haben Mitte März. Venedig ist nicht Alaska. Ich komm schon klar«, versuchte ich meine überbesorgte Mutter zu beschwichtigen, aber sie blickte mich nur mit tränenfeuchten Augen an und ich wusste, dass sie noch nicht überzeugt war. Also legte ich noch eins drauf. »Ich habe die letzten zwanzig Jahre auch irgendwie überlebt. Traust du mir nicht zu, drei weitere Monate durchzuhalten?« Die Frage sollte witzig gemeint sein und die drückende melancholische Stimmung auflockern, aber die dicken Tränen, die meiner Mutter bereits in den Augen standen, waren nun nicht mehr aufzuhalten.

Magda hielt mich auf Armeslänge von sich entfernt und musterte mich eingehend, als würde sie sich mein Äußeres genau einprägen wollen. Dabei hatte sie diesen ganz speziellen Blick drauf, der allen Müttern vorbehalten war, und der jedem – egal in welchem Alter man war – sofort das Gefühl gab, schrecklich undankbar und herzlos zu sein, wenn man es wagte, seinen Eltern zu widersprechen.

»Aber du warst noch nie auf dich allein gestellt, Spätzchen. Dein Vater und ich waren immer in der Nähe – und jetzt …« Meine Mutter zog ein altmodisches Stofftaschentuch aus ihrer Hosentasche, das auch schon bessere Tage gesehen hatte, und putzte sich damit geräuschvoll die Nase. »… jetzt fliegst du nach Europa. Ganz allein. Für drei lange Monate! Du hast doch bisher Washington noch nie verlassen …«

Jetzt fing diese Leier schon wieder an, dachte ich genervt und linste über Moms Schulter auf der Suche nach meinem Dad. Vielleicht hatte ich Glück und er würde mich aus diesem Gespräch befreien.

Mein Blick huschte durch das menschenüberfüllte Gate und ich brauchte einen Moment, bis ich den Kofferberg auf Rädern und wenige Schritte abseits davon meinen Vater fand, der sich gerade angeregt mit einem Flughafenmitarbeiter in einer gelben Warnweste unterhielt. Das war meine Chance! So herzlos ich mich deswegen sicherlich auch später fühlen würde, durfte ich auf keinen Fall mein Flugzeug verpassen.

»Mom! Guck mal, was Dad da wieder macht. Du solltest besser hingehen und ihm helfen, bevor man ihn noch für einen Terroristen hält und verhaftet.« Auch wenn die Wahrscheinlichkeit, dass man meinen Vater mit *El Kaida* in Verbindung brachte, so hoch war wie ein Sechser im Lotto plus Zusatzzahl – und das zwei Mal hintereinander, schien ich doch die Zauberworte gesprochen zu haben, denn meine Mutter hob erschrocken ihr pausbackiges Gesicht und sah ängstlich zu ihrem Mann.

»Oh, Alfred!« Sie wollte sich bereits von mir abwenden und meinem Vater in seiner vermeintlichen Not zur Seite stehen, als ich nach ihren Händen griff und sie noch einmal schnell, aber innig umarmte.

»Ich liebe euch und ich werde euch vermissen.« Ich hauchte meiner Mutter einen Kuss auf die Wange, schenkte ihr ein herzliches Lächeln und schnappte mir meinen Trolley, der neben mir stand. Ich hatte meiner Mutter immer wieder gesagt, dass ich nicht mehr als diesen Koffer benötigen würde, aber sie wollte nicht auf mich hören. Jetzt würde ich doch allein mit diesem Gepäckstück nach Italien reisen!

»Wir lieben dich auch, Spätzchen. Pass auf dich auf!« Meine Mom winkte mir abgelenkt und lief bereits die wenigen Meter zurück zu meinem Vater.

Ich gönnte mir noch einen letzten Blick auf meine liebevollen, manchmal etwas peinlichen, aber wundervollen Eltern. Ja, ich würde sie sehr vermissen, doch wenn ich jetzt nicht endlich zum Check-in kam, würde ich meinen Flug verpassen. Und das könnte ich mir selbst nie verzeihen.

Auf meinem Weg zum Schalter A23 keimte das schlechte Gewissen auf, meine Eltern einfach so mit dem ganzen Gepäck, das sie mir andrehen wollten, allein gelassen zu haben. Aber ich brauchte wirklich nicht mehr als einen Bikini, ein paar Sommerklamotten und meine Flipflops. Dazu meinen E-Book-Reader und den Laptop. Und diese Sachen passten alle problemlos in den kleinen Koffer, den ich jetzt hinter mir herzog, als ich durch die überfüllten Gänge lief. Wenn ich später irgendwann mit meinen Eltern telefonierte, würde ich mich für mein überstürztes Verschwinden entschuldigen.

Ich folgte den Wegweisern, bis ich den Check-in-Schalter A23 fand. Dort hatten sich schon einige Leute versammelt und ich reihte mich mit aufgeregtem Herzklopfen hinter ihnen ein.

In weniger als einer Stunde würde ich meine Eltern, Seattle, ja dem ganzen amerikanischen Kontinent für die nächsten drei Monate entfliehen und völlig neue Menschen mit einer mir bisher unbekannten Kultur kennenlernen. Ich würde lügen, wenn ich behauptete, keine Angst zu haben.

Die Warteschlange bewegte sich nur langsam vorwärts und es dauerte eine gute halbe Stunde, bis ich mein einziges Gepäckstück auf das Gepäckband stellen durfte und meine Check-in-Papiere erhielt.

»Sitz 14E. Fensterplatz«, näselte der adrett gekleidete Mann in Uniform und ich lächelte dankbar. Zum Glück durfte ich bei meinem allerersten Flug am Fenster sitzen und die Aussicht genießen!

Der hilfsbereite Flughafenmitarbeiter erklärte mir kurz, wo ich mein Gate fand und entließ mich dann mit einem perfekt trainierten Lächeln, das ich knapp erwiderte.

Ohne Koffer, dafür mit wachsender Nervosität und Aufregung im Gepäck machte ich mich auf den Weg zu dem genannten Gate, von wo aus ich meinem Auslandsabenteuer ein ganzes Stück näher kommen sollte.

***

Vierzehn Stunden später, inklusive eines Zwischenstopps in Amsterdam, stieg ich aus dem Flugzeug und atmete zum ersten Mal die salzige venezianische Luft ein – die leider gerade zum großen Teil von Kerosingestank überdeckt wurde.

Obwohl ich müde und hungrig war, katastrophale Kopfschmerzen hatte, weil ein kleines Kind auf dem Sitz hinter mir nonstop geweint, geschrien oder gegen meinen Sitz getreten hatte, fühlte ich mich in diesem Moment so frei und glücklich wie nie zuvor in meinem bisherigen Leben.

Ich hatte es wirklich gemacht! Ich war allein nach Europa geflogen. Weil ich es so wollte!

Auf der anderen Seite traf mich die Erkenntnis gerade wie ein Hammerschlag. Denn Angst und Unsicherheit mischten sich umgehend mit euphorischen Glücksgefühlen. Was hatte ich mir eigentlich dabei gedacht? Ich war noch nie so weit von zu Hause weg gewesen. Und dann auch noch völlig allein. Außerdem war mein Italienisch gar nicht so gut, wie ich es mir einbildete.

Die Menschenschlange vor mir setzte sich in Bewegung, um die Gangway hinabzusteigen. Alle wollten vor dem leichten Nieselregen im Flughafengebäude Unterschlupf finden und schoben mich in einem gemächlichen, aber unaufhaltsamen Tempo voran.

Wir hatten den zwölften März und laut Wetterbericht sollten es zehn Grad und Sonnenschein sein. Aber anscheinend hatte das Wetter in Venedig einen ebenso eigensinnigen Humor wie in Seattle und richtete sich nicht nach Prognosen. Zum Glück war meine Jacke einigermaßen wasserabweisend und dank der Kapuze, die ich mir schnell über meine langen blonden Haare stülpte, kam ich halbwegs trocken im Flughafengebäude an.

Kaum hatte ich einen Fuß hineingesetzt, blieb ich mitten im Weg stehen, um mir einen ersten Eindruck von meiner neuen Umgebung zu verschaffen – und wurde prompt von einer Gruppe laut diskutierender Italiener angerempelt. Sie beachteten mich nicht weiter, obwohl ich sie mit einem bösen Blick bedachte.

Schnell ging ich den anderen voranströmenden Reisenden aus dem Weg und suchte mir eine ruhige Ecke, um meinen kräftig pochenden Puls zu besänftigen.

Wieso stellte ich mich eigentlich so an? Immerhin wollte ich es doch so. Ich hätte ja auch das nächste Sommersemester an der Seattle University verbringen können. Gemeinsam mit meinen Kommilitonen, die ich alle nur flüchtig kannte. Ich wäre zwar allein gewesen, weil meine Freundinnen ebenfalls ein Auslandssemester einlegten, aber zumindest wäre ich in meiner vertrauten Umgebung geblieben.

War es ein Fehler gewesen hierherzukommen? Nein! Nach der Trennung von Marc wollte ich einen Tapetenwechsel – und ein Abenteuer. Und beides würde ich diesen Sommer bekommen!

Die kleine stumme Standpauke half mir tatsächlich meinen Herzschlag zu beruhigen. Auch wenn ich die letzten zwanzig Jahre nichts anderes von der Welt außer dem Bundesstaat Washington gesehen hatte, wollte ich nicht, dass es so blieb. Und eigentlich freute ich mich unglaublich auf dieses Semester.

Ich verbuchte die kleine Panikattacke also unter erledigt und schaute mich aufmerksam in meiner neuen Umgebung um. Auch wenn ich mich intensiv mit Italien und Venedig im Speziellen beschäftigt hatte, war ich dennoch überrascht, was ich erblickte.

Der Flughafen Marco Polo ähnelte einer Turnhalle. Er sah aus wie ein großer Betonklotz, der überraschend spärlich ausgestattet und in keinster Weise mit dem Sea-Tac zu vergleichen war. Im Eingangsbereich, in dem sich bereits die anreisenden Gäste stauten, befanden sich ein paar Zollkabinen, vor denen sich Warteschlangen gebildet hatten. Ich stellte mich an einer an.

Es dauerte beinah zwanzig Minuten, bis ich den Zoll passiert hatte – um anschließend planlos und unsicher in der Gegend herumzustehen. Ich schaute mich nach einem Hinweis oder Wegweiser um, als ich ein älteres Ehepaar entdeckte, das mir aus dem Flugzeug bekannt vorkam. Instinktiv folgte ich ihnen und landete Gott sei Dank bei der Gepäckausgabe.

Bis sich das schwarze Rollband in Bewegung setzte und ich unter der Vielzahl von bunten Koffern, Taschen und anderen sperrigen Gepäckstücken meinen Trolley fand, vergingen noch einmal wertvolle Minuten und die Sorge, mein bereits gebuchtes Wassertaxi zu verpassen, schwebte wie eine dunkle Gewitterwolke bedrohlich über mir.

Ich hätte auch einen öffentlichen Wasserbus – ein Vaporetto – nehmen können, aber ich war müde und ausgelaugt und wollte nur noch schnell in mein neues Zuhause. Außerdem war das Taxiticket teuer genug gewesen und ich mochte es nicht einfach verfallen lassen.

Endlich kam mein Trolley in Griffnähe und ich hievte ihn ächzend vom Gepäckband. Mit dem Koffer neben mir fühlte ich mich schon etwas wohler. Egal was jetzt noch passieren sollte, ich hatte zumindest mein Gepäck.

Als ich wieder das ältere Ehepaar entdeckte, das sich ebenfalls mit seinen Habseligkeiten auf den Weg zum Ausgang machte, schloss ich mich den beiden kurzerhand an. Gemeinsam verließen wir den Flughafen und folgten dem ausgewiesenen Weg zu den Taxistegen.

Die Anlegerbrücken waren nummeriert, und als meine Reisegefährten zu einem der vorderen Boote abbogen, versuchte ich ein höfliches Lächeln, um mich zu verabschieden. Mein Taxi stellte sich als das vorletzte in der Reihe heraus.

Sobald ich die schmale Holzbrücke überquert hatte, wurde ich von einem netten Italiener begrüßt, der mich bereits erwartete.

»Ciao, Signorina. Wie war Ihr Flug?«, fragte der Fahrer, als er meinen Koffer in das Boot hievte und mir anschließend beim Einsteigen half. Sein Englisch war nicht perfekt und ich musste mich stark konzentrieren, um ihn zu verstehen, aber ich war froh und dankbar, nicht gleich mit meinem noch ausbaufähigen Italienisch glänzen zu müssen.

»Sehr lang«, gab ich lachend zu, als ich mich auf die vorderste der Holzbänke, die in mehreren Reihen auf dem Boot angebracht waren, setzte. Seine fröhliche und offene Art übertrug sich auf mich und ich spürte, wie sich meine Anspannung langsam legte.

»Waren Sie schon mal in Venedig?«, fragte er neugierig, während weitere Passagiere ins Boot stiegen und er ihnen – ebenso wie mir zuvor – mit dem Gepäck half.

»Nein. Ich bin zum ersten Mal in Europa.« Auch wenn es mir, dank meiner intensiven Recherche vor der Reise so vorkam, als wäre ich schon mehrfach hier gewesen.

»Ah!« Der Fahrer strahlte mich breit grinsend an und entblößte dabei zwei Goldzähne, die ihn jedoch nur noch sympathischer wirken ließen. »Venedig ist eine magische Stadt. Schöne Frauen verlieren hier reihenweise ihre Herzen.« Auch wenn ich seine Augen wegen der dunklen Sonnenbrille nicht erkennen konnte, spürte ich deutlich, dass er mich intensiv musterte. »Früher hat Casanova hier gelebt. Er brachte den Männern bei, wie man Frauen behandeln muss.« Der Fahrer drehte sein Gesicht zur Seite und sah auf das offene Meer, das sich in all seiner Pracht vor uns erstreckte. Im Profil betrachtet sah es aus, als würden auch seine Augen lächeln. Zumindest ließen das die Lachfältchen um Augen und Mundwinkel erahnen. »Ich hoffe, Signorina, Sie werden Venedig genauso lieben, wie ich es bereits seit über fünfzig Jahren tue.«

Vielleicht bildete ich mir das ein, aber mir war so, als hörte ich einen Hauch Melancholie in seiner Stimme.

Der letzte Passagier betrat das Boot und nahm seinen Platz ein, als mich der Taxifahrer wieder ansah und ich seinen durchdringenden Blick spürte.

Mit einem Gefühl von Verlegenheit zwang ich mich zu einem Lächeln, wand dann aber schnell mein Gesicht dem Meer zu und atmete mit geschlossenen Augen den salzigen, frischen Duft der Adria ein. Inzwischen machte mir auch der feine Nieselregen nichts mehr aus, der sich auf mein Gesicht legte.

»Festhalten!«, rief der Fahrer vergnügt über seine Schulter, als er das kleine Motorboot mit Platz für gerade mal zehn Personen startete und losfuhr, um das Festland hinter sich zu lassen.

***

Das Wassertaxi hatte nach fünfundvierzig Minuten den Anlegesteg der Insel Lido erreicht, und als mich eine tiefe, vergnügte Stimme ansprach, schreckte ich aus meinem Dämmerschlaf hoch. Das Schaukeln des Bootes und die frische Meeresluft hatten mich in den Schlaf gelullt.

»Wir sind da, Bellezza, meine Schöne.« Der sympathische Italiener stand vor mir und schenkte mir wieder ein so herzliches Lächeln, dass ich nicht anders konnte, als es unwillkürlich zu erwidern.

Die anderen Passagiere drängten sich bereits an mir vorbei und stiegen plappernd vom Boot, was den Fahrer dazu veranlasste, ihnen zu folgen und mit dem Gepäck zu helfen. Immerhin konnte ich so den Moment nutzen und mir – verschlafen, wie ich war – über mein Gesicht reiben. Da war ich noch keine zwei Stunden in Italien und hatte bereits einen interessanten Teil davon verpasst!

Ich ärgerte mich über mich selbst, erhob mich von meinem Platz und ging ebenfalls zum Bootsausstieg, als mir der Fahrer bereits seine Hand reichte. Dankbar ergriff ich sie, lächelte ihn an und ließ mir aus dem schwankenden Boot helfen.

»Der Lido ist eine schöne Insel. Ich wünsche einen zauberhaften Aufenthalt, Bellezza.« Er stellte meinen Koffer neben mir ab, sprang zurück aufs Deck, winkte mir noch einmal kurz zu und fuhr davon.

Obwohl sich der Mann nicht mehr zu mir umdrehte, sah ich ihm gedankenversunken nach und wartete, bis er aus meinem Blickfeld verschwand. Dann ließ ich den langen feinen Sandstrand, für den der Lido bekannt ist, mit einem zufriedenen Gefühl im Bauch auf mich wirken.

Anfangs hatte ich mich geärgert, dass ich kein Zimmer direkt in Venedig bekommen hatte, aber dafür war meine Reiseplanung zu kurzfristig gewesen – und die Zimmer im Stadtkern waren für meine Verhältnisse unbezahlbar. So musste ich zwar jeden Morgen mit dem Vaporetto fahren, aber dafür hatte ich den Strand vor der Haustür. Jetzt konnte ich nur noch hoffen, dass das Wetter in den nächsten Tagen besser werden würde, damit ich ihn auch mal nutzen konnte.

Ich schnappte mir meinen Koffer und kramte aus meiner Umhängetasche meinen Notizblock hervor, wo ich die Adresse meines Apartments notiert hatte. Meine Vermieterin hatte mir in unserer E-Mail-Korrespondenz eine Wegbeschreibung mitgeschickt, die ich, so gut ich konnte, übersetzt hatte. Nun würde ich erfahren, wie es um meine Italienisch-Kenntnisse wirklich bestellt war.

Neues Zuhause

Das hohe, etwas in die Jahre gekommene Haus von der mitgeschickten Abbildung in den E-Mails zu finden war einfacher gewesen, als ich anfangs befürchtet hatte. Der Lido war eine überschaubare Insel, und wenn man der Straße parallel zum Strand folgte, konnte man sich eigentlich gar nicht verlaufen. Ich hoffte nur, dass der Stadtkern von Venedig ebenso einfach zu durchschauen war.

Mit pochendem Herzen drückte ich auf die Klingel, die sogleich einen schrillen Ton abgab und mich zusammenzucken ließ.

Die Tür wurde aufgerissen und eine ältere gedrungene Frau weit über die sechzig erschien. Sie trug einen roten Jogginganzug aus Frottee, der mindestens eine Nummer zu groß war und an ihrem Körper schlaff herabhing. Sie hatte ihre grauen Haare zu einem Zopf geflochten und ihr Blick wirkte streng. Sofort rutschte mir das Herz in die Hose. Vielleicht war ich doch an der falschen Adresse? Diese Frau hier hatte keinerlei Ähnlichkeit mit der netten Italienerin, mit der ich bisher kommunizieren durfte.

»Scusi, Signora. Ich bin Emily Bishop und suche Signora Catalano.« Ich zwang mich zu einem Lächeln, das hoffentlich höflich und nicht so verängstigt wirkte, wie ich mich fühlte. Aber diese Frau weckte in mir Assoziationen, die ein Nudelholz und dessen Gebrauch beinhalteten – der jedoch nichts mit Kochen zu tun hatte …

»Emily?«, fragte sie argwöhnisch, und als ich mit einem zögerlichen Nicken antwortete, zuckten ihre Mundwinkel und der verärgerte Gesichtsausdruck wich einem mütterlichen Lächeln. So wie sie meinen Namen aussprach, bekam ich das Gefühl, dass sie sich ernsthaft freute, mich zu sehen.

»Komm rein, Bambina.« Ihr Italienisch war schnell und undeutlich. Mit großer Mühe schaffte ich es, sie zu verstehen.

Die Vermieterin winkte mich zu sich ins Haus und ging ein Stück zur Seite, damit ich eintreten konnte. Dann schloss sie hinter mir die Tür.

»Signora Catalano. Ich freue mich sehr, Sie endlich persönlich zu treffen.«

In dem dämmrigen, etwas schäbig aussehenden Hausflur, der nur von einer schwach beleuchteten Deckenlampe erhellt wurde, drückte die kleine Frau mich an ihre Brust, als wäre ich eine verloren geglaubte Tochter. »Emily, Bambina. Was bist du für ein hübsches Mädchen!«

Ich hatte zwar bereits gehört, dass die Italiener sehr herzlich und weltoffen seien, aber das hier überstieg meine kühnsten Fantasien und war mir auch ein wenig unangenehm.

»Danke, Signora.« Unsicher, was ich sagen oder tun sollte, blickte ich die abgewetzte Holztreppe hinauf, die rechts von mir abging. »Ähm, ist da oben das Zimmer?« Ich wollte nicht unhöflich sein, aber die Anstrengung des Flugs und der nagende Jetlag forderten ihren Tribut und ich sehnte mich nur noch nach einer heißen Dusche und meinem Bett.

»Sì! Sì!« Stolz grinste mich Signora Catalano so breit an, dass ich Angst hatte, ihre Mundwinkel könnten einreißen. Dann drehte sie sich um und rief: »Alfredo! Komm her! Begrüß unseren Gast! Und bring den Koffer nach oben!«

»Signora Catalano, das ist nicht nötig. Der Trolley ist nicht schwer. Ich kann ihn selbst hochtragen. Wirklich.«

Aber die kleine Italienerin schüttelte vehement den Kopf. »No! No! Alfredo wird dir helfen, Bambina.«

Ehe ich sie vom Gegenteil überzeugen konnte, kam besagter Alfredo bereits aus der Wohnung, deren Eingang unter der Treppe versteckt war.

Signor Catalano war dem Aussehen nach mindestens achtzig Jahre alt, und so langsam und vorsichtig, wie er auf uns zu schlich, erinnerte er mich ein wenig an einen in die Jahre gekommenen Zombie. Ich hatte ernsthafte Bedenken, wie er die Treppe hochkommen sollte – und das auch ohne den zusätzlichen Ballast meines Gepäcks.

Er war zwar einen Kopf größer als seine Frau, aber immer noch mindestens einen halben kleiner als ich. Und meine Körpergröße war schon eher unterer Durchschnitt. Dazu war er sehr schmächtig und seine helle Haut war von unzähligen Altersflecken übersät. Seine viel zu weite graue Jogginghose und das alte, leicht angegraute Baumwollunterhemd schlackerten an seinem dürren Körper.

»Signora, das ist wirklich sehr nett von Ihnen, aber in Amerika tragen wir unser Gepäck immer selbst.« Okay, das war gelogen, aber ich konnte unter keinen Umständen den armen Mann meinen Koffer hochschleppen lassen.

Doch die kleine gastfreundliche Frau schüttelte erneut den Kopf und bestand darauf.

Ergeben, aber mit einem befangenen Gefühl, folgte ich Signor und Signora Catalano die knarzende Treppe hinauf in den ersten Stock.

»Das ist dein Zimmer, Bambina«, erklärte die Vermieterin in tempogeladenem Italienisch und schloss eine schlichte Holztür mit einem ziemlich altmodisch anmutenden Schlüssel auf, den sie mir anschließend überreichte, als wäre es der Heilige Gral. Mit einem innerlichen Schmunzeln quittierte ich ihre Geste.

»Deine Vorgängerin ist gestern ausgezogen und ich habe etwas geputzt. Handtücher und frische Bettwäsche liegen im Schrank.« Die kleine Frau betrat das Einzimmerapartment und ich folgte ihr.

Signor Catalano verabschiedete sich schnaufend an der Tür, und während ich versuchte seiner Frau zuzuhören, spitzte ich gleichzeitig die Ohren, um mitzubekommen, ob der Herr des Hauses den Abstieg unfallfrei schaffen würde.

»Hier ist das Badezimmer. Und hier die Küchennische. Da gibt es einen kleinen Kühlschrank und eine Kaffeemaschine. Der Herd hat zwei Platten. Töpfe und Gläser sind im Schrank.«

Während meine Vermieterin durch mein neues achtundzwanzig Quadratmeter großes Zuhause ging, versuchte ich weiter ihren Worten zu folgen, nickte immer wieder dazu und gähnte vor mich hin.

»Wenn du was brauchst, Bambina, kannst du einfach nach unten kommen. Für das andere Mädchen haben wir auch immer mitgekocht.« Signora Catalano strahlte mich wieder so herzlich an und drückte mich abermals mütterlich an ihre Brust, dass ich jetzt schon ein schlechtes Gewissen hatte, weil ich ihr nettes Angebot wohl nie annehmen würde – was aber keineswegs an den beiden älteren Herrschaften lag. Ich war ganz einfach nur nicht der Typ, der sich gerne zu fremden Menschen ins Wohnzimmer setzte, um sich zu unterhalten. Und gemeinsame Abendessen mit meinen Vermietern – so nett sie auch schienen – fielen in die gleiche Kategorie.

»Grazie, Signora«, erwiderte ich dennoch höflich und unterdrückte krampfhaft ein Gähnen, das mich erneut überkommen wollte.

»Prego, prego.« Signora Catalano zog mich noch mal an ihre üppige Brust und ich erwiderte ihre Umarmung. Es fiel mir nicht schwer, die ältere Frau umgehend ins Herz zu schließen. Ein wenig erinnerte sie mich sogar an meine eigene Mutter, was vielleicht das Thema »Heimweh« etwas abmildern würde, auch wenn ich bezweifelte, dass dieses Gefühl bei aller Herzlichkeit hier überhaupt aufkommen konnte.

Nach der Umarmung verließ Signora Catalano meine Wohnung und ich schloss die Tür hinter ihr ab.

Eine kurze, aber sehr heiße entspannende Dusche später kramte ich nur die nötigsten Sachen aus meinem Koffer. Ich zog meine Schlafklamotten an und bezog das Bett mit neuer Wäsche, bevor ich mich auf den gemütlichen Futon fallen ließ. Ein letzter Blick auf meine Armbanduhr verriet mir, dass wir inzwischen zwanzig Uhr hatten. Im Kopf rechnete ich schnell nach, wie spät es jetzt in Seattle war. Die Erkenntnis, dass meine Eltern sich wahrscheinlich gerade zum Mittagessen an den Tisch setzten, während ich todmüde ins Bett schlüpfte, entlockte mir einen tiefen Seufzer. Diese Zeitverschiebung würde mir sicher noch die nächsten Tage in den Knochen stecken.

Mit dem Vorsatz, meinen Eltern und meinen Freundinnen am kommenden Morgen eine kurze SMS zu schreiben, dass ich gut angekommen war, glitt ich in einen traumlosen Schlaf.

***

Als ich meine Augen das nächste Mal öffnete, graute der Morgen bereits und ich hatte vielleicht sechs Stunden Schlaf bekommen, aber in Seattle war es jetzt erst neun Uhr abends und ich war somit hellwach. In dem Versuch, noch einmal einzuschlafen, drehte ich mich auf die Seite und schloss die Augen. Aber meine kurze Tiefschlafphase war vorbei.

Ich schlug die Decke zurück, kroch aus dem Bett und tapste barfuß ans Fenster, wo mich eine dicke graue Wand aus Nebel begrüßte. Mit schief gelegtem Kopf linste ich auf den Kanal, der auf dieser Seite des Hauses verlief.

Meine Oma hatte früher immer gesagt, wenn einen der Morgen mit Nebel begrüßt, würde die Sonne zum Frühstück scheinen. Ich konnte nur hoffen, dass sie Recht behielt. Zumindest regnete es nicht mehr. Wenigstens etwas!

Heute war Sonntag. Morgen würde die Einführungswoche für die Erstsemester und Austauschstudenten beginnen. Demnach hatte ich noch einen ganzen Tag, um mir zumindest die wichtigsten Plätze in Venedig anzusehen. Und vorher würde ich mir ein gemütliches Frühstück zubereiten. Es hatte schließlich auch Vorteile, so früh aus dem Bett zu fallen.

Ein Lächeln machte sich auf meinen Lippen breit, als ich das Wohnzimmer verließ und ins Bad ging, um mich fertig zu machen.

Eine Viertelstunde später kam ich mit nassen Haaren und in ein Handtuch gewickelt aus der Dusche, als ich lautes Geschrei aus dem Hausflur hörte. Auch wenn ich kaum etwas verstand, war mir zumindest klar, dass es sich dabei um keine angeregte Diskussion, sondern um einen handfesten Ehestreit meiner Vermieter handeln musste.

Ich wollte nicht lauschen, aber das Geschrei wurde jetzt so laut, dass es nicht zu überhören war.

Ich ging an die Küchennische, um das leckere Frühstück zuzubereiten, auf das ich mich schon so sehr gefreut hatte. Aber kaum hatte ich den Kühlschrank geöffnet, sprang mir gähnende Leere entgegen. Auch die anderen Vorratsschränke enthielten nichts Nahrhaftes.

Seufzend ließ ich mich auf einen Stuhl fallen. Mein Magen knurrte und wies mich darauf hin, dass meine letzte Mahlzeit ein kleiner Snack im Flugzeug gewesen war, der aus ein paar Crackern und einer Cola light bestanden hatte. Na, dann würde ich wohl auswärts frühstücken müssen, auch wenn ein solcher Luxus nicht in mein Budget eingeplant war.

Mit deutlich weniger Elan als zuvor schlich ich zurück zu meinem Bett, wo ich es mir im Schneidersitz bequem machte. Während ich begann meine Haare zu kämmen, durchdachte ich meine Möglichkeiten. Signora Catalano hatte mir angeboten, wenn ich etwas bräuchte, könnte ich mich bei ihr melden. Sicherlich wusste sie, wo ich einen Supermarkt fand, um meine Vorräte aufzufüllen. Aber diese Idee verdrängte ich sofort, als eine Tür so lautstark zugeknallt wurde, dass selbst die Wände hier oben in meinem Zimmer leicht zu vibrieren schienen. Lieber verhungerte ich, als mich jetzt in einen temperamentvollen Familienstreit einzumischen!

Auf der Suche nach einer Frühstücksalternative kramte ich mein Handy aus der Tasche, das bereits unaufhörlich aufleuchtete. Verwirrt starrte ich auf das Display, das einen tanzenden Wecker abbildete. »Historische Stadtführung«, stand dort unter der blinkenden Uhrzeit. Ich brauchte einen Moment, bis mir klar wurde, was ich mit dieser Information anfangen sollte.

Die Università Ca' Foscari di Venezia bot für alle Austauschstudenten eine Stadtführung durch Venedig an, und ich hatte mich dafür angemeldet. Aber wieso hatte ich nicht bereits gestern die Erinnerung erhalten?

Dann fiel es mir siedend heiß ein. Wahrscheinlich war es bereits die Erinnerung, die mir nach amerikanischer Zeit sagte, dass ich in zwölf Stunden auf dem Markusplatz sein musste! Nur dass der Wecker bereits seit eineinhalb Stunden blinkte. Und dank der Zeitverschiebung hatte ich jetzt nur noch neunzig Minuten Zeit, um mich weiter fertig zu machen und auf die Piazza San Marco zu gelangen.

»Blöder Flugmodus«, fluchte ich, als ich vom Bett aufsprang und wie eine Verrückte meinen Koffer aufriss – auf der Suche nach einem passenden Outfit.

Ich hatte völlig vergessen, dass mein Handy durch den geänderten Modus lautlos war und ich somit den verdammten Klingelton nicht hatte hören können.

Tja, so viel zum entspannten Frühstücken. Jetzt musste ich mich beeilen, um überhaupt noch pünktlich zu kommen.

Nach zwanzig Minuten war ich angezogen, hatte mir die Haare geföhnt und mich geschminkt. Mit einem großen Loch im Magen rannte ich hungrig aus der Wohnungstür, schloss mein kleines, aber feines Apartment ab und hastete die Holztreppe nach unten.

Zum Glück waren Signor und Signora Catalano zum Streiten in ihrer Wohnung geblieben. Auch wenn ich ihr Gezänk noch immer deutlich hören konnte, war ich doch froh, ihnen in so einer peinlichen Situation nicht unter die Augen treten zu müssen.

Als ich die Haustür öffnete, empfing mich ein erster wärmender Sonnenstrahl und der Nebel hatte sich tatsächlich etwas gelichtet. Wenn das so weiterging, würde heute vielleicht doch ein schöner Tag werden.

Nach einer kurzen Orientierung wandte ich mich nach rechts und rannte die Straße entlang, wo ich den Steg für die Vaporetti vermutete. Ich ging schnurstracks an der Hauptstraße entlang, folgte den Wegweisern und erreichte nach zwanzig Minuten die richtige Haltestelle. Bestimmt war ich einen riesigen Umweg gegangen, aber zumindest hatte ich mein Ziel erreicht. Für die Zukunft würde ich mir aber einen kürzeren Weg zum Vaporettisteg suchen müssen.

Nach einem Blick auf den Fahrplan an der Anzeigetafel – der mir verriet, dass der nächste Wasserbus erst in zehn Minuten kam – rechnete ich mir keine großen Chancen aus, noch pünktlich auf dem Markusplatz anzukommen. Aber einen Versuch war es allemal wert.

Während ich auf das Vaporetto wartete, hoffte ich, dass dieser chaotische Morgen kein schlechtes Omen für meinen weiteren Aufenthalt war.

Leider wusste ich zu diesem Zeitpunkt noch nicht, dass meine Hoffnungen nie erhört werden sollten.

Signor Pepé

Sobald das Vaporetto den Steg an der Piazza San Marco erreicht hatte, stürmte ich von Deck und rannte auf den Markusplatz zu, der sich bereits mit einer Schar Menschen vor mir präsentierte.

Ich schaute auf mein Handy. Es war genau acht Uhr. Immerhin war ich pünktlich. Mein Blick glitt über die Menschenmassen und ich versuchte aus den diversen Gruppierungen die Führung der Ca' Foscari zu finden, leider ohne Erfolg.

Langsam wurde ich nervös. Hatte ich doch die Zeit oder den Ort verwechselt? Ich öffnete meine Umhängetasche und kramte die Einladung zur Stadtführung heraus, die ich in weiser Voraussicht noch eingesteckt hatte.

Ort und Uhrzeit stimmten, aber ich konnte trotzdem nichts entdecken, was mir einen hilfreichen Tipp gab, wo sich die Gruppe befand oder ob sie bereits weg war.

Zu meinem Unbehagen mischte sich das unaufhörliche Knurren meines Magens, um mich daran zu erinnern, dass er gierig darauf wartete, gefüttert zu werden.

Das Schicksal schien es gut mit mir zu meinen, denn direkt neben mir öffnete ein kleines Café, das Gebäck und Kaffee zum Mitnehmen an einem Fenster zum Verkauf anbot. Ob ich das Risiko eingehen konnte, meine Aufmerksamkeit für einen kurzen Moment auf etwas anderes zu richten als die Suche nach meiner Gruppe?

Mein knurrender Magen hatte bereits den Kampf gewonnen – und ich eilte schnell zu dem kleinen Bistro. Bestellung, Zubereitung und Bezahlung meines Milchkaffees und des kleinen Biscotto dauerten geschlagene zehn Minuten, die ich dazu nutzte, immer wieder einen Blick über den Markusplatz zu werfen.

Mit dem Kaffee und dem Gebäck in der Hand schritt ich langsam über die Piazza, den Zettel mit der Einladung zur Stadtführung in der Hand. Vielleicht würde ich noch jemanden mit so einem Stück Papier entdecken – eine Art Erkennungszeichen unter Gleichgesinnten!

Während mein Blick über die Fassade der Markusbasilika huschte, nippte ich an meinem Milchkaffee. Da rempelte mich auf einmal jemand an der Schulter an. Vor Schreck verschluckte ich mich an dem heißen Getränk. Ich ließ den Pappbecher fallen und hustete los, während ich mir gegen die Brust klopfte und nach Luft rang. Mir schossen die Tränen in die Augen und ich musste mich ganz darauf konzentrieren, trotz des Hustens wieder zu Atem zu kommen.

»Scusi! Mi dispiace! Posso aiutarla?« Eine fremde Hand klopfte mir vorsichtig auf den Rücken, was mir half Sauerstoff in meine Lungen zu befördern. Der Hustenreiz beruhigte sich allmählich und ich schaffte es endlich, die letzten Tränen wegzublinzeln. Dabei wischte ich mir vorsichtig über das Gesicht, um mein Make-up nicht zu verschmieren. Ich war nicht unbedingt eitel, aber Italien war der Inbegriff von Schönheit und Mode, und ich wollte nicht wie eine Vogelscheuche herumlaufen, nur weil ich anscheinend zu doof zum Trinken war.

Als das sanfte Klopfen nicht aufhörte, hob ich meine Hand, um anzudeuten, dass ich okay war. »Danke. Es geht wieder. Vielen Dank für Ihre Hilfe.«, antwortete ich auf Englisch und biss mir sofort auf die Lippe.

Noch während ich fieberhaft überlegte, was das auf Italienisch hieß, traten zwei schwarze Lackschuhe in mein Sichtfeld. Unweigerlich wanderte mein Blick über die Schuhe hinweg hoch zu einer dunkelblauen Jeans – bis zu einem braunen Gürtel und weiter zu einem weißen Hemd, in dem ein gut aussehender Italiener steckte.

Er hatte cappuccinobraune Haut und schwarze Locken, die der Wind ihm ins Gesicht blies. Eine verspiegelte Sonnenbrille thronte auf seinem Kopf und bändigte ein paar Strähnen seines Haars. Seine strahlend grünen Augen wurden umrahmt von wunderschönen dichten Wimpern, für die eine Frau Morde begehen würde. Die obersten Knöpfe seines Hemds waren geöffnet und boten einen Blick auf eine glatte, durchtrainierte Brust. Die Ärmel hatte er bis zu den Ellbogen hochgekrempelt. Über seiner Schulter trug er eine schwarze Lederjacke. Zwangsläufig fragte ich mich, ob ihm bei den eher kühlen zwölf Grad, die für heute angekündigt waren, nicht kalt war.

»Du sprichst Englisch?«, fragte er verwundert und beinah akzentfrei.

Überrascht sah ich den jungen Mann an, der ungefähr Mitte zwanzig war und eine dünne Goldkette um den schlanken Hals trug, die in der Morgensonne glänzte.

Warum mich dieser Mann so in seinen Bann zog, war mir selbst ein Rätsel, aber ich konnte nicht anders, als ihn wohl etwas dümmlich anzustarren.

Offenbar dachte er, dass der mangelnde Sauerstoff meinen Verstand in Mitleidenschaft gezogen hatte, denn mit jeder Sekunde, die ich ihm nicht antwortete, verblasste das Lächeln ein wenig mehr und ein besorgter Ausdruck blitzte in seinem Blick auf.

»Geht es dir wirklich gut? Kannst du mich verstehen?« Er zog die Worte in die Länge und betonte dabei jede Silbe, als wäre ich begriffsstutzig.

»Ja, mir geht's gut. Danke«, erwiderte ich schnell, schüttelte aber schwach den Kopf. Mein Gott, war das peinlich! »Ich … alles bestens«, fügte ich hinzu und musste den Wunsch unterdrücken, meinen Kopf gegen eine Hauswand zu schlagen.

Es entstand ein unangenehmes Schweigen und ich wollte mich bereits mit einem höflichen Lächeln verabschieden und verschwinden, als der Fremde erneut das Wort ergriff.

»Du gehst auf die Ca' Foscari?«

Ich hob überrascht den Kopf und wollte bereits fragen, woher er das wusste, als ich seinem Blick folgte, der auf den Zettel in meiner Hand gerichtet war.

»Ja, ich beginne dort nächste Woche mein Auslandssemester. Und eigentlich sollte sich hier eine Gruppe von Studenten treffen. Für eine Stadtführung. Aber irgendwie …« Ich schaute über den Markusplatz, den inzwischen immer mehr Menschen bevölkerten. »… hab ich Signor Pepé und die Gruppe nicht gefunden. Vielleicht wurde das Treffen abgesagt und ich habe es nur nicht mitbekommen.« Ich zuckte ratlos die Schultern. »Na ja. Es war schön, dich kennenzulernen ...« Wieder sah ich den Fremden an, der mich mit solcher Wärme im Blick anlächelte, dass ich mich sofort wohlfühlte.

»Signor Pepé. Aber du darfst mich gerne Luca nennen.« Der Fremde zwinkerte mir zu und unweigerlich machte mein Herz einen kleinen Hüpfer. Seine Grübchen, die zum Vorschein kamen, als seine Mundwinkel sich zu jenem atemberaubenden, charmanten Lächeln verzogen, waren zum Dahinschmelzen.

»Oh mein Gott, ist das peinlich!« Ein verlegenes Lachen perlte über meine Lippen und ich sah beschämt zur Seite. »In meiner Vorstellung sahst du ganz anders aus.«

»Ach, ja? Wie denn?«, fragte Luca belustigt. Seine Stimme klang tief und umschmeichelnd – und weckte in mir Assoziationen von wärmenden Sonnenstrahlen an einem verschneiten Wintertag.

Ich blickte ihm in seine malachitgrünen Augen. »Na ja, ich weiß nicht. Irgendwie älter. Nicht wie ein ... Student eben. Du bist doch Student, oder? Du siehst jedenfalls so jung aus ... und ...« Ich redete mich um Kopf und Kragen. Das tat ich immer, wenn ich nervös war, und so ungern ich es zugab, dieser Typ machte mich nervös!

Erst als Lucas Mundwinkel sich zu einem noch breiteren Lächeln verzogen und die zwei süßen Grübchen sich vertieften, schaffte ich es endlich, völlig hypnotisiert die Klappe zu halten.

»Flirtest du gerade mit mir?« Luca stellte seine Frage mit einem vergnügten Funkeln in den Augen. Er wirkte keinesfalls verlegen und kein bisschen überrascht. Eher selbstsicher und fast schon etwas überheblich.

Sprachlos sah ich ihn an. Was bildete sich dieser Kerl eigentlich ein?

»Ich mache solche Führungen gerne«, erklärte er. »Da lernt man neue und interessante Leute kennen.« Der Typ besaß tatsächlich die Frechheit, mich noch einmal so verschmitzt anzuzwinkern! »Aber dieses Jahr hat sich niemand außer dir angemeldet. Und dich hätte ich auch beinah verpasst, weil ich zu spät gekommen bin. Tut mir leid.«

Er wirkte ehrlich betrübt. Anscheinend projizierte ich nur meine schlechten Erfahrungen, was gut aussehende, selbstbewusste Männer anging, unbewusst auf ihn. Im Laufe meines noch jungen Dating-Lebens durfte ich nämlich bereits einige Kandidaten kennenlernen, die dachten, mit so einer Show eine Frau zu beeindrucken. Sofort bekam ich ein schlechtes Gewissen. Er schien ja wirklich nett zu sein! Also entschloss ich mich, meine negativen Erfahrungen zu ignorieren. Immerhin ging er auf dieselbe Uni und es wäre angenehm, bereits jemanden zu kennen, wenn ich dort morgen zum ersten Mal auftauchte.

»Ist nicht schlimm«, beteuerte ich schnell. »Und für mich allein lohnt sich die Tour ja gar nicht. Es ist wirklich okay, wenn wir das absagen. Ich kann mich auch selbst ein bisschen umsehen.« Ich kramte ein wenig in meiner Tasche und zauberte einen nagelneuen und extra für dieses Semester angeschafften Reiseführer hervor. »Wie du siehst, bin ich bestens ausgerüstet.« Natürlich war es schade, dass sich sonst niemand angemeldet hatte, aber ich würde diese peinliche Situation zwischen uns nicht noch weiter strapazieren, indem ich auf diese Tour pochte.

Anstatt einer Antwort riss Luca mir den Reiseführer aus der Hand und durchblätterte ihn wie ein Daumenkino.

»Hiermit willst du Venedig erkunden?« Er hielt das Büchlein mit Daumen und Zeigefinger in die Luft, als wäre es eine versiffte Sportsocke. »Das hier ist Schrott. All diese Bücher sind voller Touristenzeug. Aber du bist jetzt eine von uns. Da solltest du auch die richtig coolen Sachen kennen. Angefangen bei dem Kaffee.«

Luca blickte stirnrunzelnd auf den aufgeplatzten Kaffeebecher, der seinen Inhalt in einer großen hellbraunen Lache über den Steinboden ergossen hatte. Ich sah ebenfalls auf meinen ehemaligen Milchkaffee, den ich mir jetzt neu kaufen musste.

»Regel Nummer eins. Den besten Kaffee gibt es nicht in diesen Touri-Cafés am Markusplatz!«

Gespielt überrascht blickte ich Luca an. »Nicht? Dabei war der wirklich lecker.«

»Und völlig überteuert!« Luca schüttelte entrüstet den Kopf und ein paar seiner dunklen Locken fielen ihm ins Gesicht. »Komm, ich zeig dir, wo es wirklich guten Kaffee gibt.«

Unschlüssig trat ich von einem Bein aufs andere. Ich kannte diesen Mann überhaupt nicht. Vielleicht stimmte das, was er hier erzählte, auch gar nicht und es war nur so eine Masche von ihm.

Ich studierte Luca prüfend. Er war wirklich attraktiv – mit seinen grünen Augen und den vollen Lippen. Seine Locken ließen ihn jünger erscheinen, als er wahrscheinlich war. Sein Lächeln war offen.

Seltsamerweise kam mir Marc, mein Exfreund, in den Sinn. Rein äußerlich betrachtet war er das genaue Gegenteil von Luca! Ja, und wollte ich dieses Semester nicht nutzen, um mich abzulenken? War ein Sommerflirt mit einem süßen Italiener nicht genau das richtige Rezept gegen den Kummer einer gescheiterten Beziehung? Ich musste einfach nur aufpassen, dass ich immer schön in der Öffentlichkeit blieb – wo ich im Notfall um Hilfe schreien konnte ...

Luca grinste mich immer noch so fröhlich an, dass ich nicht anders konnte, als sein Lächeln zu erwidern.

»Einverstanden. Dann zeig mir mal, wo sich der beste Kaffee in Venedig versteckt hält.« Lucas Charme war derart ansteckend, dass es unmöglich war, sich dagegen zu wehren.

»Perfetto! Grazie!« Falls es überhaupt noch möglich war, lächelte er nun noch breiter und in seine Augen trat ein freches Funkeln. Seine gute Laune war so einnehmend, dass meine Zweifel von eben sich sofort schmollend in eine einsame dunkle Ecke verzogen, weil ich ihre Protestrufe erfolgreich ignorierte.

»Lass uns gehen, Bellezza.« Luca griff wie selbstverständlich nach meiner Hand, und als sich unsere Finger berührten, spürte ich die angenehme Wärme, die von ihm ausging. Mit einem leisen Lachen versuchte ich seinen großen schnellen Schritten zu folgen, während er mich zielstrebig quer über den Markusplatz zog.

***

Nach wenigen Minuten zu Fuß durch die engen Gassen Venedigs blieben wir vor einem großen Gebäude stehen. Der kurze Weg hierher war so verschlungen, dass ich ihn niemals allein zurückgefunden hätte. Überhaupt hatte ich den Eindruck, dass Venedig das reinste Labyrinth aus engen Gassen, schmalen Straßen und Pfaden war.

Das Bauwerk mit der rote Fassade und den gotischen Säulen, die ebenso antik wie modern und luxuriös aussahen, kam mir irgendwie vertraut vor. Noch bevor Luca mich ins Innere des Gebäudes ziehen konnte, erhaschte ich einen kurzen Blick auf den Namen *Danieli*.

»Wo sind wir hier?«, fragte ich neugierig und folgte Luca, nachdem ich meine Hand aus seiner befreit hatte, durch den imposanten Eingangsbereich, der mich mit seinem opulenten Dekor, bestehend aus Antiquitäten, exquisitem Muranoglas und wunderschönen Wandteppichen fast erschlug.

Gotische Marmorsäulen, dekadent wirkende Wand- und Bodenverzierungen verliehen dem Hotel – ich hatte inzwischen die Rezeption und den Concierge entdeckt – einen exklusiven Stil. Die dunkelroten, schweren Samtvorhänge und die farbenprächtigen Teppiche unterstützten diesen Eindruck.

Ich fühlte mich wie eine Einbrecherin, die sich verbotenerweise in dieses Ehrfurcht gebietende Gebäude geschlichen hatte. »Was machen wir hier?«, flüsterte ich beeindruckt, während ich die Atmosphäre und das Flair auf mich wirken ließ und mich staunend umsah. Erst als Luca nicht antwortete, sah ich mich nach meinem Begleiter um. Dieser hatte bereits die Hälfte der Lobby durchquert.

Mit eingezogenem Kopf und schnellen Schritten versuchte ich ihn einzuholen, als sich mir ein streng blickender Hotelmitarbeiter in den Weg stellte. Ich konnte es ihm nicht verübeln – sicherlich war er eine andere Klientel in diesen Mauern gewohnt.

»Buongiorno, Signorina. Guten Tag! Wie darf ich Ihnen behilflich sein?« Seine Stimme war glatt wie Seide und passte so gar nicht zu den grauen wässrigen Augen, die mich durch eine rahmenlose Brille anstarrten. Seine Hakennase war irgendwie zu groß für sein Gesicht – und das weiße Haar zu voll und zu weiß, um echt zu wirken.

In seinem dunkelgrauen Anzug mit dem roséfarbenen Einstecktuch blickte er mich mit einem verkniffen Lächeln an und gab mir das Gefühl, als wäre ich nicht mehr als eine lästige Küchenschabe und hätte nichts in seinem Hotel verloren.

Noch während ich in meinem irgendwie leeren Kopf nach einer höflichen Antwort auf seine in Italienisch gestellte Frage suchte und dabei zeitgleich meinen Fluchtreflex unterdrückte, kam mir Luca Gott sei Dank zu Hilfe geeilt.

»Sie ist mein Gast, Francesco.« Lucas tiefe Baritonstimme dröhnte erhaben durch die Lobby. So, wie die italienischen Worte aus seinem Mund klangen, verursachte mir ihr Timbre eine Gänsehaut, die ich schnell auf die klimatisierte Luft in dem Hotel schob. Niemals würde ich freiwillig zugeben, dass die gebieterische Autorität in seiner Stimme meinen Körper auf diese Art reagieren ließ.

Der Hotelmitarbeiter drehte sich überrascht um – und zuckte bei Lucas Anblick kaum merklich zusammen. Die Regung war so kurz und unauffällig, dass ich mir gar nicht sicher war, sie überhaupt wahrgenommen zu haben.

»Signor D…«

Luca unterbrach den Concierge höflich, aber bestimmt. »Wir möchten gerne auf der Terrasse frühstücken, Francesco. Haben Sie noch einen freien Tisch?« Luca schob seine Hände in die dunkle Jeans und sah völlig entspannt aus, aber der Angestellte nickte wie ein aufgezogenes Spielzeug und zeigte stumm auf die andere Seite der Lobby, wo das Restaurant des Hauses durch eine lange Milchglaswand abgetrennt war.

Luca drehte sich in die angedeutete Richtung und ging selbstbewusst voraus. Ich schlängelte mich an Francesco vorbei und folgte Luca, jedoch nicht ohne den wachsamen und zugleich erstaunten Blick des Concierge in meinem Rücken zu spüren.

»Was war das denn gerade?«, fragte ich verblüfft, als ich neben Luca durch das Restaurant ging. Wir steuerten auf eine weitere Glastür zu, die uns auf eine von gleißendem Sonnenlicht beschienene Terrasse führte. »Der behandelt dich ja, als wärst du der Bürgermeister oder der Magistrat persönlich.«

Luca lachte leise, als er die Glastür aufzog und auf einen Tisch in einer

Ecke deutete, der in den warmen Sonnenstrahlen zu baden schien. Meine Mutter behielt anscheinend Recht. Das Wetter hier war zwar kühler als in Seattle, dafür aber war die Luft klarer – und im direkten Sonnenschein kamen mir die mageren zwölf Grad auch wesentlich wärmer vor.

»Das bildest du dir nur ein. Francesco kennt mich schon, seit ich ein kleiner Junge war.« Auf meinen fragenden Blick hin sprach Luca weiter, während wir uns auf die gepolsterten Stühle setzten und ich meine Handtasche auf den Boden neben meine Füße stellte. »Meine Mutter hat hier mal gearbeitet und die halbe Belegschaft hat mich aufwachsen sehen. Er war sicherlich nur erstaunt, dass ich es geschafft habe, pünktlich für die Führung bei dir zu sein. Außerdem ist es nicht unüblich, mit den Studenten, die an dieser Führung teilnehmen, hier zu frühstücken.«

Ich blickte Luca immer noch skeptisch an.

»Der Besitzer des Hotels ist ein ehemaliger Student der Ca' Foscari« war seine einzige Erklärung und ich hakte nicht weiter nach. Selbst wenn er lügen sollte, wollte ich mich nicht beschweren. Solange wir keinen Ärger bekamen, würde ich dieses kleine Abenteuer genießen. Immerhin hatte ich mir eines gewünscht, als ich mich für die Uni in Venedig beworben hatte.

Als ein Kellner kam und den Tisch mit einer weißen Tischdecke, edlem Porzellan, silbernem Besteck und einem Blumenbouquet eindeckte, sah ich ihm wie gebannt dabei zu.

»Der ganze Aufwand musste doch nicht sein«, wisperte ich in Lucas Richtung, als der Kellner mir den Rücken zuwandte, um die Speisekarten zu holen. »Wir hätten doch auch drinnen oder ganz woanders frühstücken können.«

»Du wolltest doch den leckersten Kaffee in Venedig, oder? Den bekommst du nun mal hier«, raunte Luca mir leise zu, als würde er mir ein gut gehütetes Geheimnis verraten.

In diesem Moment reichte der Kellner jedem von uns eine in Leder gebundene Speisekarte, deren wertige Haptik so weich und zart war, dass mir einmal mehr deutlich ins Gedächtnis gerufen wurde, wo ich mich hier befand. Doch bevor ich die Möglichkeit hatte, das Innere der Karte zu erforschen, entriss Luca sie mir.

»Zwei Espresso und einmal das große Frühstück für zwei. Grazie.« Ohne mich anzusehen, bestellte er für uns beide und ich wusste nicht, ob ich mich beschweren oder diesen Punkt auf die Mal-sehen-was-noch-passiert-Liste packen sollte. Doch mein Bauchgefühl bestand darauf, diesen Morgen zu genießen, und so ließ ich Luca mit seinem Tun noch einmal davonkommen.

Den Kellner schien sein Gehabe keineswegs zu verwundern. Er nickte nur, sammelte die Mappen wieder ein und verschwand ebenso stumm, wie er zuvor gekommen war.

Ich blickte ihm nach, bis ich mir sicher war, wirklich mit Luca allein zu sein. Dann wandte ich mich wieder Luca zu und beugte mich ihm verschwörerisch entgegen.

»Also … Signor Pepé. Wer bist du wirklich?«

Gefallen

Luca sah mich erstaunt an, sagte aber nichts.

»Du verlangst doch nicht ernsthaft von mir, dir abzukaufen, dass du mit jeder Studentengruppe in ein Luxushotel gehst, um zu frühstücken! Selbst wenn der Besitzer sich mit der Uni verbunden fühlt.« Ich verschränkte meine Arme vor der Brust und betrachtete Luca mit Interesse und Neugier. Hier unter der warmen Frühlingssonne, ganz in der Nähe des Canal Grande und der herumschippernden Motorboote und Gondeln, wurde mir gerade so richtig bewusst, dass ich wirklich in Venedig war und nicht nur einen lebhaften Traum hatte.

»Erstens mache ich diese Führungen nicht allein. Es gibt neben mir noch zwei weitere Studenten, mit denen ich mich abwechsle. Und ja, du hast Recht. Ich gehe tatsächlich nicht mit jeder Gruppe frühstücken. Aber es kommt nicht selten vor. Zudem ist bisher auch noch niemand aus meiner Gruppe fast an seinem Kaffee erstickt, weil ich ihn angerempelt habe. Da ist ein Frühstück als Entschädigung das Mindeste. Außerdem wird es Zeit, dass deine amerikanischen Geschmacksnerven mit etwas richtig Leckerem in Verbindung kommen. Wer immer nur bei *Starbucks* seinen Kaffee trinkt, wird nie erfahren, welche Köstlichkeiten die Welt sonst noch zu bieten hat.«

Luca verschränkte ebenfalls seine Arme vor der Brust und wir betrachteten uns einen Moment schweigend. Niemand wollte dem Blickduell nachgeben, aber je länger wir uns anstarrten, umso weniger konnte ich mein mühsam unterdrücktes Lachen verbergen. Nur Sekunden später hielt ich es nicht mehr aus und prustete los. Zu meiner Erleichterung stimmte Luca amüsiert mit ein.

»Okay, dann behalte dein Geheimnis für dich, Luca Pepé.« Ich zuckte nur mit den Schultern und hakte das Thema ab. Wieso sollte ich die tolle Stimmung mit bohrenden Fragen kaputtmachen? Ein gemeinsames Frühstück war harmlos. Was würde schon passieren?

Noch während wir uns zufrieden zurücklehnten, brachte der Kellner unsere Espressi. Auf der Stelle verging mir das Lachen und ich blickte auf die kleine weiße Porzellantasse und das Glas mit stillem Wasser daneben.

»Was ist? Worauf wartest du?« Luca, der sein Getränk bereits an die Lippen geführt hatte, hielt mitten in der Bewegung inne. »Ist er zu heiß? Oder hast du etwa Angst, dass er dir nicht schmeckt?« In seiner Stimme schwang Erheiterung mit, aber mir war das Lachen vergangen.

Luca traf mit seinen Worten genau meine Befürchtung. Natürlich hatte ich davon gelesen, dass der Espresso in Italien eine Art Nationalgetränk war, aber ich mochte meinen Kaffee nur mit sehr viel aufgeschäumter Milch und löffelweise Zucker. Doch ich wollte mich vor Luca nicht blamieren. Er sollte mich nicht für eine verwöhnte Zicke halten.

Als ich nicht antwortete und weiterhin nur auf die kleine Tasse starrte, als könnte sie mich jeden Moment anspringen, wurde Luca ernst. »Okay, ich verstehe.« Er rutschte ein wenig auf seinem Stuhl umher und beugte sich zu mir vor. »Ich habe einen Vorschlag, Bellezza. Sollte dir der Espresso tatsächlich nicht schmecken – was ich für absolut unmöglich halte –, lade ich dich zur Entschädigung zum Mittagessen ein.«

Ich riss meinen Blick von dem Getränk und sah Luca an, der mich mit einem sanftmütigen Lächeln bedachte. »Wer sagt denn überhaupt, dass ich von dir eingeladen werden möchte?«, konterte ich gespielt desinteressiert und hoffte, dass meine Worte locker und nicht arrogant oder etwa zickig klangen. Aber unter seinem aufmerksamen Blick fiel es mir echt schwer, einen klaren Gedanken zu fassen.

»Wer sagt denn, dass ich die Wette verliere?« Luca hob herausfordernd eine Augenbraue und umgehend begannen meine Mundwinkel zu zucken.

Ich wusste zwar nicht, wie er es anstellte, aber er brachte meine Gedanken zum Rotieren. »Na schön.« Eigentlich fand ich das alles schrecklich albern, aber Luca hatte irgendetwas in mir ausgelöst, so dass ich jetzt unter keinen Umständen kneifen wollte. Etwas verkrampft nahm ich die kleine

Porzellantasse in die Hand und musterte zweifelnd den Inhalt. Sollte ich ihn einfach runterkippen oder erst mal daran nippen, um mich auf den Geschmack vorzubereiten?

»Bellezza sei nicht ängstlich. Vertrau mir. Er wird dir schmecken.« Luca sah mich wieder mit diesem intensiven und gleichzeitig fürsorglichen Blick an. »Er ist heiß, schmeckt dunkel und herb, aber gleichzeitig ist er samtig zart.«

Ich starrte gebannt auf Lucas volle Lippen und wusste einen Moment lang nicht, ob er noch immer von dem Espresso sprach oder ob er das Thema gewechselt hatte, ohne dass ich es mitbekommen hatte. Als er mir mit einem frechen Lächeln zuzwinkerte, spürte ich, wie mir das Blut in die Wangen schoss – und ich betrachtete erneut die kleine Tasse in meiner Hand.

»Wieso nennst du mich eigentlich die ganze Zeit Bellezza«, fragte ich schnell, ohne eine Antwort zu erwarten. Wenn ich nicht aufpasste, würde ich noch ernsthaft seinem Charme verfallen und damit alle Klischees bedienen, vor denen ich mich mein ganzes Leben lang gehütet hatte.

Ich hob die Tasse vorsichtig an die Lippen und roch nun das intensive Aroma. Unwillkürlich schloss ich die Augen. Auch ohne Luca zu sehen, wusste ich, dass sein Blick auf mir ruhte. Wie eine zarte Berührung strich er über mich und verursachte mir eine Gänsehaut.

Meine Lippen öffneten sich fast wie von selbst, ohne dass ich es länger verhindern konnte. Meine Hand neigte die Tasse ein wenig, und meine Zungenspitze empfing das heiße, überraschend cremige und aromatische Getränk.

Der Geschmack war genauso, wie Luca ihn beschrieben hatte. Kräftig und intensiv, aber samtweich. In zwei Zügen hatte ich die Tasse geleert, und erst als ich die Augen wieder öffnete und Luca ansah, wurde mir bewusst, welches Bild ich wohl abgeben musste.

»Tja, dann habe ich wohl gewonnen.« Luca strahlte mich selbstbewusst an und die süßen Grübchen blitzten wieder auf. »Jetzt bist du mir ein Mittagessen schuldig.«

Gerade wollte ich möglichst souverän meine Tasse auf den Tisch stellen, als ich mir den Sinn hinter Lucas Worten vergegenwärtigte. Argwöhnisch hob ich eine Augenbraue und sah ihn ungläubig an. »Wie bitte? Wie kommst du denn darauf? Davon war nie die Rede«, dementierte ich sofort und stellte das feine Porzellan abrupt neben das Wasserglas. Der köstliche Geschmack verwöhnte noch immer meine Sinne und es war viel zu schade, ihn mit Wasser zu neutralisieren.

»Aber du bist mir doch sicher dankbar, dass ich dich von diesem künstlichen Kaffee-Ersatz, den du auf dem Markusplatz gekauft hast, befreit habe, oder? Das muss doch ein Mittagessen wert sein.«

Der Typ hatte echt Nerven! Entweder wollte er auf diese Weise an ein kostenloses Mittagessen kommen – was ich in Anbetracht des Restaurants, in das er mich zum Frühstück eingeladen hatte, nicht glauben konnte –, oder er beabsichtigte, ein weiteres Treffen zu arrangieren und mehr Zeit mit mir zu verbringen. Also entschied ich mich, diese Show noch ein wenig mitzumachen.

Gespielt nachdenklich legte ich meine Stirn in Falten. »Na ja, dankbar … vielleicht schon, aber ob es gleich für ein Mittagessen reicht? Ich weiß ja nicht mal, ob das hier wirklich der beste Espresso war. Um das zu entscheiden, muss ich wohl erst noch ein paar andere probieren. Aber ich denke, mit einem Eis wären wir quitt«, forderte ich ihn heraus.

»Ein Eis?« Luca sah mich erst ungläubig an, aber einen Moment später nickte er und reichte mir über den Tisch hinweg geschäftsmäßig die Hand. »Abgemacht. Du bist wirklich eine harte Verhandlungspartnerin, Bellezza.« Seine Lippen kräuselten sich zu einem feinen Lächeln und ich fragte mich, wann ich das letzte Mal mit einem fremden Menschen so viel Freude gehabt hatte.

Um unseren Deal abzuschließen, schlug ich ein, aber Luca hatte nicht vor, meine Hand sofort wieder freizugeben.

»Dein Glück, dass ich zufälligerweise auch weiß, wo es das beste Eis in Venedig gibt.« Luca zwinkerte mir verschwörerisch zu.

Erneut spürte ich, wie ich rot wurde. Der Umstand, dass dieser fremde Italiener das fertigbrachte, ärgerte mich mehr, als ich zugeben wollte. Ich war keines dieser Mädchen, die sich Hals über Kopf in einen gut aussehenden Kerl verschossen, nur weil er so schöne große Augen hatte und wusste, wie er eine Frau zu behandeln hatte.

Ehe ich antworten konnte, kam der Kellner und brachte unser Frühstück, das aus Croissants, Brötchen, verschiedenen Aufschnitten, süßen Aufstrichen, Kaffee und frisch gepresstem Orangensaft bestand.

»Guten Appetit, Bellina, meine Hübsche.«

»Wie viele Spitznamen hast du eigentlich noch so für mich auf Lager?« Ich griff nach einem Brötchen und begann die Füllung heraus zu zupfen. Eine schlechte Angewohnheit, der ich nachgab, wenn ich nervös war, was ich wiederum nur ungern zugab.

»Na ja, du hast mir bisher deinen Namen noch nicht verraten, und ich finde Bellina passt zu dir, meine Schöne.«

Irgendetwas in mir regte sich. Ein Gedanke, der mit aller Macht an die Oberfläche wollte, aber von den Gefühlen, die seine Worte in mir auslösten, verdrängt wurde. Da ich ihn nicht zu fassen bekam, gab ich die Versuche auf und konzentrierte mich wieder auf mein Gegenüber. »Tja, Signor Pepé, dann haben wir beide wohl unsere Geheimnisse«, erwiderte ich und musste lächeln. Luca quittierte es mit einem überraschten, aber anerkennenden Blick.

***

Nach dem Frühstück, das ausgesprochen köstlich war, rief Luca den Kellner, um zu zahlen. Er kam mit einem ernsten Gesichtsausdruck zu uns. Sie wechselten einige wenige Worte, die so leise und schnell gesprochen wurden, dass ich sie nicht verstehen konnte.

Damit Luca nicht dachte, ich würde lauschen, schaute ich höchst interessiert auf einen Marienkäfer, der auf unserer Tischdecke umherwanderte. Aus den Augenwinkeln bemerkte ich, wie Luca nur eine schnelle Unterschrift auf dem Zahlbeleg hinterließ und dann geräuschvoll seinen Stuhl nach hinten schob.

»Komm, Bellina. Du hast eine Stadtführung durch Venedig gebucht, und die sollst du auch bekommen.« Er umrundete den Tisch und kam auf mich zu, während er mir auffordernd seine Hand reichte.

Noch unentschlossen, ob ich zugreifen sollte, sah ich Luca an. Ich wusste, dass dieser Mann mir den Kopf verdrehen würde, wenn ich nicht achtgab. Aber war ein Flirt nicht genau das, was ich jetzt brauchte? Wollte ich nicht in diesem Sommer all meine Probleme in Seattle vergessen? Und Luca sah nicht wie ein Serienkiller aus!

Kurz entschlossen legte ich meine Hand in Lucas. Mit einer schwungvollen Bewegung zog er mich hoch, und ehe ich mich's versah, standen wir nur wenige Zentimeter voneinander entfernt. Ich blickte direkt in seine malachitgrünen Augen, die mich mit einem intensiven Funkeln musterten. Seine Lippen waren nur einen winzigen Spalt geöffnet und sein warmer Atem strich sanft über meine Haut.

Nur wenige Sekunden lang sahen wir uns tief in die Augen, unfähig etwas zu sagen. Dann räusperte sich jemand hinter uns und wir stoben erschrocken auseinander.

Der ernst dreinblickende Kellner stand im Türrahmen, ein leeres Tablett in der Hand. Sicherlich wollte er den Tisch abräumen.

Dankbar für die Unterbrechung drehte ich mich zu meinem Platz um und griff nach meiner Tasche. Ich nutzte den Moment, um durchzuatmen und mir innerlich eine ordentliche Ohrfeige zu geben. Wie konnte ich mich nur so gehenlassen? Als ich mich Luca erneut zuwandte, sah er so unbeschwert und locker aus, als wäre nichts geschehen. Hatte ich mir diesen besonderen Moment zwischen uns gerade nur eingebildet?

»Sollen wir?« Luca hatte seine Hände in den Hosentaschen vergraben, als wollte er jeden Körperkontakt zu mir vermeiden. Ich war ihm für diese Geste dankbar. Doch ein winziger Teil von mir hätte gerne wieder seine Hand gehalten.

Ich nickte, hängte mir meine Tasche über die Schulter und folgte Luca mit immer noch glühenden Wangen aus dem Hotel.

Als wir an dem Concierge vorbeigingen, glaubte ich wahrzunehmen, dass seine Augen mich wütend anfunkelten, aber als ich einen zweiten Blick riskierte, sah Francesco genauso professionell, emotionslos und leicht pikiert aus wie bei unserer ersten Begegnung. Mit einem Kopfschütteln ermahnte ich mich selbst, nicht so paranoid zu sein.

***

»Das war wirklich sehr schön«, gab ich leise zu, als wir am Ufer des Canal Grande entlang spazierten und die wärmenden Sonnenstrahlen genossen, die sich auf dem Wasser brachen und das sumpfige, trübe Grün etwas aufhellten.

»Ja, das finde ich auch«, stimmte Luca zu und zog seine Hand aus der Hosentasche. Einen Augenblick lang dachte ich, er würde nach meiner Hand greifen, aber er ließ sie nur lässig neben dem Körper baumeln. Ich ärgerte mich maßlos über den Funken Hoffnung, der in mir aufgekeimt war!

Wir spazierten eine Zeit lang stumm nebeneinanderher, während ich mich fragte, was mir Luca eigentlich als Erstes zeigen wollte. Als wir eine schmale, menschenleere Gasse durchquerten, griff er doch noch nach meiner Hand, ohne mich dabei anzusehen oder etwas zu sagen.

Ich blickte ihn an und überlegte, ob ich sie zurückziehen sollte, entschied mich jedoch dagegen. Was war schon so schlimm daran, wenn ich mit einem gut aussehenden Mann Händchen hielt? Immerhin war ich wieder Single und somit niemandem Rechenschaft schuldig. Und das aufgeregte Kribbeln in meinem Bauch bestätigte irgendwie meine Entscheidung.

Die Gasse mündete auf einen überfüllten Marktplatz, den mir Luca als Rialtomarkt vorstellte. »An jedem Tag außer sonntags ist hier ein toller Markt mit frischem Obst und Fisch«, sagte er. Aber offenbar war hier auch sonntags viel los, wenn die Sonne so angenehm schien.

Wir ließen uns vom Strom der Leute treiben, bis wir an der Rialtobrücke ankamen. Luca versprach, dass wir am anderen Ende der Brücke das beste Eis in Venedig bekommen würden, wo ich dann meine Schulden einlösen dürfte.

»... und nach diesem Semester hier, habe ich nur noch zwei vor mir. Dann bin ich fertig«, erzählte ich gerade, als mir auffiel, wie Luca immer wieder verstohlene Blicke über seine Schulter warf. »Was ist los, Luca? Werden wir verfolgt?« Ich lachte und schaute ihn fragend an. Tatsächlich wirkte er irgendwie angespannt.

»Was?«, antwortete er abgelenkt und sah mich endlich an. Als er meinen fragenden Gesichtsausdruck bemerkte, stimmte er – etwas zu spät und etwas zu künstlich – in mein Lachen ein und schüttelte den Kopf.

»Nein, Bellina. Ich dachte nur, ich hätte jemand Bekanntes gesehen.«

Bildete ich mir nur ein, dass seine Hand plötzlich schweißfeucht war? Er hatte auch den Druck an meiner Hand verstärkt. Automatisch blickte auch ich über die Schulter, konnte aber außer einer Menge Leute, die sich unauffällig über die Brücke bewegten, nichts erkennen.

Um das beklemmende Gefühl, das sich langsam zwischen Luca und mich schlich, zu vertreiben, nahm ich den Faden unseres unterbrochenen Gesprächs wieder auf. »Nachdem ich dir von meinem Studium in Amerika erzählt habe, bist du jetzt dran. Was kannst du mir über die Ca' Foscari erzählen? Immerhin fängt morgen die Einführungswoche an.« Als Luca nicht sofort antwortete, drückte ich seine Hand, um mir seine Aufmerksamkeit zurückzufordern. »Welchen Studiengang belegst du eigentlich? Vielleicht haben wir ja ein paar Kurse zusammen.« Es sollte nicht so hoffnungsvoll erscheinen, wie es gerade in meinen Ohren klang, aber Luca war mir mehr als sympathisch.

Doch statt einer Antwort blickte er erneut über seine Schulter und drehte sich dann ruckartig zum Rand der Brücke, während er mich unsanft hinter sich herzog. Mit einer schnellen Drehung beförderte er mich mit dem Rücken gegen die Brüstung der Brücke. Er selbst stellte sich vor mich und presste sein Becken gegen meins, als wollte er verhindern, dass ich wegrannte.

Ein unsicheres Lachen entfloh meinem Mund, als Luca seine Sonnenbrille aus den Haaren zog und sie aufsetzte. Nun konnte ich statt seiner schönen Augen meine leicht panische Miene erkennen. Meine Haare wehten mir ins Gesicht und ich schüttelte den Kopf, um es von den störenden, langen blonden Zotteln zu befreien. Als das nicht half, hob ich meine linke Hand, um die restlichen Strähnen wegzustreichen. Meine rechte war noch immer mit Lucas Hand verschränkt.

»Was ist los, Luca?« Mein Lachen klang zu hoch, um echt zu wirken, und ein leicht ängstlicher Ton mischte sich in meine Stimme.

»Bitte, Bellina, du musst mir einen Gefallen tun!« Lucas Stimme war drängend und flehend, und auch wenn ich seine Augen nicht sehen konnte, war mir bewusst, wie ernst seine Stimmung plötzlich war.

»Okay. Was ... soll ich tun?« Mein Argwohn war nicht zu überhören.

»Küss mich, als wären wir ein verliebtes Paar.« Bevor ich auf seine Worte antworten oder sonst irgendwie reagieren konnte, senkte Luca bereits seine Lippen auf meine.

Geständnis

Im ersten Moment war ich völlig überrascht und unfähig zu handeln. Ich kannte Luca nicht näher, aber seine Lippen waren so weich und warm wie in meiner Vorstellung und sein Duft nach einem herben Aftershave und frischer Minze drang in meine Nase und benebelte meine Sinne. Sein Herzschlag pochte an meiner Brust und ich schloss automatisch die Augen, um mich ganz dem Kuss hinzugeben.

Sein Atem, noch von dem Espresso behaftet, den er nach dem Frühstück als Abschluss genossen hatte, streifte mich, während Luca seine freie Hand in meinen Nacken legte, um mich noch fester an sich zu ziehen. Ich klammerte mich an ihn, ergab mich ganz dem Moment, der so unerwartet und doch so willkommen war.

Luca stöhnte leise – oder hatte ich mir das nur eingebildet?

Meine Knie wurden weich, aber das Brückengeländer in meinem Rücken hielt mich aufrecht. Mein Herzschlag beschleunigte sich und mein Körper reagierte mit einem wohligen Schauer. Ich wusste nichts von diesem Mann, aber genau das machte den Moment und den Kuss so reizvoll. Wahrscheinlich war er nicht einmal Student an der Ca' Foscari und vielleicht würde ich ihn niemals wiedersehen, aber dafür würde mir diese Erinnerung bleiben.

Er intensivierte den Kuss und unsere Zungen umspielten einander wie zwei Tänzer, völlig versunken in ihrer Choreografie. Ich drängte mich weiter an Luca, der mich wiederum stürmisch gegen die Mauer drückte. Der salzige Duft der Adria mischte sich mit Lucas Aftershave und kitzelte in meiner Nase. Unwillkürlich lächelte ich in den Kuss hinein.

»Was ist so witzig?«, fragte Luca amüsiert und beendete diesen langen, wahnsinnig innigen und Herzrasen verursachenden Kuss. Er löste sich ein wenig von mir, um anschließend wieder nervös nach rechts und links zu blicken. Erst als er – mit was auch immer – zufrieden war, nahm er seine Hand von meinem Nacken, gab dem Druck unserer Hüften nach und schob sich die Sonnenbrille wieder in die Haare. Als ich nicht antwortete, blickte er zu Boden und sagte: »Tut mir leid, Bellezza …«

Seine Stimme war schlagartig um Nuancen kälter. Er schaltete problemlos von heißer Romantik zu kühler Distanz und ich brauchte einen Moment, um das Gefühl von Leere, Enttäuschung und Verwirrung in meinem Inneren zu verdrängen. Ich hatte kein Recht, sauer zu sein. Er hatte mich schließlich nicht zu dem Kuss gedrängt, außerdem …

Er sah mich mit seinem breiten Lächeln an. »Du kannst unglaublich gut küssen, weißt du das?«

Ich hasste mich dafür, aber mein Herz machte bei seinen Worten einen verräterischen Hüpfer und ich schaffte es mit Mühe, mich cool zu geben und nur mit einem vagen Schulterzucken zu antworten.

»Glaub mir bitte, ich wünschte wirklich, wir könnten das wiederholen.«

Automatisch begannen meine Lippen dabei zu kribbeln. Sie fühlten sich noch leicht geschwollen von der Intensität des Kusses an. Lucas Worte hingen wie ein vielversprechendes Kompliment zwischen uns, das mir Hitze in die Wangen steigen ließ. Doch seine eben noch fröhliche Ausstrahlung wirkte auf einmal traurig und seine Augen wurden eine Spur dunkler, als würde er den Kuss bereits bereuen.

»Ach, das wünschst du dir?« Vielleicht bildete ich mir den Kummer in seinen Augen nur ein, daher versuchte ich das Ganze nicht so ernst zu nehmen. »Wer sagt denn, dass ich das auch so sehe?« Mein letzter Flirt war schon sehr lange her und ich möglicherweise etwas eingerostet, aber anscheinend hatte ich es doch noch drauf, denn Luca grinste mich wissend an. 1 : 0 für mich.

»Bella … du kannst behaupten, was du willst, aber dein Körper hat dich verraten. Liebe, Leidenschaft … Verlangen. So was kann man nicht verbergen.« Seine Augen funkelten wieder, auch wenn die Tonlage seiner Stimme und die hängenden Schultern nicht zu seinen feurigen Worten passten. »Aber auch wenn du sehr schön bist und mich noch nie eine Frau so … stürmisch … geküsst hat, können wir das nicht wiederholen.«

Die Entschiedenheit und Traurigkeit in seiner Stimme trafen mich härter, als es mir lieb war. Immerhin wusste ich selbst nicht, ob ich Luca noch einmal küssen wollte. Aber vielleicht hätte ich es gern herausgefunden …

»Wieso geht das denn nicht?«, fragte ich um einen neutralen, sachlichen Ton bemüht. Ich wollte nicht zeigen, wie bitter seine Worte für mich waren.

Als Luca seinen Blick hob und mich mit seinen malachitgrünen Augen ansah, die auf einmal so traurig und gebrochen wirkten, als wäre er ein zum Tode verurteilter Verbrecher, zerriss es mir beinah das Herz. Zumindest fühlte es sich so an – bis er weitersprach. »Bellezza, es geht nicht, weil … weil ich verlobt bin.«

»Was?« Ein leises, seltsam verzerrtes Lachen glitt über meine Lippen. Ich musste mich verhört haben! »Du bist verlobt?«, wiederholte ich, nur um sicherzugehen, mich nicht getäuscht zu haben.

Luca nickte und ließ die Schultern hängen.

»Ähm … ja … Wow … okay.« Ich drängte mich fester gegen die Brückenmauer. Ich verspürte das dringende Bedürfnis, möglichst viel Raum zwischen Luca und mich zu bringen. Es war mir schrecklich unangenehm und peinlich, dass er so nah vor mir stand, nachdem wir uns gerade noch so leidenschaftlich geküsst hatten – und er mir jetzt dieses Geständnis machte.

»Es … tut mir leid. Wirklich.« Luca sah mich entschuldigend an – und ich glaubte ihm. Glaubte ihm, dass er den Kuss bereits bereute. Auch wenn mich seine Entschuldigung nur noch mehr verletzte.

»Ja, das kann ich mir vorstellen.« Ich tastete mich an der Mauer entlang, bis ich nicht mehr direkt vor ihm stand und der neu geschaffene Freiraum mir half meine Gedanken zu sortieren.

»Bella …«, begann Luca erneut, aber ich schüttelte den Kopf und unterbrach ihn schnell. »Nein, nein. Ist schon okay. Ich meine, hey, es ist doch nichts passiert. Du hast eben eine fremde Frau geküsst. Kann passieren. Haken wir das einfach ab.«

Luca streckte seine Hand aus, um nach mir zu greifen, aber ich trat schnell einen Schritt zur Seite, um den Abstand zwischen uns noch zu vergrößern.

»Ich sollte jetzt nach Hause gehen. Der Jetlag und so. In Amerika haben wir bereits ...« Ich warf einen schnellen Blick auf mein Handgelenk, wo noch nie eine Armbanduhr gewesen war. »Mitten in der Nacht auf jeden Fall. Ich sollte mich etwas hinlegen, damit ich morgen fit bin.«

Natürlich redete ich mich um Kopf und Kragen, aber meine Gedanken überschlugen sich und ich wusste nicht, was ich vor mich hin brabbelte. Und das mit dem Jetlag war auch nicht völlig gelogen, obwohl das Adrenalin mich hellwach hielt und Schlaf das Letzte war, an das ich jetzt dachte.

»Bellezza ...«

»Nein, Luca. Ist schon okay. Wirklich. Wahrscheinlich werden wir uns sowieso nicht wiedersehen. Ich meine, die Uni ist groß. D... da gibt es viele Leute, also ...« Ich zuckte desinteressiert mit den Schultern, obwohl das so gar nicht meinem Empfinden entsprach. »Ich wünsche dir noch einen schönen Sonntag.« Mit einem krampfhaften Lächeln verabschiedete ich mich und meine Hand hob sich tatsächlich zu einem schwachen Winken. Ich kam mir so schrecklich dumm vor!

Mit dem letzten bisschen Selbstachtung drehte ich mich um und stiefelte über die Rialtobrücke. Ich nahm die Richtung, aus der wir gekommen waren, ohne zu wissen, ob ich überhaupt richtig war. Aber in diesem Moment hatte ich nur den Wunsch, mich möglichst weit weg von Luca zu entfernen.

Während ich mit steifen Schritten über die Brücke lief, spürte ich noch immer seinen bohrenden Blick im Rücken. Anstatt mich umzudrehen, beeilte ich mich, den Weg zu den Vaporettistegen zu finden, um schnell nach Hause zu kommen.

Ich musste mehrmals nach dem Weg fragen und brauchte trotzdem einige Anläufe, um die Straßen und Gassen zu den Anlegestellen zu finden. Venedig war wirklich der reinste Irrgarten, den ich selbst mit klarem Verstand nur schwer durchblicken würde. Aber gerade waren meine Sinne alles andere als funktionstüchtig.

Ich bin verlobt. Lucas Worte kreisten wie ein Karussell in meinem Kopf und machten mich ganz schwindelig. Zum Glück stand bereits ein Wasserbus am Steg. Das Vaporetto wollte gerade ablegen; glücklicherweise wurde ich aber noch an Deck gelassen. So musste ich zumindest keine unnötige Zeit verlieren und konnte dem Stadtkern von Venedig – und damit auch Luca – den Rücken kehren.

***

Als ich später in mein Apartment kam und die alte Holztreppe hochschlich, versuchte ich möglichst leise aufzutreten, damit das Knarzen der Stufen mich nicht verriet. Ich wollte nicht riskieren, dass Signora Catalano neugierig den Kopf aus der Tür streckte und mich eventuell noch in ein Gespräch verwickelte. Gerade jetzt wollte ich nur allein sein!

Nachdem ich den ersten Stock erreicht und meine Wohnungstür aufgeschlossen hatte, um sie anschließend mit einem wütenden Knall wieder hinter mir zuzuwerfen, fühlte ich mich mit einem Mal wie erschlagen. Die Müdigkeit überrollte mich, als hätte sie nur darauf gewartet, dass ich mich in die geschützten vier Wände dieser Wohnung rettete, damit sie mich hemmungslos überfallen konnte.

Mühsam schälte ich mich aus meiner Jacke, warf meine Tasche auf den Boden und schlüpfte aus meinen Sneakers. Kaum hatte ich mich auf den Futon gelegt, fielen mir schon die Augen zu und mein Körper schrie nach Schlaf und Erholung, ungeachtet dessen, dass die Nachmittagssonne schwach durch das Fenster fiel.

Obwohl mein Körper sich nach Ruhe sehnte, ließ mein Kopf diesen Wunsch nicht zu. Wie eine Discokugel drehten sich die Gedanken um Luca und die Geschehnisse des Tages.

Ich hatte ihn, einen Fremden, erst vor wenigen Stunden kennengelernt, war aber gleich auf seinen Charme hereingefallen. Wahrscheinlich zog er diese Tour bei allen Frauen ab und ich war nur eine weitere Eroberung auf seiner Liste! Genug solcher Geschichten hatte ich bereits bei meinen Recherchen über Italien gelesen. Und trotzdem wollte ich nicht recht daran glauben …

Vielleicht war es aber nur der Versuch, nicht eins diesermitleiderregenden Mädchen zu sein, die sich haben um den Finger wickeln lassen!

Aber dann dachte ich an Lucas Blick, als wir im Restaurant saßen. Diese Wärme, diese Zärtlichkeit, die darin lag! Es fiel mir schwer zu glauben, dass Luca so ein Macho war. Zudem hatte er, nachdem wir das Hotel verlassen hatten, irgendwie gehetzt und angespannt gewirkt. Als wir auf der Brücke waren, hatte ich mir eingeredet, mir seine unruhigen Blicke nur eingebildet zu haben, aber jetzt im Nachhinein … Doch wieso hatte er mich dann geküsst? Ich konnte diese Frage einfach nicht beantworten, und je mehr ich mich darum bemühte, umso schwerer wurde es, diesen Gedanken überhaupt zu greifen. Wie ein nasses Stück Seife glitt er mir immer wieder durch die Finger, bis ich erschöpft den Kampf aufgeben musste.

Sehr wahrscheinlich werde ich ihn sowieso nie wiedersehen. Ob diese Worte zu meiner Beruhigung dienen sollten, wusste ich selbst nicht, aber zumindest halfen sie mir, Ruhe in meinen Kopf zu bringen.

Als ich endlich den ersehnten Schlaf fand, verfolgten mich glänzende malachitgrüne Augen und samtweiche Lippen bis in meine Träume.

***

Am nächsten Morgen, als ich vor dem Eingang der Università Ca' Foscari di Venezia stand und das große beeindruckende Gebäude betrachtete, glaubte ich immer wieder neugierige Blicke in meinem Rücken zu spüren, doch sobald ich mich umdrehte, um nachzusehen, entdeckte ich nur eine Schar von Studenten, die an mir vorbeizogen und deren Blicke mich desinteressiert streiften.

Mit einem Kopfschütteln verdrängte ich meine irgendwie paranoiden Wahnvorstellungen und richtete meine Rucksackriemen. Jetzt, da ich kurz davorstand, das Universitätsgebäude zu betreten, begann mein Herz wie wild zu pochen und ich musste meine schweißfeuchten Hände an meiner Hose abwischen.

»Na los, Emily! Du wolltest es ja nicht anders.« Mit diesen Worten versuchte ich mich selbst zu beruhigen und gleichzeitig anzutreiben, was jedoch nur begrenzt funktionierte.

Das, was mich dazu bewogen hatte, allein ein Auslandssemester einzulegen, anstatt in Seattle zu bleiben, konnte ich mit einem einzigen Namen zusammenfassen: Marc. Und in einem Satz: Marc, mein Exfreund; er hatte mich für ein Jahrespraktikum in China bei einem Technikmogul abserviert! Er wollte keine dieser Fernbeziehungen führen, da die sowieso immer in einer Trennung endeten, wie er glaubte. Also warum das Unausweichliche hinauszögern? Das war seine schlichte Erklärung, weshalb er unsere Beziehung nach fast einem Jahr einfach so aufgab.

Dumm nur, dass er bereits drei Tage nach der Trennung seine Reise antrat und mich durch den Tapetenwechsel sicherlich bereits vergessen hatte, während ich noch wochenlang all unsere gemeinsamen Plätze abklapperte – in der Hoffnung, dadurch mein gebrochenes Herz zu heilen. Leider blieb die *Genesung* aus, dafür konnte ich auf eine Menge benutzte Taschentücher und rot verquollene Augen zurückblicken. Und als wäre das nicht schlimm genug, kam eines Tages meine beste Freundin Sharon zu mir und beichtete, dass sie sich ebenfalls – als Letzte in unserer Clique – für ein Auslandssemester beworben hatte. In Spanien.

Der Gedanke, ein ganzes Semester allein in Seattle verbringen zu müssen, war so schrecklich, dass ich verzweifelt in das Studienbüro der *Interexperience Organisation* stiefelte und mich ebenfalls für Spanien bewarb. Leider waren dort bereits alle Plätze belegt. Aber dank eines glücklichen Zufalls hatte am Tag zuvor ein Student seine Bewerbung für Venedig zurückgezogen und der Platz war nun frei. Ohne nachzudenken, füllte ich den Bogen aus und bewarb mich.

Das war nun drei Monate her, und jetzt stand ich hier und überlegte fieberhaft, ob das eine gute Idee gewesen war. Die gestrigen Geschehnisse warfen bisher kaum ein gutes Licht auf meine Entscheidungen und ich konnte nur hoffen, dass es kein schlechtes Omen war.

Aber jetzt wollte ich nicht an Luca denken. Es reichte schon, dass ich die ganze Nacht von ihm und seinen Lippen geträumt hatte. Ab sofort verbot ich mir jeden Gedanken an ihn. Immerhin wollte ich Spaß haben und nicht wegen eines dummen kleinen Ausrutschers in Selbstmitleid zerfließen. Es war mir auch so schon schwer genug gefallen, die SMS, die ich heute Morgen an meine Eltern und Sharon geschickt hatte, fröhlich und glücklich klingen zu lassen.

»Los geht's«, murmelte ich mir zu und betrat mit hocherhobenem Kopf und selbstbewussten Schritten die Eingangshalle.

Wenn ich zu diesem Zeitpunkt bereits gewusst hätte, was mich da drinnen erwartete, hätte ich zweimal überlegt, ob ich wirklich hineingehen sollte.

Wiedersehen

Nachdem ich die Mauern der Ca' Foscari betreten hatte, blieb ich kurz stehen, um die Atmosphäre auf mich wirken zu lassen. Auf den ersten Blick ähnelte diese Universität der Seattle University, aber nach und nach wurden mir die Unterschiede bewusst.

Die Università Ca' Foscari di Venezia war wie alles in Venedig sehr kunstvoll eingerichtet. Der verzierte Steinboden, die Skulpturen und imposanten Wandverzierungen hatten vage Ähnlichkeit mit einem Museum. Und doch schien das Ganze hier so klein und familiär, dass man sich umgehend wohlfühlen musste. Erleichtert spürte ich, wie mein Unbehagen von mir abfiel und kribbelnder Aufregung Platz machte.

Ich kramte die Einladungsmappe aus meinem Rucksack und studierte zum wohl hundertsten Mal den Plan für diese Woche. Das Programm startete heute um zehn Uhr mit einer Willkommensansprache des Rektors, der alle neuen Studenten begrüßte. Die ganze Woche über würde um ein Uhr ein gemeinsames Mittagessen in der Mensa stattfinden und für den kommenden Nachmittag war um vier Uhr ein Lagerfeuer für alle Teilnehmer des Buddy-Programms geplant.

Nach einem Blick auf meine Armbanduhr stellte ich fest, dass ich mich beeilen musste, um noch pünktlich zur Begrüßung zu kommen. Ich war zwar bereits extrafrüh losgegangen, um das Gewirr von Gassen, Straßen und Brücken zu meistern, und doch hatte ich mich verirrt. Jetzt war mein Zeitfenster aufgebraucht und ich musste mich sputen.

Ich versuchte mir einen Überblick über das Gebäude zu verschaffen, indem ich einen Lageplan studierte. Laut dieser Zeichnung sollte der Vorlesungsraum im ersten Stock, in dem die Begrüßung stattfand, nicht schwer zu finden sein.

Ich rannte so schnell ich konnte, ohne Aufmerksamkeit zu erregen, durch das Gebäude und die Treppe hinauf und schaffte es gerade noch rechtzeitig durch die Tür zu schlüpfen, bevor diese geschlossen wurde und der Rektor mit seiner Ansprache begann.

Um nicht weiter zu stören, ließ ich mich auf einen leeren Platz in der hintersten Reihe sinken und versuchte mich so leise wie möglich aus meiner Jacke zu schälen, während die dunkle, rauchige Stimme des Rektors durch den Raum hallte.

»Sehr geehrte Studentinnen und Studenten. Es ist mir eine Freude, Sie hier an der Università Ca' Foscari di Venezia begrüßen zu dürfen.« Der ältere Herr mit der polierten Glatze und dem mausgrauen Jackett, das sich über seinen stattlichen Bauch spannte, stand hinter einem Podest, während er sprach. »Sie werden schnell erkennen, dass unsere Universität mehr als nur Klassenräume und Bibliotheken enthält. Sie erhalten hier mehr als nur eine ausgezeichnete Ausbildung. Hier zu studieren bedeutet, eine einzigartige Erfahrung zu erleben, die in Bezug auf ein Zusammentreffen von Kunst, Kultur, internationale Offenheit und Austausch im Ausland seinesgleichen sucht. Diese Zusammenkunft spiegelt Venedig wider. Das ist einfach Venedig! Willkommen an der Università Ca' Foscari, willkommen in Venedig.«

Ein verhaltener Applaus erklang und ich stimmte leise mit ein. Irgendwie kamen mir die Worte bekannt vor und ich überlegte angespannt, woher ich sie hätte kennen können. Ich musste schmunzeln, denn ich erinnerte mich, genau diesen Wortlaut auf der Internetpräsenz der Universität gelesen zu haben.

»Nun gebe ich das Wort an unseren Studenten-Präsidenten ab, der mit Ihnen die Einführungswoche besprechen wird. Besonders unsere Auslandsstudenten sollten sich seinen Namen gut einprägen, da er ebenfalls der Ansprechpartner der *Interexperience Organisation* ist. Sollte es also jemals – wider Erwarten – Schwierigkeiten mit Ihrem Studium oder Ihrem Auslandsaufenthalt in Venedig geben, dürfen Sie sich jederzeit vertrauensvoll an ihn wenden. Und nun begrüßen Sie bitte gemeinsam mit mir Signor Luca Dandolo.«

Ein lauter, tosender Applaus schwoll herauf und ich fragte mich, welcher Superstar wohl dieser Dandolo war, wenn er eine solche Reaktion der Anwesenden hervorrief. Auch wenn ich bei der Nennung seines Vornamens ungewollt zusammenzuckte, weil dieser für mich inzwischen negativ behaftet war, erinnerte ich mich daran, dass der arme Mensch da vorn ja nichts dafür konnte. Immerhin war Luca ein sehr geläufiger Name in Italien. Und da er der Ansprechpartner der *Interexperience Organisation* war, würde ich sicherlich irgendwann unweigerlich mit ihm in Kontakt geraten.

Also schüttelte ich die negativen Gedanken an seinen Namensvetter ab und konzentrierte mich auf den Mann, der sich nun von seinem Sitz aus der ersten Reihe erhob, um hinter dem Podest den frei gewordenen Platz einzunehmen.

Als ich den jungen Italiener, der sich mit einem breiten Zahnpastalächeln an das Plenum wandte, erkannte, gefror mir das Blut in den Adern. Aber mein Herz machte bei seinem Anblick einen verräterischen Hüpfer und in meinem Bauch begann es erneut zu kribbeln, egal wie standhaft ich mich gegen dieses Gefühl zu wehren versuchte.

»Auch ich heiße euch alle herzlich willkommen.« Luca Dandolo – mir besser bekannt als Signor Luca Pepé – ließ seinen Blick suchend durch das Plenum schweifen, als würde er nach jemandem Ausschau halten. Auch wenn ich mich der Fantasie nicht hingeben wollte, dass ich die Person war, die er zu finden versuchte, zog ich den Kopf ein und rutschte auf meinem Stuhl etwas tiefer.

Seine Worte dröhnten durch den Raum und forderten Einlass in meinen Kopf, aber da war gerade zu viel los, um ihm oder zumindest seiner Ansprache Aufmerksamkeit zu schenken.

Meine Gedanken glitten zurück auf die Rialtobrücke – zu dem Moment, als Luca mich geküsst und anschließend gestanden hatte, dass er verlobt war. Auch wenn der Kuss umwerfend, ja vielleicht sogar unbeschreiblich gewesen war – was ich jedoch niemals freiwillig zugegeben hätte –, so war der Typ dennoch ein Arsch. Besonders jetzt, als er wieder vor mir stand – wenn auch in einigen Metern Entfernung – und die Wut, die ich gestern so erfolgreich verdrängt hatte, wieder aufbrandete, verfluchte ich meine eigene Dummheit, diesen Kuss zugelassen und auch noch erwidert zu haben.

Mit einem fassungslosen Kopfschütteln riss ich mich selbst zurück in die Gegenwart. Ich wollte dieses Semester Spaß haben und tolle Leute kennenlernen – und nicht auf einen verlogenen Typ hereinfallen, der mir zufällig am ersten Tag über den Weg gelaufen war. Auch wenn er vielleicht eine tolle Besetzung für einen Sommerflirt darstellen würde, so musste ich diesen Gedanken samt aller Fantasien gleich im Keim ersticken! Die Universität war groß genug. Sicherlich würde ich ihn in den kommenden Monaten nur wenige Male, bei öffentlichen Veranstaltungen wie dieser hier beispielsweise, ertragen müssen. Das würde ich ohne Probleme erdulden können.

Doch als ich mich wieder auf Luca Dandolos Rede konzentrierte und seine samtweiche Stimme zu mir vordrang, begann mein Herz sofort schneller zu schlagen, als wollte es mich vom Gegenteil überzeugen.

»Ich lasse nun eine Liste herumgehen, auf der jedem Studenten sein Buddy zugeordnet wurde. Die Buddys sind eure Mentoren, Ansprechpartner und Freunde, um euren Aufenthalt hier in Venedig einzigartig zu gestalten.« Luca gab einen kleinen Stapel zusammengetackerte Blätter in die erste Reihe, der dann nach hinten verteilt wurde. »Neben eurem Namen stehen der eures Buddys und euer Treffpunkt sowie die Uhrzeit, wo ihr euch kennenlernen könnt. Solltet ihr Probleme miteinander haben oder euch nicht verstehen, bitte ich euch, zu mir zu kommen. Gemeinsam versuchen wir eine Lösung zu finden.« Luca machte eine kleine Pause und ließ seinen Blick wieder durch die Gruppe von Studenten gleiten. »Meine Nummer steht auf der letzten Seite, und ihr könnt mich jederzeit erreichen, solltet ihr in Schwierigkeiten stecken. Aber … ich bitte euch, nutzt sie wirklich nur, wenn es ernsthafte Probleme sind. Dann komme ich gerne und helfe euch.«

So wie er dastand und sein Anliegen vortrug, verströmte er eine selbstverständliche Autorität, die in krassem Gegensatz zu seiner unbeschwerten und fröhlichen Stimmung von gestern stand – und dennoch unglaublich sexy wirkte. So ungern ich es auch zugab, reagierten die verräterischen Schmetterlinge in meinem Bauch umgehend und schienen aufgeregt umherzufliegen.

»Und ... so schmeichelhaft es auch sein könnte«, sprach Luca nun mit einem amüsierten Lächeln weiter, »eine Einladung zum Essen ist nun wirklich kein Notfall.«

Ein leises, aber ehrlich belustigtes Lachen drang durch die Studentengruppe, und ein Gemurmel schwoll an, bis Luca die Hand hob, um fortzufahren. Mit einem Schlag kehrte Stille ein und erneut überraschte mich der Respekt, der Luca entgegengebracht wurde. Als wäre er irgendwie prominent.

»Nun, wenn ihr keine Fragen mehr habt, bleibt mir nichts anderes übrig, als euch viel Spaß und eine tolle Studienzeit hier an der Ca' Foscari zu wünschen.« Mit diesen Worten beendete er seine Ansprache und nach einem Moment des Schweigens – als sich alle sicher waren, dass Luca dem nichts hinzuzufügen hatte – brandeten laute Studentengespräche und Geräusche von umhergeschobenen Stühlen auf. Die ersten Leute begannen den Saal zu verlassen und auch ich erhob mich von meinem Stuhl, um mich dem Strom anzuschließen, der zur Tür hinausging, als mir einfiel, dass ich noch keinen Zettel hatte.

Unschlüssig blieb ich stehen und versuchte in dem Gewirr aus Leuten herauszufinden, wo sich der Stapel gerade befand. In diesem Moment entdeckte ich Luca, der sich vorn an dem Podest mit dem Rektor unterhielt. Wenn ich nicht aufpasste, würde er mich noch entdecken, und darauf hatte ich jetzt wirklich keine Lust.

»Hi. Kann ich dir helfen?«

Ich schnellte um hundertachtzig Grad herum, um nachzusehen, wer mich angesprochen hatte. Vor mir stand ein junger Mann mit blasser Haut und Sommersprossen. Er hatte dunkelblondes kurzes Haar und grünbraune Augen, die irgendwie müde wirkten. Sein grünes Sweatshirt sah zerknittert aus, als hätte er darin geschlafen.

»Ähm ... ja, hallo«, erwiderte ich überrascht. »Ich suche den Stapel mit den Buddy-Zuordnungen. Hier hinten ist er noch nicht angekommen.« Ich blickte mich erneut um – auf der Suche nach einem dieser Blätter. Jeden Moment, den ich hier stand und mich unterhielt, stieg die Wahrscheinlichkeit, dass Luca mich entdeckte.

»Wenn du willst, kannst du meinen haben. Ich kenne schon den Namen.« Der junge Mann reichte mir ein völlig zerknittertes Blatt Papier, das er in der Hand hielt.

»Ja, danke. Das ist sehr nett.« Ich griff nach dem Zettel und musste den Drang unterdrücken, das ramponierte Stück glatt zu streichen. »Ähm ... ja, dann sehen wir uns sicherlich später.« Vielleicht würde er den Wink verstehen, aber meine Hoffnung schwand, als er weiterhin abwartend vor mir stand und mich musterte. Ungeduldig blickte ich über meine Schulter, als Luca im selben Augenblick in meine Richtung schaute und sich unsere Blicke kreuzten.

Seine Gesichtszüge entglitten ihm, als er mich sah, und das Lachen, das er gerade mit dem Rektor teilte, blieb ihm im Halse stecken. Aus der Entfernung konnte ich sehen, dass er abwesend etwas murmelte. Der Direktor blickte ebenfalls in meine Richtung und nickte lächelnd. Nur einen Wimpernschlag später bahnte sich Luca einen Weg durch die Masse, direkt auf mich zu.

»E... entschuldige mich bitte«, wisperte ich dem fremden Typen fahrig zu, der immer noch vor mir stand und mich musterte, als würde er über etwas nachdenken. Ich drängte mich an ihm vorbei und verließ fluchtartig den Raum, ehe Luca mich erreichen konnte. Draußen auf dem Flur starrte ich in der Gegend herum, unschlüssig, wohin ich am besten entkommen könnte, als Luca mit den letzten Studenten den Raum verließ.

»Bellezza!« Ich stand nur knapp vier Meter von Luca entfernt, aber er rief diesen blöden Spitznamen so laut, dass ihn unmöglich jemand überhört haben konnte. Mit glühendem Kopf drehte ich mich auf der Stelle um und rannte planlos nach rechts den Gang entlang, bis sich vor mir das Treppenhaus befand, das mich ins Erdgeschoss und zum Eingangsbereich führen würde. Erleichterung machte sich in mir breit, als ich wieder in der großen Eingangshalle mit den Skulpturen und Gemälden stand.

Mit pochendem Herzen zog ich mich in eine nicht einsehbare Nische zurück, wo ich erst mal tief Luft holte und mein Puls sich beruhigen konnte.

Erst nachdem ich wieder normal atmen konnte, wurde mir bewusst, wie kindisch ich mich benahm. Aber als ich Luca auf mich zukommen sah, wusste ich mir nicht anders zu helfen. Ich war irgendwie nicht bereit mit ihm zu reden – noch nicht. Beim nächsten Mal würde ich sicher besser vorbereitet sein und mich wie eine Erwachsene verhalten. Okay, dann war er eben der Studenten-Präsident und der blöde Ansprechpartner der *Interexperience Organisation*, na und? Das hieß trotzdem nicht, dass ich viel mit ihm zu tun haben musste. Und selbst wenn, dann würde ich eben so tun, als wäre der gestrige Tag überhaupt nicht geschehen.

Mit diesem Vorsatz strich ich den zerknitterten Zettel in meiner Hand, den ich krampfhaft umklammert hatte, auf meinem Oberschenkel glatt und überflog seinen Inhalt.

Die Liste war nach den Nachnamen alphabetisch sortiert und so musste ich nicht lange suchen, bis ich *Bishop, Emily (Seattle, USA)* fand. Jedoch brauchte ich gefühlt einen schrecklich langen Augenblick, um nach dem Lesen den Namen meines Buddys auch zu realisieren. Ich musste die Augen mehrmals zusammenkneifen, bis ich begriff, dass der Name in der rechten letzten Spalte kein Fehler war und ich auch nicht in der Zeile verrutscht war.

Als ich mir sicher war, dass sich die schwarze Tinte auf dem weißen Blatt nicht mehr zu einem anderen Nachnamen verändern würde, egal wie oft ich auch den Blick abwenden und das Papier erneut ansehen würde, fragte ich mich unweigerlich, ob ich in einem früheren Leben etwas abgrundtief Böses getan hatte, dass ich jetzt diese Strafe verdiente. Oder wurde Luca etwa zu meinem Buddy ernannt, weil das Schicksal Spaß daran hatte, mich zu quälen?

Ich verglich die Uhrzeit meines Buddy-Treffens auf dem Zettel mit der aktuellen auf meinem Handy und stieß einen Seufzer der Frustration aus, als mir klar wurde, dass ich meinen neuen, *erwachsenen* Vorsatz Luca gegenüber bereits in wenigen Minuten auf die Probe stellen musste.

»Na dann, auf in die Schlacht …«, versuchte ich mir Mut zu machen.

Luca Dandolo

Fünfzehn Minuten später fand ich den Raum, der für das Treffen vorgesehen war. Ich zögerte kurz, dann öffnete ich die Tür, hinter der Luca mit dem Rücken zu mir telefonierte. Sein Italienisch war schnell und so leise, dass ich kein Wort verstand, aber seine Körpersprache ließ vermuten, dass er aufgebracht war.

Da ich mich nicht wie ein Lauscher anschleichen wollte, machte ich mich mit einem unnötig lauten Räuspern bemerkbar. Luca drehte sich zu mir herum, und als er mich sah, zischte er noch ein schnelles »Ciao« in sein Handy und legte auf.

»Bellina …«, begann er und schien überrascht, aber ich unterbrach ihn sofort.

»Hast du was mit dieser Buddy-Zuordnung zu tun? Falls ja, ist das nicht witzig.« Ich war über mich selbst erstaunt, wie sachlich und nüchtern meine Stimme klang, besonders in Anbetracht dessen, wie schwer es mir gerade fiel, einen klaren Gedanken zu fassen. Wir waren schließlich allein in dem Raum, der kaum größer als fünfzehn Quadratmeter sein konnte.

»Bellina …«

»Ich heiße Emily. Das müsstest du inzwischen ja wissen«, unterbrach ich Luca; ich würde diese albernen Kosenamen nicht mehr dulden, auch wenn mein Körper dabei immer noch mit einer Gänsehaut reagierte!

»Ich verspreche dir, ich habe nichts damit zu tun. Ich kannte deinen Namen doch gar nicht! Bis du gerade durch diese Tür gekommen bist, dachte ich nicht, dass ich dich bei den vielen neuen Auslandsstudenten so schnell von Angesicht zu Angesicht wiedersehen würde. Besonders nach deiner Flucht vorhin.« Luca sah ehrlich überrascht und zugleich verlegen aus. Verschwunden war der selbstsichere Luca, den ich gestern und gerade bei der Versammlung getroffen hatte.

»Von wegen!«, ging ich ihn ruppig an. »Du kanntest meinen Namen bereits gestern. Immerhin war ich die Einzige, die sich für diese Führung angemeldet hatte!« Und mit einem Schlag wurde mir klar, welcher Gedanke schon am Tag zuvor verzweifelt um meine Aufmerksamkeit gebuhlt hatte. Aber ich war so von Lucas Charme geblendet und abgelenkt, dass ich ihn einfach ignoriert hatte. Wie ein leicht zu beeindruckendes Girlie war ich auf diese blöden italienischen Kosenamen und auf sein betörendes Lächeln hereingefallen. Wie konnte man nur so dämlich sein?

»Emily ...« Luca fuhr sich mit den Händen durch die dunklen Locken und seufzte resigniert. Er sprach mich zum ersten Mal mit meinem Vornamen an, und so wie er ihn in die Länge zog und betonte, klang das in meinen Ohren mehr nach einer Liebkosung als nach meinem schlichten Namen. »Ich war gestern nur zufällig auf der Piazza. Pietro war an der Reihe, die Tour durchzuführen. Er ist Signor Pepé. Als wir beide uns ... getroffen haben, stand er mit seiner Gruppe auf der anderen Marktseite am Vaporettosteg. Du konntest ihn und seine Gruppe nicht sehen«, erklärte Luca zerknirscht.

»Was?« Ungläubig starrte ich ihn an. »Wieso hast du das gestern nicht gesagt? Wozu der ganze Zirkus?« Als Luca den Mund öffnete, um zu antworten, unterbrach ich ihn schnell. »Weißt du was? Ich will es gar nicht wissen.« Ich hatte wirklich keine Lust, mir weitere Lügen und Ausreden von ihm anzuhören. »Es ändert sowieso nichts.« Ich atmete einmal tief durch, bevor ich weitersprach. Ein krampfhafter Versuch, meinen Ärger zu unterdrücken. »Ich denke nämlich, es wäre das Beste, wenn mir ein anderer Buddy zugeteilt wird. Ich finde nicht, dass wir beide unnötig viel Zeit miteinander verbringen sollten.«

Luca schritt langsam durch den Raum, setzte sich auf die Kante des großen Holztisches, der an der Wand stand, und verschränkte seine Arme vor der Brust, während sein prüfender Blick ungeniert auf mir ruhte. »Wieso denkst du das, Emily?«

»Das fragst du doch nicht ernsthaft, oder?« Ich schaffte es gerade noch, ein empörtes Schnauben zu unterdrücken. Auch ich verschränkte jetzt meine Arme vor der Brust und sah Luca entnervt an. »Du lügst mich an und behauptest, Signor Pepé zu sein, obwohl der echte Stadtführer nur ein paar Meter von uns entfernt war. Dann entführst du mich in dieses Schickimicki-Hotel, flirtest mit mir, als wäre es das Natürlichste der Welt, und dann küsst du mich auch noch. Und das an einem so romantischen Ort wie der Rialtobrücke. Und als Kirsche auf der Sahne sagst du mir, dass du verlobt bist! Wie bitte, soll ich dir da vertrauen können? Und wenn ich das Buddy-Programm richtig verstanden habe, gilt dort als oberste Regel: Vertrauen.« Ich hatte mich inzwischen in Rage geredet und musste meine Lippen nun fest zusammenpressen, um meinen Redeschwall zu unterbrechen.

Luca antwortete nicht sofort und unter seinem ernsten Blick wurde ich unruhig. Meinen Standpunkt hatte ich deutlich gemacht, aber ich kannte die Spielregeln hier in Italien nicht. Vielleicht galt es als persönliche Beleidigung, den Mentor tauschen zu wollen. Und offenbar war dieser Mann so was wie eine wichtige Persönlichkeit – zumindest in der Uni. Vielleicht war es ja unklug, sich bereits am zweiten Tag in einer fremden Stadt mit Mr. Studenten-Präsident anzulegen. Aber ich hatte wirklich keine Lust, meine Zeit mit diesem Blödmann zu verbringen.

Luca starrte mich nur prüfend und ausdruckslos an und ich wand mich unter seinen Argusaugen. Als ich dachte, ich würde es nicht mehr aushalten, und bereits den Mund öffnete, um weiterzusprechen, stieß sich Luca vom Tisch, an dem er lehnte, ab, marschierte auf mich zu, packte meine Schultern und sah mich durchdringend an.

»Du hast keine Ahnung, wer ich bin, oder? Jeder andere Student, ob Mann oder Frau, würde liebend gerne mit dir tauschen. Also – wenn du wirklich einen anderen Mentor willst, werde ich das in die Wege leiten, aber bitte gib mir vorher die Chance, dir die Sache zu erklären, okay? Ich bin nicht der Mann, für den du mich gerade hältst.«

Von seiner Reaktion und seinen deutlichen Worten überrascht, war ich zunächst unfähig mich zu rühren oder einen klaren Gedanken zu fassen. Luca starrte mich mit seinen malachitgrünen Augen fragend an – und so aus der Nähe betrachtet erkannte ich die dunklen Sprenkel, die seine Iris umgaben und mir schon am Anfang so gut gefallen hatten.

»Okay«, murmelte ich abgelenkt. »Dann sag, was du loswerden möchtest.« Ich konnte mir nicht vorstellen, dass seine Worte meine Entscheidung ändern würden, aber ich wollte fair bleiben und ihm die Möglichkeit geben, sich zu erklären. Ich wollte nicht mit Luca im Streit auseinandergehen.

Er nickte knapp, ließ meine Schultern los und trat erneut einen Schritt zurück. Sofort entspannte ich mich ein wenig, auch wenn die vorherige Nähe mein Bauchkribbeln wieder ordentlich entfacht hatte.

»Ja, ich bin nicht Signor Pepé, aber ich mache wirklich regelmäßig diese Studentenführungen durch Venedig. Das war ehrlich nicht gelogen. Und als ich dich gestern so rüde angerempelt hatte und du meinetwegen fast erstickt wärst …« Ich kommentierte diese Aussage mit einem Augenverdrehen und einem verächtlichen Schnauben. »… wollte ich mich entschuldigen. Aber als ich dann in deine kornblumenblauen Augen blickte und du mich ansahst, als würdest du mich überhaupt nicht kennen, da … ich weiß auch nicht. Ich hatte einfach Lust, ein wenig Zeit mit einer netten, gut aussehenden Frau zu verbringen, die nicht hinter meinem Geld her ist.« Luca sah mich traurig an. »Ist das so verwerflich?«

Ich musste den Kloß in meinem Hals hinunterschlucken, bevor ich antworten konnte. »Was meinst du damit? Du bist doch keiner dieser stinkreichen Italiener, die von Papas Geld leben, oder?« Innerlich betete ich, dass ich nicht auf eins dieser Klischees hereingefallen war. Aber zu meiner Erleichterung schüttelte Luca vehement den Kopf.

»Nein, das bin ich nicht. Wirklich nicht.«

Er presste die Lippen so fest aufeinander, dass seine Kiefermuskeln hervortraten. Ich bemerkte, wie er fieberhaft über etwas nachdachte – und der Moment, als er seine Entscheidung traf, war ihm deutlich anzusehen.

»Wenn du willst, dass ich dir die Wahrheit erzähle, musst du mir schwören, dieses Gespräch für dich zu behalten, okay? Es wissen nur eine Handvoll Menschen von meinem Geheimnis.« Lucas Augen glänzten vor Aufregung und fixierten meinen Blick.

Ich war immer noch unfähig klar zu denken. Was hatte dieser Kerl nur an sich, dass er meinen Verstand erneut mit einem einfachen Wimpernaufschlag außer Gefecht setzen konnte? »Wieso erzählst du es mir dann?«, brachte ich verwirrt hervor. Aber zu meiner Überraschung zuckten Lucas Mundwinkel und ein feines selbstsicheres Lächeln trat in sein Gesicht.

»Genau wegen dieser Worte. Du bist keine jener Klatschtanten, die andere Leute in Schwierigkeiten bringen, nur um selbst im Rampenlicht zu stehen. Du bist eine ehrliche und bodenständige Person.« Sein Körper war nicht mehr ganz so angespannt und seine Mimik wurde weicher, was mich dazu veranlasste, mich auch etwas zu fassen.

»Woher willst du das wissen? Du kennst mich doch gar nicht«, erwiderte ich ernsthaft. Ich war einfach neugierig, wie er zu dieser Einschätzung kam.

»Ich habe eine gute Menschenkenntnis. Und deswegen weiß ich, dass ich dir vertrauen kann. Wenn du also die Wahrheit wissen willst, dann erzähle ich sie dir. Das bin ich dir nach meinem Verhalten gestern schuldig.« Luca sah mich so intensiv an, dass ich unter seinem prüfenden Blick nicht antworten konnte. Also nickte ich nur, zog mir einen Stuhl von der Seite heran und ließ mich darauf nieder. Luca tat es mir gleich und so saßen wir uns gegenüber, als er zu erzählen begann.

»Die Familie Dandolo war früher eine sehr wohlhabende und einflussreiche Familie gewesen. Im Laufe der Generationen hatte sie jedoch nicht nur ihr Geld, sondern auch ihren Einfluss verloren. Mein Urgroßvater schaffte es, beides durch harte Arbeit in einem Chemiewerk zurückzugewinnen. Im Laufe der Zeit wurde er von einem einfachen Arbeitnehmer zum Chef. Es gelang ihm, das Werk zu übernehmen, und so blieb es von Generation zu Generation in der Hand der Familie Dandolo. Als mein Vater das Chemiewerk übernahm, heiratete er meine Mutter. Aber das war keine Hochzeit aus Liebe, sondern aus Macht- und Geldgründen. Mein Vater war kurz davor gewesen, das Chemiewerk in den Bankrott zu wirtschaften, und mein Großvater mütterlicherseits bot ihm an, das Werk zu retten und seine Schulden zu finanzieren. Dafür sollte er nur meine Mutter heiraten.« Luca legte eine Pause ein und ich schüttelte ungläubig den Kopf.

»Das klingt sehr nach dem Drehbuch einer Seifenoper«, sagte ich zugegebenermaßen wenig einfühlsam und biss mir umgehend auf die Lippe. Ich wollte Luca ja nicht beleidigen oder verärgern.

Luca nickte nur traurig. »Genau das dachte ich auch, als sie mir davon erzählten. Aber mit unserem Namen tragen wir auch eine hohe Verantwortung. Ein Großteil der Venezianer hängt an dem Chemiewerk. Viele Menschen würden ihre Arbeit verlieren, wenn das Werk schließen müsste. Und mein Vater konnte die Schande seiner Familie nicht ertragen. Also stimmte er der Heirat zu.«

Luca sprach völlig ruhig und emotionslos, während er sich mit seinen Unterarmen auf den Knien abstützte und seine Hände verschränkt hielt. Nur das gelegentliche Wippen mit der rechten Fußspitze verriet, wie nervös und angespannt er wirklich war.

»Und was hat das alles jetzt mit dir, mir und gestern zu tun?«, fragte ich ungeduldig.

»Um es kurz zu fassen, sieht es um das Chemiewerk erneut nicht gut aus. Mein Vater hat sich bereits zwei Partner ins Boot holen müssen, die ihn finanziell unterstützen, aber auch dadurch kann das Werk nicht gerettet werden. Also hat mein Vater nach einer weiteren Geldquelle gesucht und Diego Roux gefunden.«

»Wer ist das?«, fragte ich neugierig, obwohl ich bereits eine vage Vorstellung hatte, in welche Richtung diese Geschichte führen würde.

»Die Familie Roux besitzt unter anderem das *Hotel Danieli,* in dem wir gestern gefrühstückt haben.«

»Also haben sie Geld …«, schlussfolgerte ich, ohne dass ich Luca drängen wollte.

»Ja, und Diego ist bereit meinen Vater finanziell zu unterstützen, wenn ich dafür seine Tochter heirate.«

»Und wieso verkauft dein Vater das Chemiewerk nicht einfach?«, platzte ich mit der erstbesten Idee heraus. Bestimmt war diese Lösung zu einfach für das Problem. Denn ansonsten hätten Luca und seine Familie diese Option sicherlich bereits in Betracht gezogen. Trotzdem verstand ich die ganze Problematik immer noch nicht ganz …

»Es ist wegen Diego ... Mein Vater schuldet ihm bereits sehr viel Geld. Mehr als er durch den Verkauf des Werkes jemals einnehmen könnte.« Ein trauriger Schatten huschte über Lucas Gesicht und umgehend fühlte ich mit ihm. Es musste sicher sehr schwer sein, so eine Last mit sich herumzutragen.

»Ja, und? Dann macht dieser Diego eben Verluste. Das passiert halt, wenn man als Geschäftsmann falsche Investitionen tätigt.« Eigentlich wollte ich Luca mit meinen Worten trösten, aber er sah mich so wütend an, dass ich mich ein wenig von ihm weg lehnte.

»Du verstehst das nicht, Emily!« Luca stand auf und fuhr sich mit seinen Händen erzürnt durch die Haare. »Diego ist niemand, den man als Feind möchte. Er macht keine Verluste. Er bekommt das, was ihm geschuldet wird. Immer!«, fügte Luca kryptisch hinzu und ich blickte ihn verständnislos an.

»Wie meinst du das?«

»Vergiss es einfach.« Luca schüttelte erneut den Kopf. »Ich habe bereits zu viel gesagt. Aber es tut so unglaublich gut, einfach mal jemandem davon zu erzählen, der nicht in das Ganze involviert ist.« Sofort wurde sein Gesicht wieder ernst. »Aber das hier darf niemals jemand erfahren. Hast du mich verstanden, Emily? Niemand!« Luca sah mich so eindringlich an, dass ich nur ein nervöses Kichern von mir geben konnte.

»Du bist aber theatralisch, Luca. Du tust ja gerade so, als wäre dieser Diego ein Mafiaboss oder so was.« Ich wartete darauf, dass Luca ebenfalls in mein Lachen einstimmte und wir uns über diesen Blödsinn lustig machten, aber er sah mich nur ausdruckslos an, ohne eine Miene zu verziehen. Dann machte es bei mir klick und mir entglitten sämtliche Gesichtszüge. »Das meinst du jetzt nicht ernst, oder? Du verarschst mich! Diese Mafiosi-Geschichten gibt es doch nur in Filmen oder Büchern!«

Aber Luca schüttelte abermals traurig den Kopf. »Ich wünschte, es wäre nur ein Witz, Emily. Aber leider ist es wahr.«

»Und was bedeutet das alles jetzt genau?«, fragte ich, zutiefst verunsichert, ob ich ihm glauben sollte. Auf der einen Seite klang das Ganze völlig abgedreht, aber was hätte Luca davon, mir diese Geschichte aufzutischen? So wichtig konnte ich ihm nicht sein, dass er sich das alles nur ausdachte, damit ich ihm sein blödes Verhalten von gestern verzieh. Außerdem hätte er sich dann etwas Besseres einfallen lassen können. Dies hier klang so abgedreht, dass es einfach wahr sein musste.

»In einem Satz zusammengefasst bedeutet es, wenn ich Diegos Tochter Sophia nicht heirate, bekommt mein Vater kein Geld, er muss das Chemiewerk schließen und seine Schulden bei Diego bezahlen. Mit seinem Leben. Und wahrscheinlich ebenso meine Mutter, mein kleiner Bruder und ich.«

Neue Feinde

Ich starrte Luca ungläubig an. Das konnte doch alles nicht wahr sein, oder? »Luca, ernsthaft ...« Ich versuchte meine Gedanken und Gefühle zu sortieren.

Luca unterbrach mich, nachdem er einen Blick auf seine Armbanduhr geworfen hatte. »Es tut mir leid, Emily, aber unsere Stunde ist vorbei. Ich muss jetzt zu einem Termin mit dem Rektor.« Luca trat auf mich zu und streckte seine Hand aus, um mich zu berühren, besann sich aber eines Besseren und ließ sie wieder sinken. »In einer Stunde ist das gemeinsame Mittagessen mit allen Erstsemester-Studenten und den Buddys. Wenn du willst, können wir uns gerne danach weiter unterhalten. Dann beantworte ich dir alle Fragen, die du hast. Versprochen.«

Luca sah mich so flehend an, dass ich nur unschlüssig mit den Schultern zucken konnte. Auf der einen Seite wollte ich gerne mehr über das Ganze erfahren. Besonders, weil ich tatsächlich noch einige Fragen hatte. Aber auf der anderen Seite war da auch dieses Kribbeln in meinem Bauch, das immer begann, wenn Luca in meiner Nähe war, und auf Hochtouren lief, wenn ich in seine malachitgrünen Augen sah. Und das sollte mir doch ein sicheres Warnsignal sein, mich besser ganz weit von ihm fernzuhalten, oder? Immerhin hatte er zugegeben verlobt zu sein. Da war es nicht ratsam, Gefühle für diesen Mann zu entwickeln.

»Ich überleg es mir.« Jetzt musste ich erst mal etwas Abstand zwischen uns bringen und nachdenken, was mir in seiner Gegenwart immer schwerer fiel, je länger er mich ansah.

»Bitte, Emily. Mach das.«

Ich nickte Luca kurz zu. Dann erhob ich mich von meinem Platz, um den Raum zu verlassen, als Luca nach meinem Arm griff und mich zurückhielt.

Verwundert drehte ich mich zu ihm um und sah in seine ernst dreinblickenden Augen.

»Bitte, glaub mir wenigstens diese eine Sache …« Die Art, wie er mich anschaute und seine Lippen beim Sprechen bewegte, jagte mir einen wohligen Schauer über den Rücken. »Ich bereue nichts von dem, was gestern passiert ist! Auch wenn ich es vielleicht sollte, tue ich es nicht.«

Mein Magen machte einen freudigen Salto, und als Luca seine Hand von meinem Arm nahm, spürte ich die fehlende Wärme, die zuvor mein Blut erhitzt hatte.

Seltsam kopflos verließ ich das Zimmer, nur um anschließend unentschlossen auf dem Flur stehen zu bleiben. Aber weil ich wusste, dass Luca ebenfalls gleich den Raum verlassen würde, um zu seinem Termin zu gehen, trollte ich in mich gekehrt von dannen.

Unschlüssig, was ich jetzt machen sollte, ging ich den Flur entlang, bis ich vor einer Wand mit Wegweisern stand. Als ich das Wort für »Mensa« las, begann mein Magen hungrig zu knurren und erinnerte mich daran, dass ich den ganzen Vormittag noch nichts gegessen hatte.

In einer Stunde fand zwar das gemeinsame Mittagessen statt, aber ich war mir unsicher, ob ich überhaupt hingehen sollte. Immerhin wollte ich Luca ein wenig aus dem Weg gehen, um in Ruhe meinen Gedanken nachzuhängen. Vor mich hin grübelnd biss ich mir auf die Lippe. Ich könnte jetzt schon etwas essen, damit ich später spontan entscheiden konnte, ob ich zu dem Lunch gehen wollte oder nicht.

Obwohl sich mein Appetit nach dem Gespräch mit Luca in Grenzen hielt, durchquerte ich mit schnellen Schritten den Flur, bis ich nach rechts abbiegend die Mensa erreichte. Die große Cafeteria war bereits von unzähligen Studenten belagert. Wahrscheinlich war jetzt der große Ansturm, damit der Lunch später in ruhigerer Atmosphäre stattfinden konnte.

Ich stellte mich in die Schlange und wartete, bis ich an der Reihe war. Währenddessen ließ ich meine Gedanken zu dem Gespräch mit Luca wandern. Ob ich ihm diese Mafia-Geschichte wirklich abkaufen sollte? Ich konnte auch nicht glauben, dass Luca mir so dreist und eiskalt ins Gesicht log.

»Bambina, du bist dran. Was möchtest du haben?« Eine näselnde Frauenstimme riss mich aus meinen Überlegungen. Überrascht stellte ich fest, dass die Schlange weitergewandert war und dass ich tatsächlich an der Reihe war, meine Essensbestellung aufzugeben.

»Scusi, Signora. Ich nehme die Spaghetti Napoli, bitte.« Ich schob gleich noch ein entschuldigendes Lächeln hinterher und sah kurz über meine Schulter, wo sich die Schlange verlängert hatte und die wartenden Studenten mich mit genervten Blicken bedachten.

»Prego.« Die gut genährte Frau mit ihrem weißen Kittel und dem Haarnetz reichte mir mein Essen über die Theke und ich stellte es vor mich auf mein Tablett.

»Grazie«, murmelte ich und wandte mich dem überfüllten Raum zu, auf der Suche nach einem freien Platz. Tatsächlich entdeckte ich einen, der gerade an einem langen Tisch frei wurde. Ich steuerte umgehend darauf zu, bevor mir jemand zuvorkommen konnte.

Kaum hatte ich die Stelle erreicht und mein Tablett auf dem Tisch abgestellt, bemerkte ich, dass ich von drei Frauen, die mir wie eine Jury gegenübersaßen, fassungslos angestarrt wurde. Sofort schossen mir die schlimmsten Vermutungen durch den Kopf, aber ich wollte meiner wieder aufkommenden Paranoia, die sich wie Unkraut zu vermehren schien, keinen Raum zum Gedeihen geben.

Mit einem bemühten Lächeln erwiderte ich ihre abschätzenden Blicke und griff nach dem Stuhl, zog ihn hervor und wollte mich bereits darauf niederlassen, als jemand das Wort ergriff.

»Ist sie das?« Die junge Frau, die ganz links saß, stellte ihre Frage auf Italienisch, und auch wenn sie mich ansah, wusste ich instinktiv, dass sie nicht mit mir sprach. Ihr Blick, der mich an den des Concierge im *Danieli*-Hotel erinnerte – als wäre ich ein Insekt in ihrem Essen – bestätigte diese Vermutung.

Während ich noch überlegte, ob ich etwas darauf erwidern sollte, betrachtete ich die Frau eingehend. Sie hatte lange, glatte feuerrote Haare, weiße Porzellanhaut und moorgrüne Augen. Sie trug einen hässlichen rostroten

Pullover mit einem V-Ausschnitt, der sich ganz schlimm mit ihren Haaren biss.

Als niemand sich die Mühe machte der Rothaarigen zu antworten, beschloss ich höflich nachzufragen. Vielleicht dachten sie, ich würde sie nicht verstehen.

»Wer soll ich sein?« Natürlich war mein Italienisch nicht so perfekt wie das der Einheimischen und mein amerikanischer Akzent verriet mich auch umgehend, aber dennoch war ich mir sehr sicher, dass man mich hätte verstehen können – sofern man nur wollte.

»Hat sie uns gerade ernsthaft angesprochen?« Nun war es eine Schwarzhaarige, die rechts saß, die die Frage stellte. Sie trug einen kinnlangen Bob, der intensive Bekanntschaft mit einem Glätteisen, Haarspray und einem Lineal gemacht haben musste. Außerdem glänzten ihre Haare so sehr, dass sie den Eindruck erweckten, aus Seide zu bestehen. Das absolute Gegenteil zu meinem strohigen und widerspenstigen Blondschopf. Ihr Modegeschmack war schon sicherer, wenn auch nicht sehr einfallsreich. Sie trug eine eng anliegende rote Bluse, die den Ansatz ihrer Brüste präsentierte und sie so gekonnt in Szene setzte, dass Pamela Anderson vor Neid erblasst wäre.

Die Schwarzhaarige sah die Dritte im Bunde – die in der Mitte saß – sprachlos an, als wäre meine Frage das Unerhörteste, das ihr jemals widerfahren war. Die blonde Schönheit in der Mitte erinnerte mich irgendwie an eine *Barbie*-Puppe. Mit ihren großen blonden Engelslocken, den stechenden hellblauen Augen, dem pinkfarbenen Lippenstift und der schmalen, aber sehr weiblichen Figur hätte sie jeden Miss-Sowieso-Wettbewerb gewonnen. Ihre Fingernägel waren passend zur Farbe ihrer Lippen lackiert, sie trug ein dünnes weißes Sommerkleid und ihre ganze Haltung war irgendwie ... wie von Adel. Alles an ihr schrie förmlich nach »Universitäts-Queen«.

Ich blickte zwischen den drei Grazien hin und her, und wusste nicht recht, wie ich reagieren sollte. Sollte ich mich hinsetzen und essen, meine Spaghetti nehmen und einen anderen Platz suchen oder das Tablett stehen lassen und gehen? Da mir sowieso das letzte bisschen Appetit vergangen war, erschien mir die dritte Option plötzlich sehr verlockend.

Gerade als ich mich umdrehen wollte, sprach Barbie persönlich mich an. »Setz dich.« Ihre eisblauen Augen funkelten kalt und ich brauchte einen Moment, um zu realisieren, dass sie wirklich mich damit meinte. Ich hatte schon immer ein Problem mit hochnäsigen Blondinen und diese hier rangierte mit einem Schlag unter den Top Drei.

Ich zwang mich zu einem höflichen Lächeln und griff wieder nach meinem Tablett, um mit ihm und meinen Spaghetti zu verschwinden, als Barbie ihre Hand hob und mit einem ihrer perfekt manikürten Finger auf den freien Stuhl ihr gegenüber deutete.

Mir fiel auf, dass an ihrem Handgelenk zarte goldene Armreifen klimperten und an ihren Fingern die dazu passenden Ringe steckten. Alle recht schlicht und edel. Nur einer fiel mir besonders ins Auge, weil er aus Silber – oder eher Weißgold – bestand und einen großen Diamanten einfasste.

Ich starrte immer noch unschlüssig auf Barbies Hand, als sie mich erneut ansprach und dabei ins Englische wechselte, weil sie wohl ernsthaft glaubte, dass ich sie sonst nicht verstand. »Ich sagte, du sollst dich setzen.«

Was mich dazu bewegte, ihrem Befehl zu folgen, konnte ich nicht sagen, aber etwas in ihrer Stimme und die Art, wie sie sprach, ließen in mir das Gefühl aufkommen, dass sie keine Widerrede duldete. Und – ob aus Neugier oder reiner Dummheit – plötzlich hatte ich das Gefühl, dass es vielleicht interessant sein könnte, ihr zuzuhören.

Möglichst souverän ließ ich mich auf den Stuhl sinken, nur um anschließend steif wie ein Brett vor dem Inquisitionskommando zu sitzen. Ihre strengen Blicke bohrten sich in meinen Körper. So fühlte es sich also an, wenn Eiszapfen einen Torso durchbohrten!

»Wie heißt du?« Barbie sprach weiter Englisch, was mir ein wenig das bange Gefühl nahm. Vielleicht interpretierte ich auch zu viel in die Sache hinein. Wahrscheinlich wollten die Italienerinnen nur nett sein und ich schob sie gleich in Highschool-Schubladen, aus denen wir alle inzwischen herausgewachsen waren.

»Emily. Emily Bishop.« Ich unterstrich meine Worte mit dem Versuch eines höflichen Lächelns, das leider nicht erwidert wurde, weswegen ich mich schnell wieder zu einer ernsteren Miene zwang. Meine Beine begannen unter dem Tisch zu wippen und meine Hände, die in meinem Schoß lagen, wurden feucht. Das Ganze erinnerte mich vage an ein Jobinterview.

»Emily.« Barbie sprach meinen Namen aus, als verursachte er ihr einen schlechten Geschmack im Mund. Ihre Mimik verstärkte diesen Eindruck. »Was für ein schrecklich langweiliger und ordinärer Name!« Der rothaarige Teufel und die schwarzhaarige Hexe nickten bestätigend und verzogen ebenfalls ihre Gesichter, als wären sie Klone, allein dazu erschaffen, Barbie zu dienen.

Die Parallelen zu den früheren klischeehaften Highschool-Cliquen drängten sich mir immer mehr auf. Ich dachte eigentlich, dass wir diesen Schwachsinn in unserem Alter bereits abgehakt hatten, aber vielleicht hinkten die Italienerinnen noch etwas hinterher. Oder ihre dominanten und ätzenden Parfümwolken hatten ihnen das Hirn vernebelt.

»Ja … ähm … danke.« Ich schob den Stuhl wieder geräuschvoll zurück, damit ich aufstehen konnte. Diesen Quatsch musste ich mir wirklich nicht bieten lassen. Außerdem, was dachten diese Weiber eigentlich, wer sie waren?

»Setz dich wieder hin«, raunte Barbie leise und ruhig, aber ihre Augen strahlten eine gewisse Bedrohung und unterschwellige Aggressivität aus.

»Wieso sollte ich? Wer bist du überhaupt, dass du denkst, anderen etwas befehlen zu können?« Ich beugte mich leicht nach vorn und stützte mich mit meinen Fäusten auf dem Tisch ab. »Hat man euch keine Manieren beigebracht? Oder gilt es in Italien als höflich, andere Menschen zu beleidigen?« Ich gab mein Bestes, Barbies Mörderblick zu erwidern, aber sie hatte darin eindeutig mehr Erfahrung als ich.

»Anscheinend hat man dir nicht beigebracht, welche Regeln hier gelten. Aber das hole ich gerne nach.« Barbie verzog ihre vollen Lippen zu einem scharfen Lächeln, was ihre Augen noch eine Spur kälter und gefährlicher wirken ließ. »Erstens, man küsst keine Männer, die man nur wenige Stunden kennt. Und besonders nicht, wenn sie verlobt sind.« Innerlich zuckte ich ertappt zusammen, versuchte mir aber nach außen hin nichts anmerken zu lassen. »Zweitens, wenn man schon die erste Regel missachtet, sollte man darauf achten, sich dabei nicht erwischen zu lassen. Besonders nicht von der italienischen Presse. Es sei denn, das war Absicht. Sag mir, Emily, wolltest du unbedingt an deinem ersten Tag in Venedig direkt in der Zeitung landen, weil du einen fremden Mann geküsst hast?«

Nun konnte ich meine Mimik nicht mehr unter Kontrolle halten. Ich spürte, wie meine Maske aus vorgetäuschter Gleichgültigkeit und Arroganz Risse bekam und betete gleichzeitig stumm, dass sie mich nur verarschen wollte.

»Und die dritte und wichtigste Regel ist …« Nun verengten sich Barbies eisblaue Augen zu Schlitzen und ihr Blick wurde noch kälter und schneidender. »Finger weg von meinem Verlobten. Luca gehört mir, und wenn du keinen Ärger haben willst, gehst du ihm schön aus dem Weg. Capito? Hast du verstanden?«

Verabredungen

Ohne dass ich es verhindern konnte, stellten sich die kleinen feinen Härchen auf meinen Armen auf. Barbies Lächeln war so scharf wie die Klinge eines Dolches und mindestens genauso gefährlich! Ihr Hofstaat schenkte mir ein künstliches Lächeln, das sicherlich nicht liebenswürdig gemeint war, wie es für Außenstehende vielleicht den Anschein haben mochte.

»Ich fragte, ob du mich verstanden hast, Emily!« Barbie zog meinen Namen in die Länge wie einen zähen, Übelkeit verursachenden Kaugummi.

Nur mit Mühe zwang ich meine Mundwinkel zu einem Lächeln und erhob mich von meinem Stuhl. Ich versuchte eine selbstbewusste Miene aufzusetzen und schaute die Blondine und ihre Klon-Puppen an.

»Klar und deutlich.« Dann griff ich nach meinem Tablett, riss es an mich, als würde mein Leben davon abhängen, und wandte den dreien den Rücken zu, um mich einigermaßen stilvoll zu entfernen. Bei jedem Schritt, den ich machte, verstärkte sich der Eindruck von bohrenden Blicken in meinem Rücken, aber ich traute mich nicht, mich umzudrehen.

Sobald ich mein nicht angerührtes Essen in den Müll befördert und das Tablett samt Teller und Besteck bei der Rückgabestation abgeliefert hatte, eilte ich aus der Mensa. Ohne den Anschein zu erwecken, weglaufen zu müssen, ging ich, so schnell ich konnte, durch die Flure, bis ich den Ausgang erreichte. Dabei kamen mir eine Menge Studenten und Universitätsmitarbeiter entgegen – und vielleicht bildete ich mir das nur ein, aber ich wurde das Gefühl nicht los, dass sie mich alle anstarrten.

Automatisch senkte ich den Kopf und versuchte mich möglichst unauffällig durch die Gänge zu bewegen, bis ich durch die große Eingangstür stürmte und mir frische kühle Luft entgegenschlug.

Zuerst stand ich unschlüssig herum. Dann lehnte ich mich gegen eine Hauswand und ließ mich daran hinuntergleiten. Als meine Jeans den kalten Boden berührte, schloss ich die Augen und konzentrierte mich auf meine Atmung. Erst als meine Lungen den frischen Sauerstoff inhalierten, klärte sich mein Verstand nach und nach.

Was war das denn gerade? Wieso war ich wie ein verängstigtes Kind weggerannt? Ich hätte der dummen Pute die Meinung geigen sollen! Aber mein Unterbewusstsein hatte mich irgendwie daran gehindert – und jetzt, nachdem ich die ganze Situation hatte Revue passieren lassen, fiel mir auch ein, wieso. Lucas Worte über seine Verlobte! Wenn Barbie seine Freundin war, dann war ihr Vater dieser – *Diego Sowieso*. Der Mafioso. Ergo war sie ... die Mafiaprinzessin!

Sofort reagierte mein Körper mit einer Gänsehaut, und auch wenn ich mir beruhigend über die Arme rieb, half es nicht, mein inneres Frösteln zu lindern. Denn eins war mir klar: Diese Frau war gefährlich. Und es war nicht klug, sie zum Feind zu haben.

Mein Puls und meine Atmung fanden nur langsam wieder einen gesunden Rhythmus und ich zwang mich meine Augen zu öffnen, nur um sofort eine Gruppe Studenten zu erblicken, die abseits vom Hauptweg standen, rauchten und mich unverhohlen angafften, als wäre ich ein Zirkustier. In meinem Kopf schrillten die Alarmglocken und wieder fiel mir siedend heiß ein, was Barbie zu mir gesagt hatte.

Unverzüglich kramte ich mein Handy aus der Jackentasche und öffnete die Browser-App. Leider hatte ich kein Internet, weil ich die Option fürs Ausland hatte sperren lassen. Ich fluchte ungeniert und kramte in meinem Rucksack nach den Universitätsunterlagen. Irgendwo musste sich doch dieser blöde Code fürs WLAN versteckt haben.

Es schien ewig zu dauern, bis ich mich durch die ganzen Papiere gelesen hatte, aber endlich fand ich, was ich so verzweifelt suchte, und konnte mich in das hausinterne Netz einloggen. Kaum erschien das »Verbunden«-Symbol, startete ich bereits die App und gab als Suchbegriff Lucas Namen ein. Umgehend wurden mir mehrere Tausend Ergebnisse angezeigt, unter denen auch bereits erste aktuelle Bilder waren.

Wegen der strahlenden Frühlingssonne, die wohl etwas schadenfroh auf dem Display blendete, musste ich mich über mein Handy beugen und den Bildschirm mit einer Hand abdecken, um die Bilder richtig erkennen zu können. Und sofort bereute ich es.

Auf dem ersten Bild sah ich Luca im Profil, wie er mit seiner Sonnenbrille im Gesicht vor mir stand und mich anlächelte. Wir sahen vertraut aus. Glücklich. Verliebt. Auf dem Foto strahlte ich ihn regelrecht an, was mir gestern gar nicht so bewusst gewesen war.

Mit zitternden Fingern tippte ich auf den Link, der zu dem Schnappschuss gehörte, und wartete darauf, dass sich die dazu passende Webpräsenz öffnete. Die Seite baute sich nur langsam auf und ich landete erst nach einigen Sekunden endlich auf der Homepage einer lokalen Zeitung. Die Titelüberschrift jagte mir einen Schauer über den Rücken. »Unbekannte Schönheit verführt Dandolo junior.« Den Artikel konnte ich auf Grund der Sonne und wegen meiner nicht ausreichenden Italienischkenntnisse schlecht entziffern und nur oberflächlich verstehen, aber auch einzelne Worte reichten aus, um mir einen bleischweren Klumpen in den Magen zu pflanzen.

Mit bebenden Fingern schloss ich die App und wollte gerade mein Handy zurück in meine Tasche stecken, als ich eine SMS von einer unbekannten Nummer bekam. Skeptisch öffnete ich die Nachricht.

Wo bist du?

Nach dem Lesen brauchte ich tatsächlich mehrere Sekunden, bis ich erkannte, von wem sie kam. Denn alle meine Freunde aus den Staaten würden den *WhatsApp*-Messenger ja auch benutzen, weil dadurch keine Kosten entstanden.

Anstatt zu antworten, fragte ich mich, woher Luca meine Nummer hatte. Aber wahrscheinlich war es für ihn als Mitorganisator der *Interexperience* ein Kinderspiel gewesen, diese Information zu erhalten. Und sicherlich hatte er als Studenten-Präsident Zugriff auf die persönlichen Akten.

Ich überlegte, ob ich antworten sollte, und biss mir grübelnd auf die Lippe. Barbies Drohung war klar und deutlich gewesen, aber warum sollte ich nach ihrer Pfeife tanzen? Aus Prinzip schon nicht! Denn immerhin hatte mir diese blöde Kuh gar nichts zu sagen.

Noch bevor ich eine endgültige Entscheidung getroffen hatte, vibrierte mein Handy erneut.

Bitte gib mir die Möglichkeit, dir alles zu erklären.

Er dachte anscheinend, dass ich ihn mied und seine Bitte nach einer Aussprache ausschlug. Der Engel in mir riet mir dazu, Luca eine höfliche, aber bestimmte Absage zu schreiben. Immerhin hatte er mich belogen – und geküsst, obwohl er verlobt war! Und seine zukünftige Frau hatte mir auch sehr unmissverständlich mitgeteilt, dass ich mich von ihm fernhalten sollte. Wenn ich Luca aus dem Weg ging, wäre es das Beste für uns alle ... Aber der Teufel in mir erinnerte mich an den Kuss auf der Brücke und wie sich Lucas Lippen auf meinen angefühlt hatten. Wie seine Hände auf meinem Körper gelegen hatten und wie gierig ich mich danach sehnte, diesen Kuss zu wiederholen. Außerdem konnte ich Barbie damit eins auszuwischen, was einen netten kleinen Bonus darstellte.

Meine Gedanken überschlugen sich und ich bekam langsam Kopfschmerzen. Mit flinken Fingern tippte ich eine Antwort.

Hab schon gegessen. Werde nicht zum Mittagessen kommen.

Vielleicht konnte ich so ein bisschen Zeit schinden, um mir einen Plan zu überlegen. Doch schon wenige Sekunden später kam die nächste Nachricht von Luca.

Geh mir bitte nicht aus dem Weg. Gib mir wenigstens die Möglichkeit, dir alles zu erklären. Wenn du dann immer noch Abstand möchtest, lasse ich dich in Ruhe. Versprochen.

Meine Hände begannen zu zittern – und jedes Mal, wenn ich die Nachricht las, wurde das Beben schlimmer. Ich wusste, dass er seine Worte ernst meinte. Wenn ich ihn darum bat, würde er mich in Ruhe lassen. Die Frage war nur, ob ich es wollte. Dem Kribbeln in meinem Bauch nach zu urteilen und wenn ich an sein süßes Lächeln, seine wild zerzausten Haare und die glänzenden malachitgrünen Augen dachte, wollte ich das ganz bestimmt nicht!

Ohne eine bewusste Entscheidung getroffen zu haben, machten sich meine Finger auf dem Display selbstständig.

Okay. Ein Treffen. Dann sehen wir weiter.

Kaum hatte ich auf »Senden« gedrückt, durchströmte mich Aufregung und ich starrte wie ein kleines Schulmädchen auf mein Handy – in der Hoffnung, es so schneller zum Vibrieren zu bringen. Doch anstatt des Summens einer Nachricht hörte ich ein helles hohes Lachen, dass mich von dem Display aufsehen ließ.

Barbie und ihre Gefährtinnen kamen aus dem Gebäude und schritten mit hocherhobenen Köpfen tuschelnd an mir vorbei, während sie mir abschätzige, belustigte Blicke zuwarfen. Ihnen musste es sicherlich gefallen haben, wie ich mich eben hatte einschüchtern lassen.

Wütend umklammerte ich mein Handy und versuchte so würdevoll wie möglich die Blicke dieser eingebildeten Schnepfen zu erwidern. *Bilde dir bloß nichts darauf ein, Barbie. Ich lasse mich nicht von dir rumschubsen. Und mir ist egal, wer dein Daddy ist.*

Das Vibrieren, das die nächste SMS ankündigte, lenkte meine Aufmerksamkeit wieder auf das Smartphone und mein Herz begann vor Freude zu rasen.

Grazie, Emily! Grazie. Komm heute um achtzehn Uhr ins »Danieli«. Setz dich an die Bar, und wenn dich jemand fragt, sag, du bist mit Mario verabredet. Er wird dich zu mir bringen. Dann beantworte ich dir alles, was du wissen willst.

***

Ich las die Nachricht gleich mehrmals, nur um sicherzugehen, dass sich der Inhalt nicht heimlich änderte oder ich mir die Worte nur eingebildet hatte. Luca lud mich tatsächlich zu einem geheimen Treffen ein. Auch wenn ich es nicht gerne zugab, begann es in meinem Bauch bei der Vorstellung zu kribbeln, als wenn ein Schwarm Hummeln los wäre. Dabei war mir sehr wohl bewusst, wie dämlich und kindisch das war. Besonders weil ich die mitschwingende Gefahr der ganzen Situation nicht ignorieren konnte. Aber mein kleines verräterisches Herz schien vor Freude zu hüpfen und das konnte ich ebenfalls nicht ignorieren!

Mit einem inneren Kopfschütteln verwarf ich letzte Bedenken bezüglich des Treffens, die sich neben der Vorfreude an die Oberfläche meines Bewusstseins drängen wollten. Schließlich hatte ich mir für dieses Semester nur eins gewünscht: Abenteuer und Spaß. Und was war abenteuerlicher, als heimlich den Verlobten einer Mafiaprinzessin zu treffen?

Mit flinken Bewegungen huschten meine Finger über das Display, als ich meine Antwort eintippte, und mit jedem Wort fühlte ich ein immer breiteres Grinsen auf meinen Lippen.

Ich werde da sein.

Nachdem ich die SMS an Luca geschickt hatte, rappelte ich mich auf und verließ den Campus. Ich hatte keine Lust, durch das Gebäude zu geistern und dabei vielleicht aus Versehen Luca oder Barbie samt Anhang zu treffen. Lieber nutzte ich die Zeit, streifte noch ein wenig durch Venedig und sah mir die Stadt an. Denn wegen des kurzen Intermezzos gestern mit Luca und meiner anschließenden Flucht hatte ich die Möglichkeit verpasst, weitere Sehenswürdigkeiten aus meinem Reiseführer zu besichtigen und auf meiner Liste abzuhaken.

***

Laut meiner Internetrecherche sollte ich nur fünfzehn Minuten benötigen, um vom Campus zur Rialtobrücke zu gelangen. Aber auch wenn ich versucht hatte, mir den Weg genau einzuprägen, hatte mich Venedig schnell wieder mit seinen verwinkelten Gassen und Straßen verwirrt.

Ich lief fast eine halbe Stunde planlos durch die Stadt, bis ich den Markusplatz erreicht hatte. Die Nachmittagssonne war gerade hinter einer Wolkendecke verschwunden und ein frischer Wind kam auf. Mit einem Frösteln zog ich meine dünne Stoffjacke enger um meinen Körper, aber auch das half nicht gegen die Kälte.

Ich blickte mich auf der gut gefüllten Piazza um und entdeckte ein kleines Kaffeehaus und Bistro, das mich lockte. Kurzerhand entschloss ich mich, dort eine Kleinigkeit zu essen.

Das *Caffè Florian* sah ein wenig so aus, als hätte man es mitten in einem Museum eröffnet. Der helle Steinboden setzte die bordeauxroten Polstersessel und weißen Marmortische gekonnt in Szene. An den Wänden hingen Gemälde und Skulpturen jeder Art; sie waren scheinbar wahllos im Raum verteilt.

Ich wusste nicht, ob ich hierbleiben und etwas bestellen sollte. Das Lokal sah gehoben und teuer aus, und mein Budget war überschaubar. Aber mein knurrender Magen zwang mich, ihn nicht länger zu ignorieren.

Eine kleine dunkelhaarige Kellnerin in einer schwarz-weißen Uniform trat auf mich zu. »Buongiorno. Wie kann ich Ihnen helfen?« Ihre Stimme war weich und samtig und ließ ihr Italienisch wie eine Melodie klingen.

»Für eine Person, bitte.«

Die Kellnerin nickte lächelnd und bedeutete mir, ihr zu folgen. Sie führte mich zu einem kleinen runden Tisch, der in einer Ecke stand und einen tollen Blick auf den Markusplatz bot. Als ich mich hingesetzt hatte, reichte sie mir die Speisekarte und ich bestellte Lasagne. Dazu gönnte ich mir ein Glas Weißwein.

Während das Essen zubereitet wurde, blickte ich aus dem Fenster und beobachtete die Menschen. Irgendwann huschten meine Gedanken wieder zu Luca, ohne dass ich es verhindern konnte. Der junge Italiener hatte es geschafft, meinen Kopf vollkommen zu beherrschen, und egal wie sehr ich es auch zu leugnen versuchte, musste ich die Wahrheit akzeptieren: Ich war unfähig mich von diesem Mann fernzuhalten!

Die Kellnerin brachte mein Essen – und überrascht stellte ich fest, dass der Wein bereits auf meinem Tisch stand. Den Moment, als sie ihn mir hingestellt hatte, musste ich – in Gedanken an Luca versunken – wohl verpasst haben.

Ich bedankte mich mit einem Lächeln und machte mich anschließend hungrig über das köstliche Essen her.

***

Ich hatte bisher noch nie eine so leckere Lasagne gegessen. Der Wein dazu schmeckte prima, obwohl ich stets ein schlechtes Gefühl hatte, in der Öffentlichkeit Alkohol zu trinken. Aber in Italien durfte man das bereits mit achtzehn, und die hatte ich schon überschritten.

Zum Abschluss des Essens hatte ich mir einen Espresso bestellt, aber er schmeckte bei weitem nicht so gut wie der im *Danieli* und so ließ ich ihn stehen.

Die Kellnerin brachte die Rechnung und angesichts des Preises musste ich schlucken. Solche Ausflüge wie der ins *Caffè Florian* würde ich mir nicht oft gönnen können.

Nachdem ich bezahlt und das Haus verlassen hatte, nahm ich mir vor die drei Stunden, die ich noch bis zu dem Treffen mit Luca hatte, mit einer kleiner Besichtigungstour zu verbringen.

Wegen des Essens, des Weins und der Nachwehen des Jetlags fühlte ich mich unsäglich müde, aber ich wollte auch nicht zurück nach Hause und mich hinlegen. Ich entschied an der frischen Luft zu bleiben, die mich schon wieder munter machen würde.

***

Ich begann meine Sightseeingtour mit der Basilica di San Marco, die trotz der dunklen Wolken nichts an ihrer Schönheit eingebüßt hatte. Die Fassade war in zwei Stockwerke geteilt und fünf Portale mit mosaikverzierten Bögen schmückten die Front. Mein Blick huschte immer wieder zwischen dem beachtlichen Bauwerk und meinem Reiseführer hin und her, der mich mit interessanten Informationen versorgte, die ich gierig aufsog.

»Der Torbogen auf der Nordseite ist das älteste und einzige Portal, das aus dem dreizehnten Jahrhundert überliefert wurde«, sprach ich laut vor mich hin und sah ehrfurchtsvoll zu dem mit Mosaiksteinen geschmückten Bogen.

»Wusstest du eigentlich, dass der Grundriss des Doms ein ungleiches Kreuz ist? Das Vorbild dafür war die byzantinische Architektur.«

Die Stimme kam wie aus dem Nichts und drang erschreckend nah an mein Ohr. Erschrocken zuckte ich zusammen und drehte mich ruckartig mit pochendem Herzen um.

»Sag mal, verfolgst du mich?« Eine Reihe lauter Flüche strömte über meine Lippen. Sicherlich war das nicht unbedingt die netteste Art jemanden zu begrüßen, der bisher nur höflich zu einem gewesen war – doch mein Puls machte gerade den Flügelschlägen eines Kolibris Konkurrenz.

»Ähm, nein. Eigentlich nicht.« Der fremde Typ von heute Morgen in der Uni legte seine Stirn in Falten und sah mich verwirrt an, als wäre meine Frage völlig absurd. »Aber der Stadtkern von Venedig ist nicht so groß, und wenn man jemanden sieht, den man kennt, ist es allbekannt nur höflich, wenn man Hallo sagt.« Er sagte das ohne Sarkasmus und Ironie und ich fragte mich, ob er mich nur auf die Schippe nahm.

»Das kann ja sein … aber dennoch hast du mich zu Tode erschreckt.« Langsam verebbte die Wut und ich beruhigte mich wieder.

»Das tut mir leid.« Der Typ schien ehrlich betroffen und ich bereute meine harsche Reaktion.

»Schon okay«, wiegelte ich ab und wandte mich wieder dem Markusdom zu.

»Ich bin übrigens Thomas.« Er reichte mir seine Hand und ich ergriff sie.

»Emily.«

»Freut mich, Emily.« Es entstand eine kleine Pause, ehe er weitersprach. »Gibt es eigentlich einen besonderen Grund, wieso du heute vor Dandolo geflüchtet bist?« Thomas hatte sich neben mich gestellt und betrachtete ebenfalls den Markusdom. Ich drehte meinen Kopf zu ihm herum und sah ihn von der Seite an. Seine Worte weckten in mir den Wunsch zu schreien. Würde mich heute denn jeder auf Luca ansprechen?

»Das geht dich nichts an«, gab ich absichtlich schnippisch zurück. Luca war nun wirklich nicht die Person, über die ich jetzt reden wollte.

»Tut mir leid. Du hast Recht. Es geht mich nichts an. Ich hatte mich nur gefragt, ob es etwas mit eurem Kuss auf der Brücke zu tun hatte.« Thomas zuckte mit den Schultern und sah mich ausdruckslos an.

»Auch das geht dich überhaupt nichts an«, murmelte ich, steckte meinen Reiseführer zurück in die Tasche und bugsierte meine geballten Fäuste in die Jackentasche, damit Thomas nicht sah, wie wütend ich war. Trotzdem hatte ich plötzlich unsinnigerweise den irrationalen Wunsch mich zu rechtfertigen. »Zwischen Luca und mir läuft nichts – wenn du das meinst. Das gestern war nur …« Ja, was war das gestern? Ein Fehler? Ein harmloser Flirt? Ich wusste es ja selbst nicht einmal.

Thomas sah mich prüfend an. »Dann küsst du immer fremde Männer? Schließlich bist du ja auch noch nicht so lange da.« Seine Augenbrauen schossen dabei so weit in die Höhe, dass sie beinah unter seinem strähnigen Haarpony verschwanden.

»Nein, das tue ich nicht!«, keifte ich ihn an und drehte mich wieder zum Dom. Dieser Kerl hatte echt Nerven! Ich wollte zwar nicht das beleidigte, missverstandene Mädchen spielen, aber nach den letzten achtundvierzig Stunden hatte ich wirklich keine Lust, mir dumme Kommentare und Vorträge anzuhören. Besonders nicht von einem Kerl, den ich gar nicht weiter kannte.

»Wenn ich dir einen Rat geben darf, würde ich aufpassen, dass so was nicht noch mal passiert. Besonders mit Dandolo. Er ist … speziell. Er und seine Freundin passen perfekt zusammen. Beide stinkreich, verwöhnt und unausstehlich. Sie halten sich für was Besonderes und behandeln alle anderen, als wären sie nichts wert.«

Ich blickte Thomas an. Seine harten Worte hatten mich überrascht und passten so gar nicht zu dem Luca, den ich kennengelernt hatte. Aber tatsächlich kannte ich Luca nicht näher. Alles, was ich zu glauben meinte, hatte sich als Lüge herausgestellt. Ich wusste gar nichts von ihm!

»Woher kennst du Luca und seine Verlobte eigentlich?« Ich achtete darauf, meine Frage möglichst neutral und nebensächlich klingen zu lassen. Vielleicht erfuhr ich so etwas mehr über den geheimnisvollen sexy Italiener, der mir nicht mehr aus dem Kopf ging, egal, wie sehr ich es auch versuchte.

»Ich bin bereits seit drei Semestern auf der Ca' Foscari und seit einem Jahr engagiere ich mich als Buddy.« Es entstand eine kleine Pause, in der Thomas mich musterte, als würde er abschätzen, wie viel er mir erzählen könnte. »Wenn man aufmerksam ist, schnappt man hier und da ein paar Dinge auf.« Thomas schien wirklich erbost über Luca und seine sehr spezielle Barbie zu sein, was wiederum mein Interesse weckte.

»Hmm ... das ist ja komisch. Mir kam er sehr nett vor. Würdest du mir vielleicht erzählen, was du so weißt über ihn? Ich meine, er wurde mir als Buddy zugeordnet, das heißt, ich werde wohl noch einige Zeit mit ihm verbringen müssen, und ich wäre wirklich sehr froh, wenn ich da schon mal ein paar Insidertipps hätte.«

Ich versuchte Thomas ein Lächeln zu schenken, das hoffentlich charmant herüberkam. Schließlich musste ich jede Quelle und Information nutzen, die ich über Luca Dandolo bekommen konnte. Vielleicht würde mir das bei der Entscheidung helfen, wie ich mich ihm gegenüber verhalten sollte, wenn wir uns heute Abend trafen.

»Oh, dann hat Fortuna dir ja übel mitgespielt ...« Thomas lachte hohl. »Klar, ich erzähl dir gerne alles, was du wissen willst. Wie viel Zeit hast du denn?«

Dieser Typ war vielleicht ein komischer Kauz, aber auf eine merkwürdige Art auch ganz nett. Vielleicht könnten wir uns ja anfreunden. »Bis gegen Abend vielleicht. Sollen wir uns irgendwohin setzen? Hier gibt es ja genug Cafés.«

Thomas nickte erfreut. »Gerne. Ich habe ein Buddy-Treffen am Abend. Einer meiner Studenten hatte heute Nachmittag keine Zeit und wir haben das Treffen verschoben.«

Hotel Danieli

Um halb sechs verließen wir das Café. Es war eigentlich recht nett gewesen, auch wenn Thomas immer wieder abgelenkt auf sein Handy gestarrt hatte. Er erzählte mir, dass er vor ein paar Tagen ein Mädchen namens Mariella kennengelernt hatte und seitdem irgendwie neben sich stand.

»Wenn du so von ihr schwärmst, könnte man fast meinen, dass es dich richtig erwischt hat«, zog ich ihn auf und er senkte verlegen den Blick.

»Kann schon sein«, gab er schüchtern zurück und ich kommentierte das nicht weiter.

Wir verabschiedeten uns voneinander und ich wartete, bis Thomas außer Sichtweite war. Dann schlug ich den Weg zum *Hotel Danieli* ein. Diesmal schaffte ich es dorthin, ohne mich völlig zu verirren. Ich hatte zwar zwei Mal einen falschen Weg eingeschlagen, aber dennoch war ich stolz auf mich.

Draußen vor dem Eingang blieb ich stehen und atmete tief durch. Gleich würde ich Luca wiedersehen. Endlich konnte ich mich mit ihm unterhalten. Mir war gar nicht bewusst gewesen, wie sehr ich mir genau das wünschte. Gleichzeitig verfluchte ich mich für diese alberne Schwärmerei, die mich an Schulmädchen-Romanzen erinnerte. *Er ist verlobt!*, rief ich mir deshalb noch schnell ins Gedächtnis. *Das ist ein absolutes No-Go! Er ist tabu!*

Um mich abzulenken, ging ich in Gedanken mein Outfit durch. Jetzt im Nachhinein bereute ich es, nach dem Essen doch nicht nach Hause gegangen zu sein. Dann hätte ich mich noch umziehen können. Jetzt trug ich schwarze Stiefel mit einer dazu passenden schwarzen Jeans und einer hellblauen Seidenbluse. Es war zwar nicht das schlimmste Outfit, was meine Garderobe zu bieten hatte, aber es war immer noch nicht gut genug für das *Danieli*. Nicht gut genug für Luca. Schluss jetzt! Ich machte mich ja lächerlich! Immerhin war ich nur hier, um mich mit Luca auszusprechen. Nicht mehr, oder? Ich nahm noch einen tiefen Atemzug, bevor ich mich traute die Eingangstür zu öffnen und das Gebäude zu betreten.

Umgehend wurde ich von einem jungen, mir bisher unbekannten Concierge begrüßt. Offenbar hatte Francesco frei. Ob Luca den Zeitpunkt extra deswegen gewählt hatte? Mir sollte es recht sein. Ich konnte den älteren Hotelangestellten nicht leiden. Er verursachte mir eine unangenehme Gänsehaut, ohne dass ich genau sagen konnte, wieso.

»Buonasera, Signorina. Guten Abend.« Der junge Bursche schenkte mir ein professionelles Lächeln.

»Buonasera«, begrüßte ich den Concierge höflich. Der Umstand, dass Francesco mich nicht mit seinem arroganten Blick bedachte, ließ die Anspannung ein wenig abflachen. »Ich bin hier verabredet. An der Bar«, fügte ich schnell hinzu.

»Sì, Signorina. Bitte folgen Sie mir.« Der Concierge eilte pflichtbewusst voraus und ich folgte ihm, während ich mich aus meiner Jacke schälte und diese auf den Barhocker neben mir drapierte, als ich den dunklen Mahagonitresen erreichte. Der Hotelangestellte verabschiedete sich mit einem Nicken und ließ mich allein.

Mit einer hoffentlich eleganten Pose ließ ich mich auf den Hocker links von meiner Jacke nieder.

»Ciao, Signorina.« Der Barkeeper – ein gut aussehender junger Italiener mit kurzen schwarzen Haaren – lächelte mich leicht grinsend an. Seine braunen Augen musterten mich neugierig. »Was möchten Sie trinken?« Seine Stimme erklang in einem warmen Bariton und sein breites Kreuz zeichnete sich unter dem schwarzen Hemd ab, das auch die Kellner im Restaurant trugen. Offensichtlich war das die Arbeitsuniform.

»Ich nehme einen ...« Unentschlossen biss ich mir auf die Lippe. Sollte ich noch ein Glas Wein trinken? Meinen herumflatternden Gedanken würde es sicherlich helfen. Und der Weißwein heute Mittag war sehr lecker gewesen. Ich ließ meinen Blick über die Wand hinter dem Barkeeper gleiten, ohne etwas Bekanntes wiederzuerkennen. »Ein Glas Rotwein, bitte.« Ich hatte keine Ahnung von Wein und würde mich auf den Geschmack des Barkeepers verlassen müssen. Einen Augenblick lang dachte ich darüber nach, einen Espresso zu bestellen, aber zu der ganzen Atmosphäre der Bar würde Wein deutlich besser passen.

Der Barkeeper nickte mit einem zufriedenen Lächeln, als würde er meine Wahl gutheißen, drehte sich dann zu den Regalen an der Wand um und griff nach einer Flasche. Er öffnete sie und mit einer fachmännischen Bewegung schenkte er etwas von dem rubinroten Inhalt in ein bauchiges Glas. »Lassen Sie es sich schmecken«, sagte er, als er das Weinglas vor mir abstellte und mich mit einem charmanten, warmen Lächeln bedachte.

»Wie viel bekommen Sie?« Ich wollte bereits in meiner Tasche nach einem Geldschein greifen, aber der Barkeeper schüttelte den Kopf. »Sie sind eingeladen, Bella.«

Ich blickte ihn verlegen an und wollte bereits protestieren, als er mit dem Kopf vage in eine Richtung hinter mir nickte. Reflexartig folgte ich seinem Blick über meine Schulter.

Dort im Türrahmen stand Luca und lächelte mich gut gelaunt an. Er trug eine schwarze Anzughose und die schwarzen Lackschuhe, die er bereits gestern auf der Brücke und heute in der Uni angehabt hatte. Offenbar stand er auf ebendiese Halbschuhe. Dazu trug er wieder ein weißes Hemd, dessen Ärmel bis zur Hälfte seines Unterarms hochgekrempelt waren. Ein schwarzes Jackett hing leger über seiner Schulter, wie bereits gestern seine Lederjacke. Er beobachtete mich ungeniert.

Wieso hatte er sich umgezogen? Heute Vormittag hatte er noch eine Jeans und das dunkelblaue Poloshirt getragen, das seine strahlenden Augen unterstrich.

Da mich sein Blick aufwühlte, griff ich nach dem Weinglas und nippte an dem bordeauxroten Inhalt. Sein Bouquet schmeckte süß und weich, ähnlich wie der Wein von heute Mittag und doch irgendwie ganz anders. Und nicht zu vergleichen mit den Sorten, die ich früher schon mal mit meinem gefälschten Ausweis aus dem kleinen Supermarkt bei uns um die Ecke gekauft hatte.

Luca starrte mich so intensiv an, dass ich mich nur peinlich berührt von ihm wegdrehen konnte. Ich widmete meine gesamte Aufmerksamkeit wieder dem Barkeeper, der diese kurze, aber sehr intime Szene mit einer hochgezogenen Augenbraue beobachtet hatte.

»Ich dachte mir schon, dass du mir bekannt vorkommst, Bella.« Der Barkeeper wischte mit einer unbeteiligten Geste über den Tresen, ließ mich dabei aber nicht aus den Augen.

»Ach ja?« Meine Frage kam schärfer heraus als beabsichtigt. Aber ich hatte wirklich keine Lust, wieder an dieses schreckliche Foto aus der Zeitung erinnert zu werden. Auch wenn es der entscheidende Grund war, wieso ich jetzt hier saß, war ich heute bereits oft genug darauf angesprochen worden.

Offensichtlich hatte der Barkeeper den scharfen Ton in meiner Stimme gehört, denn seine Mundwinkel verzogen sich amüsiert. »Keine Angst, Bellezza. Luca ist mein bester Freund. Ich würde ihn niemals dafür verurteilen, dass er eine wunderschöne Frau küsst, obwohl er verlobt ist.« Diese Aussage ließ mich gleich in mehrfacher Hinsicht verdutzt zurück.

»Er ist dein bester Freund?« Wieder sah ich über meine Schulter nach hinten zu Luca, aber er war verschwunden.

»Anna?« Der Barkeeper rief eine ältere, streng dreinblickende Kellnerin zu sich, die sich gerade mit einer Kollegin unterhielt. »Kannst du hier kurz übernehmen? Ich mache eben Pause.«

Anna nickte schlicht, beendete ihr Gespräch und kam hinter die Bar. Sie sah mich kurz interessiert an, bediente dann aber den neuen Gast, der sich soeben an die Bar gesetzt hatte.

Der Barmann legte das Tuch, mit dem er die Gläser poliert hatte, zur Seite, band seine schwarze Schürze los und kam hinter der Theke hervor. Er sah mich auffordernd an, aber ich verstand nicht, was er von mir wollte. Einen Augenblick schauten wir uns nur stumm an, dann schmunzelte er. »Kommst du, Bella?« Er hatte ein angenehmes Lachen und eine sympathische Ausstrahlung.

»Wohin?«, fragte ich skeptisch. Noch einmal würde ich nicht einem wildfremden Mann einfach so folgen. Denn genau das hatte mich ja erst in diese Situation gebracht.

»Wir haben doch eine Verabredung«, half er mir auf die Sprünge und endlich verstand ich, wer vor mir stand.

»Mario?«, wisperte ich leise und der Italiener nickte lachend.

»Sì, Bella. Und jetzt komm.« Mario bot mir seinen Arm an und ich stellte das Glas zurück auf den Tresen. Als ich vom Hocker rutschte, blickte ich unauffällig zu der Kellnerin, die uns jedoch überhaupt nicht beachtete. Mit meiner Tasche und der Jacke auf dem Arm hakte ich mich verlegen bei Mario ein und folgte ihm durch das Restaurant in eine unscheinbare Ecke. Dort hielt er mir eine Tür auf, die mit der Aufschrift »Personal« gekennzeichnet war. Hinter der Tür befand sich ein schlichtes, schmuckloses, aber sehr sauberes Treppenhaus.

»Wohin bringst du mich?«, fragte ich nun doch nervös. Konnte ich diesem Typen überhaupt trauen? Vielleicht war es gar nicht Mario, sondern sonst irgendwer und er hatte nur zufällig mitbekommen, dass ich dort auf Mario wartete.

»Es wäre zu auffällig, wenn du den normalen Weg zu Lucas Suite nehmen würdest. Dieses Treppenhaus ist für die Angestellten, damit sie die Gäste nicht belästigen, wenn sie ihrer Arbeit nachgehen.« Mario erklomm die Stufen mühelos und warf mir über die Schulter ein freches Augenzwinkern zu.

Sofort verdrängte ich meine seltsame Paranoia und ärgerte mich, dass ich mich von diesem ganzen Mafiaquatsch hatte beeinflussen lassen. Obwohl ich das Versteckspiel etwas übertrieben fand, hielt ich den Mund. Wenn es Luca wichtig war, würde ich mitspielen.

Mario und ich erreichten den fünften Stock und ich war ein wenig aus der Puste, wollte es mir aber nicht anmerken lassen. Wir traten wieder durch eine schlichte, unscheinbare Tür und standen nun auf einem breiten Flur, der mit einem dicken, teuren Teppich ausgelegt war und die Geräusche unserer Schritte dämpfte. Am Ende des Ganges konnte ich vage Fahrstühle erkennen und ich versuchte mir eine Orientierung zu verschaffen. Wir mussten am äußeren Ende des Gebäudes sein.

Mario führte mich einige wenige Schritte über den Flur, bis wir vor einer dunklen Holztür stehen blieben. Es war das letzte Zimmer auf diesem Gang. Er klopfte leise an und nur einen winzigen Moment später wurde die Tür geöffnet. Luca erschien, und als er uns sah, zuckten seine Mundwinkel ein wenig und seine Augen begannen zu leuchten.

»Grazie, il mio amico, mein Freund.«

Mario nickte nur stumm, zwinkerte mir noch mal zu und verließ dann den Flur auf dem gleichen Weg, den wir gekommen waren.

Kaum war er durch die Tür verschwunden, griff Luca nach meiner Hand, zog mich ins Zimmer und schloss die Tür leise hinter uns, als könnte er es kaum noch erwarten mit mir allein zu sein. Sofort begannen die Schmetterlinge in meinem Bauch Salsa zu tanzen.

»Ich bin sehr froh, dass du gekommen bist.« Luca hatte meine Hand wieder losgelassen und war voran ins Zimmer gegangen. Ich hingegen blieb wie erstarrt an der Tür stehen und blickte mich ehrfürchtig um.

Die Wände waren mit goldener und cremefarbener Mustertapete verziert. Die Decke bestand aus dunklem Holz, das mit goldenen Streifen unterteilt wurde. Pompöser Stuck und ein elfenbeinfarbener Kronleuchter gaben dem dekadent wirkenden Zimmer etwas Schweres, Altes und Unbezahlbares. Als starker Kontrast waren die Möbel und die Dekoration eher hell gehalten. Cremeweiße Holz- und Polstermöbel mit goldenen Verzierungen schmückten den Raum. Schwere, lichtundurchlässige Samtvorhänge in Cremegold umrahmten die Fenster, die den inzwischen vom Mondlicht beschienenen Canal Grande zeigten. Da ich weder ein Bett noch Kleiderschrank oder Ähnliches entdecken konnte, kam mir der Gedanke, dass es sich hierbei wohl nicht um ein normales Hotelzimmer handelte.

»Emily?« Lucas Stimme riss mich aus meiner Starre und ich musste einen Moment das Zimmer absuchen, bis ich Luca an der geöffneten Balkontür fand.

»Entschuldige, ich war noch nie zuvor ...« Ich schüttelte den Kopf und ging auf ihn zu, während ich Tasche und Jacke ordentlich über einen der Stühle hängte, an denen ich vorbeiging – auch wenn ich Angst hatte, etwas in diesem Zimmer nur zu berühren. Hier sah alles so perfekt aus, dass ich wahrscheinlich die Reinheit und den Anmut des Raums allein mit meiner Anwesenheit befleckte.

»Ich versteh dich. Der ganze Prunk kann anfangs aufregend sein, aber er verliert schnell an Glanz, wenn man ihn nicht aus freien Stücken bewundern kann.« Auch wenn Luca sich Mühe gab nüchtern und sachlich zu klingen, hörte ich dennoch eine gewisse Melancholie in seiner Stimme.

»Wo wir gerade bei dem Thema sind«, begann ich, aber Luca unterbrach mich direkt.

»Ich hoffe, du musstest nicht zu lange warten. Das Treffen mit den Geschäftspartnern meines Vaters ging länger als erwartet. Aber wie ich gesehen habe, hattest du nette Gesellschaft.« Luca war inzwischen auf den Balkon getreten, lehnte nun mit seinem Rücken an der Brüstung und hatte seine Arme vor der Brust verschränkt. Keine Ahnung, ob ich mir den scharfen Unterton in seiner Stimme nur eingebildet hatte. »Ich wusste ja nicht«, fuhr er fort, »dass ich mit so viel Konkurrenz rechnen muss.«

Skeptisch, was das wohl zu bedeuten hatte, konnte ich für einen Moment nur überrascht eine Augenbraue nach oben ziehen.

»Was soll das denn heißen?« Klang meine Stimme nur in meinen Ohren so schrecklich kindisch und zickig? Vermutlich, denn Luca warf seinen Kopf in den Nacken und begann einfach herzlich zu lachen, während ich mich zu ihm auf den Balkon gesellte und mich seitlich mit ebenfalls vor der Brust verschränkten Armen an das Geländer lehnte.

»Bellezza, mach dir keine Sorgen. Es ist völlig verständlich, dass sich alle Männer um eine so schöne Frau wie dich reißen. Ich mache ihnen keinen Vorwurf. Zum Glück weiß ich, dass Mario … keine Konkurrenz für mich darstellt.«

Seine Worte hätten eingebildet klingen können, aber für mich hörten sie sich nur nett und freundschaftlich an.

Luca wurde daraufhin wieder ernst und sah mir fest in die Augen. Sein Blick zog mich in seinen Bann und ich vergaß für einen Moment, wie man atmete. Nur mit Mühe schaffte ich es, seiner Anziehung zu entkommen. Ich räusperte mich und sortierte meine Gedanken, um mich wieder auf den

Grund meines Besuches zu konzentrieren. Doch das Kribbeln in meinem Bauch wies mich wenig dezent darauf hin, dass da wohl noch mehr war.

»Wieso hat mich Mario eigentlich durch das Treppenhaus für Mitarbeiter geschleust?« Meine Stimme war nicht mehr als ein Krächzen und ich fühlte mich schrecklich naiv, kindisch und dumm. Wieso verlor ich in der Gegenwart dieses Mannes immer die Kontrolle über mich und meine Gedanken? Immerhin hatte Mario mir diese Frage bereits beantwortet und trotzdem konnte ich mich gerade nicht mehr an seine Erklärung erinnern.

»Weil es besser ist, dass niemand weiß, dass du hier bist.«

Stimmt! In diese Richtung ging es also. Und dennoch fühlte es sich merkwürdig an, die Worte von Luca persönlich zu hören.

»Und wieso darf Mario wissen, dass ich hier bin?«

»Weil ich Mario vertraue. Er ist mein bester Freund. Er ist wie ein Bruder für mich.« Luca sah mich mit einem lodernden Blick an, während das Licht des Mondes ihn in eine gespenstisch wirkende Silhouette tauchte.

»Ist es denn dann klug, wenn wir hier oben … auf dem Balkon stehen? So ganz und gar öffentlich?«, wisperte ich fast tonlos, gefangen von seinem Blick.

»Auf der ganzen Etage gibt es zwei Suiten. Sophias nebenan. Und meine. Und unter uns ist nur ein Kanal.« Lucas Lippen verzogen sich zu einem amüsierten Lächeln.

»Aber mach dir keine Gedanken. Sophia ist unterwegs. Das heißt, es gibt auf der gesamten Etage nur uns. Wir können aber gerne ins Zimmer gehen, wenn du dich dann besser fühlst.« Ohne meine Antwort abzuwarten, ergriff er wieder meine Hand und zog mich zurück in den Raum. Sofort steuerte er das Sofa an und drehte mich mit einer geschmeidigen Bewegung so, dass ich keine andere Wahl hatte, als mich auf das weiche Polster fallen zu lassen. Für einen Augenblick trennten sich unsere Finger, als Luca sich galant neben mich setzte. Ich nutzte die kurze Unterbrechung und rutschte ein Stück von ihm weg. Vielleicht würde mir das helfen, einen klaren Kopf zu behalten.

Es entstand eine Pause, in der niemand von uns sprach. Luca sah mich an und ich versuchte krampfhaft seinem Blick auszuweichen.

»Also …«, begann ich noch unschlüssig, wie ich das Thema, das mir unter den Nägeln brannte, anschneiden sollte. »Du wohnst also hier? Und Mafia-Barbie hat ihre Suite direkt nebenan?«, fragte ich betont beiläufig, auch wenn ich selbst deutlich hörte, wie nervös meine Stimme klang. Luca machte mich einfach schrecklich unruhig.

»Mafia-Barbie?«, wiederholte Luca angespannt. »Das bedeutet wohl, du hast Sophia kennengelernt.« Sorge und Anspannung standen ihm deutlich ins Gesicht geschrieben, als ich nickte.

»Ja, und sie ist ein richtiges Herzstück! Jetzt weiß ich auch, wieso du sie so liebst.« Ich wusste selbst nicht, warum ich jetzt so kratzbürstig war, aber Luca brachte mich völlig aus dem Konzept. Ich hatte kein Recht sauer zu sein, und trotzdem nervte mich der Gedanke, dass diese blonde Schlange direkt neben Luca wohnte. Den Gedanken, dass sie womöglich die Nächte zusammen in einem Bett verbrachten, verdrängte ich rigoros.

Luca schüttelte traurig und beschämt den Kopf. »Ich weiß nicht, was sie zu dir gesagt hat, aber ich entschuldige mich ganz ernsthaft für sie.« Die Sorge in seiner Stimme und dass er diese Worte überhaupt aussprechen musste, erinnerten mich daran, wieso ich hier war, und meine aufkeimende Wut legte sich wieder etwas.

»Schwamm drüber. Ich habe sie eh nicht ernst genommen«, antwortete ich mit einem Schulterzucken.

»Das solltest du aber. Wirklich. Sophia ist … du solltest dich nicht mit ihr anlegen.« Luca bedachte mich mit einem besorgten Blick, den ich nach bester Manier zu erwidern versuchte.

»Was soll sie mir schon tun?« Ich zuckte erneut mit den Schultern, auch wenn mein Desinteresse an dieser Frau nur gespielt war. »Sie hat sicherlich zu große Angst, dass ihr ein Nagel abbricht, wenn es zu einem Kampf kommt.« Ich wollte die Situation mit einem Witz auflockern, aber Luca sah mich so ernst an, dass ich das in mir hochsteigende Lachen herunterschluckte, bevor es über meine Lippen kam.

»Ich meine es ernst, Emily! Du solltest besser aufpassen.« Bei der Art, wie Luca meinen Namen aussprach, reagierte mein Körper mit einer Gänsehaut, die ich zu ignorieren versuchte.

»Dann war es wohl ein Fehler herzukommen, nicht wahr? Tja, aber ich bin hier. Deine Fürsorge ist wirklich sehr lieb, Luca, aber ich bin schon groß, und kann auf mich selbst aufpassen.« Wen ich mit diesen Worten beruhigen wollte, war mir selbst nicht ganz klar.

»Es war ein Fehler, dich überhaupt hierher einzuladen.« Luca verengte seine Augen nur ein wenig, sah mich dabei aber so intensiv an, dass ich seinem Blick nicht mehr standhalten konnte und mich abwandte. Ich wollte nicht zugeben, wie sehr mich seine Worte verletzten. Um mein angeknackstes Ego und meine frisch zertrampelte Hoffnung nicht preiszugeben, drehte ich mich wieder zu dem Balkonfenster, das einen fantastischen Blick auf den Kanal bot. Das Licht des fast vollen Mondes spiegelte sich auf seiner Oberfläche. Der Anblick raubte mir für einen Moment den Atem, so wunderschön und unbeschreiblich war er.

Als sich das Schweigen zwischen uns ausdehnte, sah ich zu Luca hinüber, dessen Mundwinkel zuckten, als müsste er sich ein Lächeln verkneifen.

»Was ist los? Wieso grinst du mich so an?«, fragte ich, aber auch meine Mundwinkel begannen zu zucken. Es war, als würde mich Luca, wenn er lächelte, immer wieder herausfordern, selbst einzustimmen.

»Nichts! Ich frage mich nur, wie ich die letzten Stunden durchgestanden habe, ohne dich zu küssen. Und besonders die letzten Augenblicke, seit du hier oben bist.«

Wiederholung

Mit diesen Worten hatte ich nun wirklich nicht gerechnet und ich starrte Luca vor Verblüffung sprachlos an. »Was? Wieso sagst du das? Ich meine, du solltest so was nicht sagen. Immerhin bist du verlobt. Und das ausgerechnet mit der Mafiaprinzessin von Venedig!«, fügte ich betont bissig hinzu – und Lucas Mimik verdüsterte sich umgehend. Das freche Grinsen wich einem traurigen Gesichtsausdruck und ich bereute meine Wortwahl.

Mit einem Seufzen wandte er sich ab. »Sophia ist keine Mafiaprinzessin ... Nenn sie nicht so.« Bevor Luca weitersprechen und seine Verlobte in Schutz nehmen konnte, was das dumpfe Gefühl in meiner Brust nur noch verstärkte, unterbrach ich ihn schnell. Immerhin hatte das Treffen hier einen guten Grund.

»Wieso treffen wir uns ausgerechnet hier, Luca? In dem Hotel, das dem Mafia-King gehört und in dem deine Verlobte direkt neben dir wohnt.« Ohne ihn anzusehen, sprach ich bewusst ruhig und beherrscht.

»Weil es hier sicherer ist als woanders.« Luca klang resigniert, aber ich zog nur skeptisch die Augenbraue in die Höhe.

»Wieso?«

»Weil uns draußen jederzeit jemand beobachten oder belauschen könnte. Hier oben sind wir allein.«

Seine Worte animierten das Kribbeln in meinem Bauch dazu, völlig auszuflippen, auch wenn ich eigentlich wusste, dass er es nicht so meinte, wie ich es auffasste. Mit einem Seufzen verdrängte ich meine unanständigen Fantasien, konzentrierte mich wieder auf das Hier und Jetzt und blickte ihm geradewegs in seine leidenschaftlichen Augen.

»Vertraust du mir, Emily?«, fragte er so entwaffnend, dass ich unfähig war, ihm zu antworten. Mein Mund glich der Sahara-Wüste und der Schlagrhythmus meines Herzens musste sich wohl verdoppelt haben. Wie ein hypnotisiertes Kaninchen blickte ich in seine malachitgrünen Augen. Ich war mir sicher – sollte mich jetzt jemand nach meinem Namen fragen, würde ich nur zusammenhangloses Zeug plappern.

Erst das Kreischen einer Möwe brach den Zauber des Moments und ich besann mich wieder darauf, wieso ich hier war.

»Du wolltest mir noch erzählen, wieso du mich gestern auf der Rialtobrücke geküsst hast.« Meine Gedanken wieder auf das Wesentliche zu konzentrieren bereitete mir beinah körperliche Schmerzen. Besonders weil bei der Erinnerung an den gestrigen Kuss meine Lippen wieder zu prickeln begannen und sehnsüchtig nach einer Wiederholung bettelten.

Luca verschränkte die Arme vor der Brust. Seine Körperhaltung ernüchterte mich. Er wirkte so distanziert und abgeklärt, dass er in diesem Moment meine Gedanken bezüglich des Kusses auf keinen Fall teilen konnte.

»Wenn ich dir das erzähle, dann musst du mir versprechen nicht sauer zu werden. Ich möchte nicht, dass du mich für einen – wie sagt ihr in Amerika dazu? – Bad Boy ... hältst! Ich bin nicht stolz auf die Aktion, aber du musst mir glauben, gestern fiel mir nichts anderes ein.«

Nun war meine Neugier geweckt und ich blickte in sein wunderschönes Gesicht. Erst jetzt fiel mir auf, wie markant es war. Luca hatte ein spitzes Kinn, eine gerade Nase und volle Lippen. Als er seinen Blick nach draußen in die Dunkelheit richtete, schien er einen Moment lang stumm seinen Gedanken nachzuhängen.

»Ich verspreche es dir«, erwiderte ich leise und war selbst über den sehnsüchtigen Klang in meiner Stimme überrascht. Wenn er so bedrückt war, konnte ich den Wunsch, ihn in den Arm zu nehmen, kaum unterdrücken!

Luca atmete einmal tief durch, bevor er zu sprechen begann. »Als wir das Hotel verließen, hatte ich das Gefühl, beobachtet zu werden. Hier in Venedig bin ich leider sehr bekannt. Und Paparazzi verfolgen mich regelmäßig. Aber in letzter Zeit war es sehr still geworden und ich dachte ... Diego hätte sich um das Problem gekümmert. Er kann es nicht leiden, wenn seine Familie belästigt wird.« Lucas Kiefermuskulatur spannte sich an und seine Augen verengten sich eine Spur, als würde er einen Punkt in der Ferne fokussieren. »Ich habe versucht den Paparazzo zu entdecken. Vergeblich. Dabei fand ich das Zusammensein mit dir bis zu jenem Moment so entspannt und ...« Luca dachte über das passende Wort nach. Ich vergaß immer wieder, dass Englisch nicht seine Muttersprache war, so fließend und fast akzentfrei, wie er es sprach. »Du hattest keine Erwartungen an mich. Du wusstest nicht, wer ich bin und in welchen Kreisen ich mich bewege. Das war so ... magnifico! Einfach großartig!«

Meine Mundwinkel bewegten sich ungewollt nach oben. Immer wenn Luca ein italienisches Wort ins Gespräch einband, weil ihm die englische Übersetzung dazu nicht einfiel, jagte ein wohliger Schauer durch meinen Körper.

»Dann, auf der Rialtobrücke, sah ich einen der Paparazzi. Ich kannte ihn bereits von früher, aber ich wusste nicht, ob er mich auch bereits entdeckt hatte oder ob er nur zufällig in der Nähe war. Mir fiel keine Möglichkeit ein, schnell und unauffällig zu verschwinden, also dachte ich, dass er ein frisch verliebtes Paar nicht weiter beachten würde.«

Nun zuckten auch Lucas Mundwinkel und ich bildete mir ein, dass es an der Erinnerung an den Kuss lag. Dann würde ich mich zumindest nicht ganz so elend und allein fühlen. »Aber er hat dich trotzdem erkannt und uns fotografiert«, fuhr ich fort.

»Sì. Und ich schwöre dir, hätte ich das vorher gewusst, hätte ich dich nicht in diese Gefahr gebracht. Ich weiß, in welcher schrecklichen Situation du dich jetzt befindest. Immerhin lebe ich jeden Tag damit. Menschen, die mich anstarren und meinen über mich reden zu müssen, als wären sie ein Teil meiner Familie. Als würden sie mich wirklich kennen.« Lucas Kiefermuskeln spannten sich erneut an. »Ich wollte nicht, dass du auch in diese Situation kommst.« Luca seufzte erschöpft und die harte Mimik, die zuvor noch sein schönes Gesicht dominierte, entspannte sich wieder.

Er tat mir schrecklich leid, als ich seinen traurigen und erschöpften Blick bemerkte. Aus einem Impuls heraus hob ich meine Hand und legte sie auf seinen nackten Unterarm. Seine Haut war warm und weich. »Es muss dir nicht leidtun, Luca. Ich hätte dir ja nicht erlauben müssen, mich zu küssen, aber … ich wollte es ja selbst«, gab ich leise zu.

»Wieso?«, fragte er.

»Ich weiß es nicht«, antwortete ich mit einem leisen Lachen. »Wahrscheinlich, weil du attraktiv bist, ich dich nicht kenne und Venedig und dein Charme mir den Kopf verdreht haben.«

Nun lächelte Luca wieder. »Du findest mich attraktiv?« Er klang erfreut, was ich nur mit einem Augenverdrehen kommentierte.

»Ach, tu nicht so. Das ist doch nichts Neues für dich. Dir liegen die Frauen sicher reihenweise zu Füßen.« Mir war es so unendlich peinlich, meine ehrlichen, schwärmerischen Gefühle in Worte zu fassen und diese auch noch laut auszusprechen.

Ein Schatten legte sich über Lucas eben noch strahlenden Augen.

»Nein. Das stimmt nicht. Sie alle haben berechtigte Angst vor Sophia. Und diejenigen, die es doch wagen, mit mir zu flirten oder mir näher zu kommen, haben es bisher alle bereut.«

»Wie meinst du das?«, fragte ich. Ich war neugierig und nicht so ängstlich, wie es vielleicht angebracht gewesen wäre. Mir fiel es einfach nur schwer, diese blonde Puppe von Mafiaprinzessin als ernsthafte Gefahr wahrzunehmen.

»Wie ich bereits sagte, Sophia ist keine Frau, die man als Feindin haben sollte.«

Ich erinnerte mich vage daran, dass ich diesen Gedanken heute Mittag ebenfalls schon hatte, aber jetzt mit ein paar Stunden Abstand kam mir das Gefühl einfach lächerlich vor. Was sollte sie mir schon antun?

»Ich hätte dich besser nicht herbitten sollen, Bellina. Es tut mir leid, meine Schöne. Aber …« Luca rutschte näher an mich heran und hob gleichzeitig seine Hand, um sie an meine Wange zu legen. Mit seinem Daumen strich er über meine Haut. »… du hast etwas an dir, das mich immer wieder zu dir hinzieht. Seit ich dir gestern das erste Mal in die Augen sah, kann ich dich nicht mehr vergessen. Du bist so schön und weißt es nicht einmal.«

Lucas malachitgrüne Augen blickten mich unverwandt an und ich hörte kurz auf zu atmen. »Du kannst dir nicht vorstellen, wie schwer es mir fällt, mich jetzt zu beherrschen. Ich war mir sicher, dass du nach all den Dingen heute nicht kommen würdest. Und ein kleiner Teil von mir freute sich sogar darüber, weil ich dich dann in Sicherheit gewusst hätte. Aber als ich dich dann an der Bar sah, wie du auf mich gewartet hast …« Lucas Augen begannen zu glänzen. »Du bist zu mir gekommen. Und das, obwohl du von meiner Verlobung wusstest. In diesem Moment habe ich zum ersten Mal seit langer Zeit wieder ehrliche Freude gespürt. Und Glück und Freiheit. Du gibst mir das Gefühl, frei zu sein, Bellina. Bei dir muss ich nicht darauf achten, was ich sage oder was ich tue. Bei dir kann ich meinen Gefühlen folgen.«

Ich lachte verlegen, einfach weil mich seine Worte so berührten – und gleichzeitig zweifeln ließen.

»Luca, wir kennen uns doch gar nicht. Wir haben uns gestern zufällig getroffen«, versuchte ich ein wenig die Dramatik aus der Situation zu nehmen.

»Ich glaube nicht an Zufälle. Es war Schicksal, dass wir uns kennengelernt haben.« Er presste die Lippen aufeinander und sah schmerzgepeinigt weg, als würde ihn etwas quälen. Dann wandte er sich mir wieder zu. »Glaubst du an Liebe auf den ersten Blick, Emily?«

Der Schmerz in seiner Stimme traf mich härter, als mir lieb war. Wieso litt ich nur so mit diesem Mann? Zudem kam diese Frage so unerwartet, dass ich am liebsten laut gelacht hätte. Aber so wie Luca mich jetzt ansah, mit einer Hoffnung in den Augen, die mir das Herz erweichte, glaubte ich ihm, dass er die Frage ernst meinte.

»Ich weiß es nicht«, gab ich ehrlich zu. »Früher bestimmt nicht, aber …« Ich erinnerte mich an die Gefühle, die mich seit unserem zufälligen Treffen auf dem Markusplatz immer wieder überkamen. Jetzt, hier in diesem Zimmer, während ich in Lucas Augen zu versinken drohte, da fiel es mir leicht, an die Geheimnisse und die Magie von Venedig zu glauben. »Aber nun bin ich mir nicht mehr sicher«, schloss ich leise.

Luca rutschte noch näher an mich heran, bis sich unsere Beine berührten.

Er nahm meine Hände in seine und automatisch beugte ich mich ihm entgegen, als wären wir zwei Magnete, die sich unweigerlich anzogen.

Luca fixierte mich mit seinem Blick, als er sprach: »Spürst du diese Anziehung zwischen uns? Diese Spannung?« Ich war unfähig zu antworten, also nickte ich nur schwach. »Das ist kein unbedeutender Flirt, Emily. Das ist ... Magie. Also wenn du nicht willst, dass ich dich jetzt küsse, solltest du etwas sagen. Dann respektiere ich deinen Wunsch. Aber wenn du auch dieses ... Knistern spürst, wenn wir uns berühren, dann lass mich dich wieder küssen. Und diesmal, weil du es ganz sicher willst, und nicht, weil ich dich überrascht habe.«

Lucas Gesicht war jetzt nur noch wenige Zentimeter von meinem entfernt und ich spürte seinen Atem, als er sanft über meine Haut strich. Automatisch öffneten sich meine Lippen, als würden sie ihn einladen wollen.

Ich wusste, dass ich etwas sagen musste. Irgendetwas. Das hier war falsch. Ich kannte ihn doch nicht wirklich – und es war erschreckend, wie intensiv ich auf seine Worte, seine Handlungen, auf ihn selbst reagierte. Außerdem war er verlobt – und ich wollte nicht als eine klischeehafte Sommeraffäre enden! Und trotzdem konnte ich mich beim besten Willen nicht gegen diese Anziehung wehren.

»Das ist falsch«, sprach ich meine Gedanken leise aus.

»Ja.«

»Und gefährlich«, versuchte ich einen zweiten Anlauf, um uns beide daran zu erinnern, was wir hier riskierten.

»Ich weiß.«

»Aber du willst es dennoch, oder?«, hauchte ich tonlos und konnte mich nicht mehr von ihm losreißen.

»Genauso sehr wie du.«

Dem war nichts mehr hinzuzufügen.

Ich griff mit einer Hand in Lucas Nacken und glitt mit meinen Fingern in seine samtweichen dunklen Locken. Seine Augen weiteten sich eine Spur, als er verstand. Dann legte er seine vollen zarten Lippen auf meine und zog mich auf sich, bis mein Körper auf seiner Brust ruhte.

Ich verlor mich in dem Kuss, der mir den Atem raubte, mein Herz zum Rasen brachte und meine Knie in Pudding verwandelte. Wenn ich nicht bereits gelegen hätte, hätte ich Schwierigkeiten gehabt, aufrecht stehen zu bleiben.

Luca schien meine Reaktion richtig zu deuten, denn er lächelte in den Kuss hinein. »Du schmeckst nach Sommer, Bellezza. Nach Sonne, Meer und süßem Wein.« Er begann meine Mundwinkel zu küssen und bahnte sich dann einen Weg zu meinem Hals, während ich meinen Kopf in den Nacken legte, damit er freie Bahn hatte. »Und nach köstlich süßen, reifen Erdbeeren mit einem Hauch Minze.« Luca liebkoste weiterhin die Haut an meinem Hals, während er mit der anderen freien Hand begann den obersten Knopf meiner Bluse zu öffnen. Eigentlich hätten spätestens jetzt meine Alarmglocken schrillen sollen, aber ich war völlig machtlos gegen diesen Mann und schloss nur genießerisch die Augen. »Deine Haut ist so samtweich.« Er strich zärtlich mit seinen Lippen über meine inzwischen entblößte Schulter und ich fragte mich, wie er mich ausgezogen hatte, ohne dass ich es mitbekommen hatte. »Du bringst mich um den Verstand, Emily«, hauchte er gegen die empfindliche Stelle direkt hinter meinem Ohrläppchen. »Und du …«, begann er.

»… vibrierst«, beendete ich den Satz. Ich wollte die Stimmung nicht kaputtmachen, aber das Beben in seiner Hosentasche war so unpassend und störend, dass ich durch die Unterbrechung wieder meinen Verstand nutzen konnte.

Luca löste seine Lippen von meiner Haut und schaute mir einen Moment unschlüssig in die Augen. Seine Überlegung, ob er das Handy nicht einfach in den Kanal werfen sollte, stand ihm deutlich ins Gesicht geschrieben. Leider entschied er sich dagegen. Ohne seinen durchdringenden Blick von mir zu lösen, der meine Knie wieder zum Zittern brachte, fischte er das Handy aus der Tasche und ging mit einem genervten »Sì, pronto?« dran.

Ich konnte die Worte, die am anderen Ende der Leitung gesprochen wurden, nicht verstehen, aber die Stimme klang aufgeregt, sprach sehr leise und schnell. Lucas Gesichtszüge verdüsterten sich mit jeder Sekunde und er umklammerte das Handy, als würde er es zerquetschen wollen.

»Grazie, Mario.« Dann legte Luca auf, fluchte verhalten – was aus seinem Mund immer noch verdammt sexy klang – und steckte das Handy wieder weg, während er mich zeitgleich grob zurück auf das Polster schob. Irritiert beobachtete ich Luca, als er aufstand und nach meinem Handgelenk griff. Ich musste gar nicht erst fragen, was los war.

»Sophia ist im Hotel. Sie ist früher zurückgekommen.

Bekannter Retter

»Du musst so schnell wie möglich verschwinden.« Luca zerrte mich durch seine Suite und ich schaffte es gerade noch, nach Jacke und Tasche zu greifen, als er bereits die dunkle Doppelflügeltür aufriss und mich auf den Flur zog.

Ich dachte, er würde mich wieder durch den Personal-Hausflur nach unten bringen, aber er steuerte die andere Richtung, die zu den Fahrstühlen, an.

»Wieso nehmen wir nicht den Weg, den Mario genutzt hat?« Mein Kopf war noch völlig durcheinander und es fiel mir schwer zu verstehen, was gerade los war.

»Es ist bereits neun Uhr. Die Nachtschicht hat begonnen. Auf dem Hausflur wimmelt es jetzt von Hotelmitarbeitern.« Luca knurrte seine Worte beinah und ich fühlte mich schuldig, als hätte ich etwas Dummes gesagt oder etwas Falsches getan. »Nimm die Treppen, dann wird Sophia dich nicht sehen, wenn sie mit dem Fahrstuhl hochkommt. Mario wartet unten auf dich. Er wird dich nach Hause bringen. Du kannst ihm vertrauen.«

Luca zog mich rasch den langen Weg entlang, bis wir an der Treppe ankamen, die sich direkt neben den Aufzügen befand. Als er endlich meine Hand losließ, versuchte ich mit zitternden Fingern meine Bluse zuzuknöpfen und meine Haare zu glätten.

Jeden Moment würden sich die Türen öffnen und Sophia könnte auftauchen, aber ich schaffte es nicht, mich von Lucas flammendem Blick loszureißen. Seine Lippen waren gerötet und vom Küssen leicht geschwollen.

Auch Luca schien sich nicht trennen zu wollen, denn er zog mich noch einmal in seine Arme und sah mir liebevoll in die Augen, was meinen Puls sofort in Wallung brachte. »Bellezza, es tut mir leid, was ich dir zumute, aber ich kann dich nicht gehen lassen.«

Innerlich betete ich, dass er das nur im übertragenen Sinn meinte, als er sich erneut nach vorn beugte und mir einen Kuss auf die Stirn hauchte. Meine Haut prickelte an der Stelle, als er sich abrupt löste und mich sanft, aber bestimmt zur Treppe drängte. »Geh. Wir sehen uns in der Uni. Morgen um dreizehn Uhr ist das gemeinsame Mittagessen. Ich werde dort auf dich warten, Bellezza.«

Einen Moment lang sah ich Luca perplex an, nickte dann aber und rannte bereits die ersten Stufen hinunter, als Luca mir nachrief: »Emily?« Ich hielt mitten in der Bewegung inne und drehte mich zu ihm um. »Träum von mir, il mio angelo, mein Engel.« Dazu schenkte er mir ein zauberhaftes Lächeln, das seine Grübchen zum Vorschein brachte und jeden Gedanken und jeden Zweifel in mir völlig ausradierte. Ich brachte nichts mehr als einen wohl äußerst schmachtenden Blick zu Stande, als ich ein leises *Ping* hörte, das den Fahrstuhl ankündigte. Sofort war ich wieder in Alarmbereitschaft und rannte die Stufen so weit hinunter, dass Sophia – selbst wenn sie die Treppen einsehen sollte – mich nicht erkennen konnte. Es dauerte auch nur gefühlte zwei, drei Herzschläge lang, bis ich ihre vor Überraschung aufquiekende Stimme hörte.

»Luca? Was machst du hier auf dem Flur? Hast du …?« Den Rest des Satzes konnte ich bereits nicht mehr verstehen, wahrscheinlich, weil die beiden sich vom Fahrstuhl entfernten. Zum Glück blieb mir der Anblick erspart, denn mir wurde bereits allein bei der Vorstellung übel, wie sich diese idiotische Mafia-Puppe an Luca schmiegte.

Mit Wut im Bauch – zum großen Teil auf mich selbst – lief ich die schmalen Stufen hinunter. Wie hatte ich es nur geschafft, mich innerhalb von achtundvierzig Stunden in eine eifersüchtige Affäre hineinziehen zu lassen? War das nicht schrecklich klischeehaft? Aber leider musste ich mir eingestehen, dass ich dieses Kribbeln, wie Luca es bei mir auslöste, noch nie zuvor gespürt hatte. Natürlich war ich schon verliebt gewesen und ich hatte auch gedacht, dass das mit Marc echte Liebe gewesen war, aber dieses Lodern, diese Anziehung, die ich jetzt spürte, hatte es zwischen Marc und mir nie gegeben.

Wir hatten uns auf der Highschool kennengelernt und dann waren wir irgendwie zusammengekommen. Über die Zeit hatte sich so etwas wie Liebe entwickelt – dachte ich zumindest. Aber inzwischen war ich mir nicht mehr sicher, ob die Gefühle, die ich für Marc gehabt hatte, wirklich das waren, wofür ich sie damals hielt. Sie kamen mir irgendwie blass und unecht vor im Vergleich zu dem, was Luca in mir auslöste.

Als ich in diesem Moment die lauten, aufgeregten Stimmen und Rufe vernahm, erreichte ich gerade den vorletzten Treppenabschnitt. Blitzlichter erhellten das sonst schummrige Treppenhaus und ich blieb wie erstarrt stehen.

Mario, der Barkeeper, hatte sich bereits wie ein Türsteher in Position gebracht und hielt die Paparazzi, die sicherlich Sophia hierher gefolgt waren, davon ab, die Treppe neben dem Fahrstuhl zu stürmen. Doch das war gar nicht mehr nötig. Denn als sie mich dort sahen, war wohl der Wunsch, Sophia für ein Foto zu erwischen und ihr Fragen zum aktuellen Geschehen zu stellen, sofort vergessen und sie konzentrierten sich ganz auf mich.

Auch Mario musste mitbekommen haben, dass sich der Fokus der Aufmerksamkeit verlagert hatte. Er drehte den Kopf zu mir. In seinem Blick spiegelte sich eine Mischung aus Überraschung und Anerkennung – mit einem Hauch Herausforderung, die ich annahm. Mein nächster Schritt würde darüber entscheiden, wie meine Zeit hier in Venedig ablaufen würde. Sollte ich weglaufen und mich verstecken oder …?

Ich straffte die Schultern, hob selbstbewusst den Kopf, setzte ein bewusst höfliches Lächeln auf und schritt die Stufen hinab, als würde ich das jeden Tag machen und hätte mich nicht gerade aus dem Zimmer eines verlobten Mannes gestohlen.

»Ciao, Mario«, begrüßte ich den Barmann mit einem Lächeln, das er überrascht erwiderte. »Danke, dass du auf mich gewartet hast. Gianna hat nicht aufgehört zu reden.« Ich schob ein gekünsteltes Lachen hinterher, und als ich die unterste Stufe erreichte, hakte ich mich bei Mario unter und schmiegte mich an seinen Arm, während ich zu dem großen Mann hochblickte und ihm einen verträumten Blick zuwarf. Dabei versuchte ich das Blitzlichtgewitter auszublenden. »Können wir gehen?« Innerlich stieß ich ein Stoßgebet zur Jungfrau Maria aus, dass sie mir helfen möge, diesen Bluff durchzustehen.

»Naturalmente«, erwiderte Mario zu meiner großen Erleichterung und beugte sich zu mir herab, um mich mit zwei Küsschen – jeweils eins auf die linke und eins auf die rechte Wange – zu begrüßen.

Alle Künstlichkeit wich einer ehrlichen Dankbarkeit und gemeinsam, Arm in Arm und mit einem siegessicheren Lächeln, bahnten wir uns einen Weg durch die verdutzten und sensationsgeilen Paparazzi, die uns noch ein ganzes Stück folgten.

Wir schlenderten betont langsam und innig umschlungen durch die Straßen von Venedig, ohne ein genaues Ziel anzupeilen. Auch wenn der große Ansturm bereits abgeklungen war, bemerkten wir dennoch hin und wieder einen Paparazzo, der offenbar noch nicht genug Fotos gemacht hatte. Auch ohne uns abzusprechen, wussten wir beide, dass wir jetzt nicht zu mir nach Hause fahren konnten, ohne Gefahr zu laufen, verfolgt zu werden.

»Das war eine sehr kluge Idee von dir, Bellina«, wisperte Mario anerkennend. »Als ich Sophia sah, dachte ich nicht, dass du es noch rechtzeitig schaffen würdest, aber anscheinend kannst du dich sehr schnell anziehen.« Mario schenkte mir ein dreistes Grinsen und vor Schreck blickte ich ihn nur stumm an. Doch er zwinkerte mir neckisch zu.

»Was? Wieso anziehen? Was denkst du, was wir gemacht haben?«, raunte ich verhalten und sah mich schnell um, ob einer der Fotografen in Hörweite war. Aber Mario musste nicht antworten. Ich wusste auch so, worauf er anspielte. »Da täuschst du dich. Wir haben nicht ... wir haben uns nur unterhalten«, flüsterte ich, weil ich verlegen war. Wie konnte Mario nur glauben, dass ich mit Luca im Bett gewesen war? Fassungslos schüttelte ich den Kopf, ohne mich jedoch von ihm zu entfernen.

»Ist deswegen dein Lippenstift verschmiert? Weil ihr geredet habt?« Mario klang ehrlich amüsiert, und gerade als ich zu einem Protest ansetzte, entzog er mir den Arm, nur um ihn anschließend um meine Schulter zu legen und mich enger an sich zu ziehen. »Bambina, ich meine es nicht ernst. Ich kenne Luca seit Jahren. So was würde er nicht machen. Ich wollte nur deine Reaktion sehen. Aber offensichtlich magst du ihn genauso sehr wie er dich.«

»Wie kommst du darauf?« War es so offensichtlich? Oh mein Gott, wie peinlich!

Möglichst unauffällig versuchte ich mir mit dem Handrücken über die Lippen zu wischen, bis mir einfiel, dass ich gar keinen Lippenstift trug. Sofort funkelte ich Mario vor Wut an. Am liebsten hätte ich mich aus seiner Umarmung befreien wollen, aber wir konnten kein unnötiges Risiko eingehen, für den Fall, dass uns doch noch irgendein Paparazzo verfolgte, auch wenn es seit einiger Zeit verdächtig still war.

»Luca ist jetzt seit fünf Jahren mit Sophia zusammen und am Anfang dachte ich wirklich, er würde sich in sie verlieben können. Sympathie und Zuneigung waren vorhanden. Aber keine echte Liebe. Doch als er mir dann gestern von dir erzählte, glänzten seine Augen, wie sie es noch nie getan haben, wenn er über Sophia sprach.« Mario unterstrich seine Worte mit einem Schulterzucken; ich konnte ihn nur vor Verblüffung anstarren.

»Du kennst die Wahrheit hinter Lucas Geschichte?« Ich war ehrlich überrascht. Ihre Freundschaft musste auf einem tiefen Vertrauen basieren!

»Luca und ich sind wie Brüder. Wir kennen uns seit dem Kindergarten. Wir hatten nie Geheimnisse voreinander.«

Die Information musste ich erst mal sacken lassen, aber meine Sympathie für Mario stieg weiter. Es war schön, dass Luca so einen guten Freund hatte, dem er bedingungslos vertrauen konnte.

Eine Zeit lang gingen wir schweigend nebeneinander her und jeder hing seinen Gedanken nach, bis Mario die Stille unterbrach. »Du musst wirklich aufpassen, Bambina. Sophia ist eine mächtige Frau. Wenn sie dich als ernsthafte Bedrohung einstuft, kann es gefährlich werden. Du darfst sie nicht unterschätzen.« Mario blickte mich so ernst und bittend an, dass ich dem nichts mehr entgegensetzen wollte, daher nickte ich nur kurz. »Grazie, Bellina. Du bist nämlich zu schön, um so jung zu sterben.«

***

Mario brachte mich nach einiger Zeit zu einem Wassertaxisteg. Zu meiner Überraschung verabschiedete er sich nicht von mir, sondern stieg mit ein und nannte dem Fahrer einen Anlegesteg auf dem Lido. Auf meinen fragenden Blick hin antwortete er schlicht: »Ich habe versprochen, dich in Sicherheit zu bringen. Und ich denke, in deiner Wohnung bist du sicher.«

»Und woher weißt du, wo meine Wohnung ist?« Unweigerlich fragte ich mich, ob es irgendwann irgendetwas geben würde, das mit Luca zu tun hatte und mich nicht mehr überraschen würde.

»Wenn dich jemand in Sicherheit wissen will, weiß er sehr viel über dich«, antwortete Mario kryptisch und ich öffnete den Mund, um etwas zu erwidern, aber Mario schüttelte den Kopf und deutete stumm auf den Taxifahrer. Sofort biss ich mir auf die Lippe und nickte nur.

Diese ständige Vorsicht in meinen Worten, Taten und bei meinen Freunden war wirklich anstrengend. Und ich erlebte das erst seit ein paar Stunden – und nicht wie Luca seit Jahren! Langsam begriff ich, was er meinte, als er von Freiheit sprach.

»Erzähl mir lieber etwas über Amerika. Wenn ich auf die Universität gegangen wäre, hätte ich vielleicht auch ein Semester dort verbracht – wie unser gemeinsamer Freund, aber Schule und Lernen waren noch nie meine größten Hobbys.« Marios warmes Lachen umschwirrte mich und nahm mir ein wenig die Befangenheit.

»Lu…«, begann ich, aber sein warnender Blick ließ mich sofort innehalten. »Er war für ein Semester in Amerika?«, korrigierte ich, ärgerte mich aber über meine Unbedachtheit.

»Ja, Amerika, Deutschland und Südamerika. Seine Familie wollte, dass er viele Sprachen und Kulturen kennenlernt. Deswegen ist er mit seinen fünfundzwanzig Jahren immer noch auf der Universität. Einen Abschluss hat er schon, aber er macht noch einen zweiten.« Mario sprach mit einer familiären Liebe in der Stimme über Luca, dass sich auch meine letzten Zweifel über meinen Retter legten und ich mich in seiner Nähe vollends entspannte.

»Arbeitest du schon lange im Hotel?«, fragte ich neugierig und verschränkte die Arme vor der Brust. Der Fahrtwind, der über den Kanal peitschte und uns umwehte, drang durch meine dünne Jacke und ließ mich erzittern. Sofort schlang Mario seinen Arm um mich und zog mich an seine Brust.

Ich war so überrascht, dass ich nur steif sitzen blieb und fieberhaft überlegte, wie ich ihm höflich, aber bestimmt sagen konnte, dass ich ihm zwar für seine Hilfe dankbar war, er sich aber keine falschen Hoffnungen machen sollte.

Noch während ich über die richtigen Worte nachdachte, beugte sich Mario zu mir herab und lächelte mich mit seinen braunen Augen an. »Bellina, du hast da eine Wimper«, hauchte er und strich mit einem Finger seiner freien Hand über meine Wange. Augenblicklich zuckte ich zurück.

»Mario …«, begann ich und meine Gedanken wirbelten hektisch durcheinander. War Flirten so etwas wie ein Nationalsport für Italiener? Scheiß auf die Wortwahl, ich musste das jetzt hier auf der Stelle klären, bevor ich mir noch ein weiteres – unnötiges – Problem einfing.

Aber scheinbar war das gar nicht nötig, denn meine Mimik musste meine Bedenken verraten haben. Zumindest würde das erklären, wieso Mario mich erst verwirrt ansah, bevor er anschließend in schallendes Gelächter ausbrach.

»Bellezza, wieso seid ihr Amerikanerinnen alle so steif? Wovor habt ihr Angst?«

»Ich habe keine Angst«, erwiderte ich und hörte, dass es sehr schnippisch herüberkam. »Aber ein verkorkster Flirt reicht mir erst mal. Da muss ich mir nicht noch die Problematik einer Dreieckskatastrophe aufhalsen.«

Mario lachte einfach gut gelaunt weiter. »Wieso siehst du nur Probleme, Bellina? Amore ist … Die Liebe ist das Wichtigste im Leben. Das ist der Grund, wieso wir Menschen leben. Ohne Amore wären wir nur leere graue Hüllen, die durch das Leben streifen und nichts zu schätzen wissen. Es gibt so viele Arten von Liebe. Und nur weil ein Mann dich zärtlich berührt, im Arm hält oder mit dir flirtet, Bellezza, musst du nicht glauben, dass daraus eine Katastrophe entstehen muss. Flirten macht gute Laune. Es ist Spaß und für uns Italiener ist es wie … Atmen.« Marios Lachen verebbte und ein feines nachsichtiges Lächeln wurde sichtbar. »Aber durch die Augen eines Menschen kannst du in seine Seele sehen, und glaub mir, bei Luca habe ich gesehen, dass er dich wirklich sehr mag! Er weiß nur nicht, wie er mit dir zusammen sein kann, ohne gleichzeitig dich und seine Familie in Gefahr zu bringen.«

Ich glaubte Mario, aber dennoch war es mir unangenehm, wie selbstverständlich er mit mir schäkerte, auch wenn es für ihn offenbar nur um Spaß ging.

»Hast du kein schlechtes Gewissen, wenn du mit mir flirtest, obwohl du weißt, wie L... er und ich zueinander stehen?« Ein weiterer Versuch, die italienischen Männer zu verstehen. Oder war ich etwa wirklich zu verklemmt?

»Nein. Aus folgendem Grund: Ich flirte nicht mit dir, Bambina. Ich habe unserem gemeinsamen Freund versprochen auf dich aufzupassen. Und genau das tue ich.« Um seine Worte zu unterstreichen, zog er mich noch näher an sich. »Außerdem bist du nicht mein Typ. Zu viel ... estrogeni ... weißt du!«

Bisher hatte ich keine Schwierigkeiten gehabt seinem Italienisch zu folgen, auch wenn ich nicht jedes einzelne Wort verstand. Aber jetzt hatte er eine Lücke in meinem Wortschatz erwischt.

»Zu viel ... was?«, fragte ich und lachte leise vor Verlegenheit. Das Ganze hier kam mir so absurd vor, dass es schon wieder lustig war.

»Estrogeni«, wiederholte Mario, aber auf meinen unwissenden Blick hin zuckten seine Mundwinkel. »Östrogene, Bellezza! Du bist eine wirklich schöne Frau und auch sehr liebenswert, also verstehe ich, wieso er sich so von dir angezogen fühlt, aber ich bin in einer glücklichen Beziehung. Mit Fabio.«

»Du bist homosexuell?« Damit hatte ich nun überhaupt nicht gerechnet.

»Sì. Und früher war ich mal in ... ihn ... verliebt, also verstehe ich auch, was du an ihm schätzt. Er ist ein wundervoller Mann. Ihm verdanke ich es, dass ich mit Fabio zusammen sein kann. Deswegen helfe ich ihm jetzt auch sehr gerne mit der Frau zusammen zu sein, die dabei ist, sein Herz zu erobern.«

Neue Verbündete

Nachdem das Wassertaxi am Steg angelegt hatte, half mir Mario beim Aussteigen und brachte mich noch bis zur Haustür meiner kleinen Wohnung, wo ich bereits die aufgebrachten Stimmen meiner Vermieter hörte. Mir war es schrecklich unangenehm, dass sich das ältere Paar unentwegt stritt, aber Mario schien es gar nicht mitzubekommen. Zumindest ließ er es sich nicht anmerken.

»Danke für deine Hilfe, Mario.« Ich umarmte den großen besonnenen Mann herzlich.

»Prego, Bambina. Für Luca tu ich das gerne. Und wenn du weiterhin so eine tolle Frau bleibst, nehme ich dich auch in den Kreis meiner Freunde auf.«

Ich wurde bei seinen Worten ganz verlegen. Zwar wollte ich am liebsten nur noch in mein Bett und schlafen, aber eine Frage brannte mir noch auf dem Herzen. »Was meintest du eigentlich damit, als du sagtest, dass Luca dir geholfen hat, mit deinem Freund zusammen sein zu können?«

Ich hoffte inständig, dass ich Mario damit nicht zu nahe trat, aber ich wollte so viel wie möglich über Luca erfahren. Und Marios Antwort würde mir hoffentlich einen tieferen Einblick in Lucas geheimnisvolle Person verschaffen.

Mario bedachte mich mit einem ernsten Blick, bevor er zu sprechen begann. »Du musst wissen, dass meine Eltern streng katholisch sind. Ihnen war es immer wichtig, dass alle ihre Kinder heiraten und eine eigene Familie gründen. In ihren Augen zu ehrenhaften Bürgern werden.« Er wirkte traurig, als er weitersprach. »Als ich erste romantische Gefühle für einen Mann entwickelte, war ich völlig schockiert und wusste nicht, was ich machen sollte. Ich versuchte mit aller Kraft mich dagegen zu wehren. Damals habe ich jedem, den ich kannte, den Rücken gekehrt. Ich habe mich eingeigelt.«

»Und Luca hat es gemerkt und dir gesagt, dass es okay ist?«, riet ich. Immerhin lief es in Filmen immer so ab.

»Nein!« Mario lachte leise. »Luca erfuhr erst davon, als ich es mir selbst eingestanden hatte. Wir waren damals im Haus meiner Eltern und spielten Karten in meinem Zimmer. Damals kannte ich Fabio bereits, aber wir waren nur befreundet. Ich traute mich nicht eine feste Beziehung mit einem Mann einzugehen. Und ich konnte es meinen Eltern keinesfalls erzählen. Ich dachte, sie würden mich dafür hassen und aus dem Haus werfen.« Mario kam ins Stocken.

Zu gerne hätte ich ihn dazu gebracht, mehr zu erzählen, aber ich wollte auch nicht unhöflich sein. Doch zu meiner Erleichterung sprach er ruhig weiter.

»An jenem Tag hatte ich einen großen Streit mit Fabio. Er wollte nicht nur mit mir befreundet sein. Er wollte mehr. Aber ich war zu feige und ließ ihn mit seiner Hoffnung stehen.« Nun musste Mario bei der Erinnerung ein wenig lächeln. »Luca und ich haben uns betrunken. Mit billigem Rotwein, glaube ich.« Mario verlor sich einen Moment in seinen Gedanken, sortierte sich aber schnell wieder und fuhr fort. »Auf jeden Fall erzählte ich Luca, dass ich jemanden kennengelernt hatte, wir aber nicht zusammen sein könnten. Luca wollte natürlich sofort wissen, wer es war und wieso es nicht ging, als Fabio – ebenfalls völlig betrunken – in mein Zimmer stürzte. Er sah mich mit Luca auf dem Bett sitzen und flippte total aus. Er hat mir eine Riesenszene gemacht, weil er so schrecklich eifersüchtig war und dachte, Luca wäre der Grund, wieso ich nicht mit ihm zusammen sein wollte.« Nun lachte Mario, aber es war ein trauriges, resigniertes Lachen – und er tat mir schrecklich leid. »Durch den Lärm kamen auch meine Eltern ins Zimmer gestürzt und mein Vater verlangte zu erfahren, was los war. Ich war absolut unfähig zu sprechen. Ich war vor Angst erstarrt. Ich hatte solche Sorge, dass Fabio mich outen würde. Doch Luca …« Wieder schüttelte Mario amüsiert seinen Kopf. »Er hat sofort begriffen, was Sache war. Und ich weiß nicht, ob es am Alkohol lag oder ob er auch in nüchternem Zustand so gehandelt hätte, aber er sprang aufgebracht vom Bett, griff nach meiner Hand und zog mich an seine Seite. Ehe ich mich's versah, drückte er seine Lippen auf meine.«

Ich sah Mario mit weit aufgerissenen Augen an. »Was?« Mit aller Kraft versuchte ich mir diese Szene vorzustellen. Ein jüngerer Luca, der betrunken mit Mario knutschte. Doch das Bild wollte sich nicht einstellen, auch wenn ich genau wusste, wie Lucas Muskeln sich anspannten, wenn er jemanden im Arm hielt. Wie er seinen Kopf leicht zur Seite neigte. Wie sich seine Lippen anfühlten – warm und weich. Wie sein Atem und seine Zunge einen zärtlich streichelten ...

»Ja!« Mario schmunzelte und riss mich aus meinen Tagträumen. »Ich sagte ja bereits, dass ich damals Gefühle für Luca hatte. Oder es zumindest dachte. Aber in dem Moment, als er mich küsste, erkannte ich, dass es nicht so war. Als sich mein geheimster Wunsch erfüllte, wusste ich, dass ich Luca zwar liebte, aber wie einen Bruder. Dieser Kuss weckte in mir nicht die Gefühle, die Fabio in mir explodieren ließ.«

»Was hat Fabio gesagt? Und was meinten deine Eltern dazu?« Ich wusste irgendwie gerade gar nicht, was ich denken oder sagen sollte.

»Als Luca mich losließ, starrte mein Vater uns sprachlos an. Meine Mutter fing an zu weinen und das lockte auch meine Geschwister an.« Mario lächelte belustigt. »Jetzt kann ich darüber lachen. Aber in dem Moment damals wollte ich nur sterben. Hauptsächlich vor Angst und Scham.«

»Was ist dann passiert?«

»Luca drehte sich zuerst zu meiner Familie um und dann sah er Fabio an und sagte einfach: ›Ich werde mich nicht mehr zwischen euch drängen. Ich weiß, dass Mario dich mehr liebt als mich. Und deswegen werde ich ihn freigeben.‹« Als Mario meinen wohl ziemlich verblüfften Gesichtsausdruck sah, sprach er weiter. »Ja, so habe ich wahrscheinlich auch geguckt. Aber dadurch, dass er sich vor meiner Familie geoutet hat und mich in einem Atemzug mit, wusste mein Vater nicht, was er sagen sollte. Schließlich konnte er Luca Dandolo – Sohn von Guiseppe Dandolo, seinem Chef – nicht wegen seiner Homosexualität verurteilen. Und erst recht nicht, wenn er Gefühle für seinen eigenen Sohn hatte.« Mario schüttelte feixend den Kopf. »Ich hatte solche Angst. Aber meine Eltern hielten immer große Stücke auf Luca, und da er angeblich schwul war, konnten sie es auch ertragen, dass ich ebenfalls nicht auf Frauen stehe. Das machte die ganze Sache für sie ... erträglicher.«

»Denkst du, deine Eltern hätten anders reagiert, wenn Luca nicht ein Dandolo wäre? Und was sagen sie dazu, dass er jetzt mit Sophia verlobt ist?« In meinem Kopf überschlugen sich die Gedanken. Mit dieser Geschichte hätte ich niemals gerechnet!

»Wahrscheinlich schon, aber das ist jetzt nicht mehr wichtig. Inzwischen wissen sie, dass Luca nicht schwul ist und mir damals nur helfen wollte.«

»Haben sie ihre Meinung über Homosexuelle denn geändert? Ich meine, wie lange ist das jetzt her?«, fragte ich leise und traute mich nicht Mario anzusehen. Ich hatte Angst, wenn ich zu viele neugierige Fragen stellte, dass er dann nicht weitersprechen würde.

»Nein, haben sie nicht. Aber sie haben mein Leben und meine Beziehung zu Fabio akzeptiert. Und das habe ich nur Luca zu verdanken. Deswegen werde ich für immer in seiner Schuld stehen.«

Ich blickte den großen maskulinen Italiener an und wieder einmal kam mir in den Sinn, dass man nicht nach dem äußeren Erscheinungsbild urteilen sollte. In Seattle hatte ich ein paar homosexuelle Männer kennengelernt, aber sie waren so ganz anders als Mario.

»Bambina, mach dir keine Gedanken. Ich bin bereits seit acht Jahren mit Fabio zusammen. Luca hat uns zusammengebracht, als ich siebzehn war.«

Mario musste meine Mimik falsch verstanden haben und ich beeilte mich, das Missverständnis zu klären. »Nein, ich mache mir keine Gedanken. Ganz im Gegenteil. Ich bin dir dankbar, dass du mir das erzählt hast. Jetzt ... denn du hast mir geholfen eine neue Seite an Luca kennenzulernen.«

»Gern geschehen, Bambina. Aber versprich mir, ihn nicht darauf anzusprechen, okay? Er will sicher nicht, dass du weißt, welche Erfahrungen er schon mit *Männern* hatte.« Mit diesen Worten und einem frechen Augenzwinkern verabschiedete sich Mario und verschwand in der Nacht – zurück auf seinem Weg nach Venedig.

Ich sah ihm innerlich belustigt und zugleich noch immer erstaunt nach, bis ihn die Dunkelheit verschluckte. Anschließend öffnete ich die Haustür und schlich erschöpft von den Ereignissen des Abends hoch zu meiner kleinen Wohnung. Es gab nichts, worauf ich mich gerade mehr freute als eine heiße Dusche und mein weiches, warmes Bett. Denn auch wenn es heute bereits viel besser war, spürte ich den Jetlag noch immer.

Nachdem ich die Tür geschlossen und meine Jacke aufgehängt hatte, klingelte mein Handy. Überrascht, wer mich um diese Zeit noch anschrieb, zog ich es aus der Tasche und überflog schnell die Nachricht.

Deine Tarnung mit Mario war genial. Du bist nicht nur bildschön, sondern auch klug, kreativ und einfallsreich. Ich freue mich, dich morgen wiederzusehen. Träum süß, Stellina, mein Stern.

Ich spürte, wie ein verliebtes Lächeln über meine Lippen huschte, während ich die Nachricht noch einmal las. Und anschließend noch einmal. Wie oft ich diese Zeilen an jenem Abend anstarrte, bevor ich ins Bett ging, habe ich nicht gezählt. Aber als ich – frisch geduscht und in mein bequemes XXL-Schlafshirt und die kurzen Shorts gehüllt – unter die kuschelige Bettdecke sank und meine Augen schloss, hoffte ich, sie oft genug gelesen zu haben, um von dem Mann zu träumen, der sie mir geschickt hatte.

***

Am Dienstagmittag, als ich das Universitätsgebäude betrat, war ich gegen die neugierigen Blicke meiner Kommilitonen gewappnet. Ich hatte direkt nach dem Aufstehen die italienische Onlinepresse nach Artikeln über den gestrigen Abend durchforstet und tatsächlich ein paar Artikel über Mario und mich entdeckt. Die spannendste Schlagzeile dazu war: »Unbekannte Schönheit ersetzt Luca Dandolo durch anderen Mann«. Und selbst der dazu passende Artikel war recht kurz und uninteressant.

Dieser Umstand bereitete mir bereits am frühen Morgen so eine gute Laune, dass ich mich regelrecht auf das Mittagessen freute. Und inzwischen konnte ich nicht mehr leugnen, dass es daran lag, Luca wiederzusehen. Nach dem Gespräch gestern mit Mario und der SMS von Luca versuchte ich gar nicht mehr, mich gegen meine Gefühle für den smarten Italiener mit den wilden Locken und dem sexy Grinsen zu wehren. Fakt war, dass ich Luca kaum kannte, aber mich dennoch zu ihm hingezogen fühlte. Und das trotz – oder vielleicht auch gerade wegen – der Gefahr, die wie ein Damoklesschwert über unserem Flirt schwebte.

Ich hatte den ganzen Vormittag überlegt, ob ich Luca schreiben sollte, aber ich wusste nicht, ob er das auch wollte. Immerhin bestand die Gefahr, dass sein Handy in die falschen Hände geriet, und ich mochte ihm keinen Ärger bereiten.

Also hatte ich den freien Vormittag dazu genutzt, meinen Eltern eine längere E-Mail zu schreiben und einen kleinen Supermarkt zu suchen, wo ich meine fehlenden Vorräte auffüllen konnte. Und trotzdem hatte ich die ganze Zeit nur an Luca denken können!

Mit dem bekannten aufgeregten Kribbeln im Bauch schritt ich durch die Hallen der Universität und ignorierte die neugierigen Blicke der anderen. Die Mensa hatte ich schnell gefunden, und als ich durch die Glastür trat, schlug mir eine Wand aus Lärm entgegen. Ein Großteil der Erstsemester-Studenten, die am Buddy-Programm teilnahmen, saß bereits in Gruppen zusammen und unterhielt sich angeregt.

Ich ließ meinen Blick durch die Menge schweifen, bis ich den bekannten schwarzen Lockenschopf entdeckte, der sich gerade lachend mit einer Gruppe von Studenten unterhielt.

Noch unschlüssig, wie ich mich verhalten sollte, stand ich am Eingang und überlegte fieberhaft, ob ich einfach so zu Luca gehen konnte. Immerhin war er mein Buddy und Sophia wusste das. Aber der Umstand, dass ich gestern heimlich bei ihm gewesen war, und seine Sorge, als sie zu früh zurückkehrte, ließ mich innehalten. Inzwischen bot mir Mario zwar ein offenbar perfektes Alibi, aber mein Bauchgefühl sagte mir, dass ich vorsichtig sein musste.

Luca schien meinen Blick gespürt zu haben, denn er sah auf und schenkte mir ein liebevolles Lächeln. Die flatternden Schmetterlinge in meinem Bauch vertrieben die Wachsamkeit und brachten mich dazu, Luca anzusteuern.

Ich hatte bereits die Hälfte des Weges hinter mich gebracht, als Sophia alias Mafia-Barbie – flankiert von ihrem Hofstaat – vor mir auftauchte.

»Ciao, Sgualdrinetta. Wie ich gehört habe, hast du dir meine Worte zu Herzen genommen, du Flittchen. Gute Entscheidung.« Sophia verzog ihre perfekt geschwungenen Lippen zu einem feinen bösartigen Lächeln. Sie trug ihre blonden Haare zu einem französischen Fischgrätenzopf geflochten und der rosafarbene Kaschmirpullover passte farblich perfekt zu ihrem Lippenstift. »Luca spielt sowieso außerhalb deiner Klasse«, sprach sie weiter und bedachte mich mit einem traurigen Blick, als würde sie ihre Worte bedauern. Ihre beiden Begleiterinnen kicherten zustimmend und in mir erwachte das Bedürfnis, allen eine reinzuhauen. »Ich weiß, es muss schwer für dich sein. Immerhin ist Luca ein toller Mann. Er hat sogar angeboten, dass er dir einen anderen Buddy zuordnen könnte, damit du dich nicht in deine kleinen Schulmädchenfantasien hineinsteigerst, aber …« Sophia sah mich nachsichtig und gönnerhaft an, was meinen Wunsch nach einer körperlichen Auseinandersetzung nur verstärkte.

Zähneknirschend ballte ich meine Hände zu Fäusten und konzentrierte mich auf einen emotionslosen und desinteressierten Ausdruck. Ich würde dieser Schnepfe nicht die Genugtuung geben mich zu ärgern. Krampfhaft versuchte ich mich an das schöne Gefühl zu klammern, das gestern auf Lucas Couch von mir Besitz ergriffen hatte.

»… aber das würde nur ein schlechtes Licht auf ihn werfen. Immerhin hat er einen guten Ruf zu verlieren. Und den wird er nicht deinetwegen aufs Spiel setzen.« Barbie sprach einfach weiter, als würde sie einen auswendig gelernten Text aufsagen, egal, ob ich ihr zuhörte oder nicht. »Also, husch, husch.« Sophia machte eine wegscheuchende Handbewegung. »Geh zu ihm, damit er seiner Pflicht als dein Mentor nachgehen kann. Aber vergiss eines nicht, Strega: Luca verbringt nur Zeit mit dir, du kleine Hexe, weil er muss – und nicht, weil er dich mag.« Mit diesen Worten machten die drei den Weg frei.

Als ich mit brennenden Augen und mühevoll unterdrückter Wut an ihnen vorbeimarschieren wollte, hielt mich Sophia am Handgelenk fest. Während ich sie bewusst hasserfüllt ansah, hob sie ihre Hand, auf deren Innenseite etwas kleines Silbernes lag. Erst auf den zweiten Blick erkannte ich meinen Ohrring. Er musste abgefallen sein, als mich Luca auf der Couch so stürmisch geküsst hatte.

Automatisch griff ich an mein Ohr und spürte den fehlenden Schmuck. Ohne Sophia aus den Augen zu lassen, ließ ich meine Hand sinken und griff mit vorsichtiger Bewegung nach dem Kleinod. Aber sie schloss ihre Hand, bevor ich es in die Finger bekam.

»Sollte ich erfahren, dass du noch einmal in Lucas Suite warst oder dich mit ihm triffst, wenn keine offizielle Universitätsveranstaltung ansteht, dann werde ich Taten anstatt Worten sprechen lassen.«

Beweise

Sophias leise an mein Ohr gezischte Worte jagten mir eine Gänsehaut über die Arme und ich konnte nur mit Mühe ein Zittern unterdrücken. Wir funkelten einander noch einen Moment hasserfüllt an, bis Sophia wieder ihre Hand öffnete und ich mir den Ohrring schnappte. Ich würde mich von dieser blöden Kuh nicht unterkriegen lassen. Egal, womit sie mir drohte.

Ohne ein weiteres Wort wandte sich die Mafia-Barbie von mir ab und stolzierte prinzessinnenhaft mit ihrem Gefolge aus der Cafeteria. Ich blickte ihnen nicht nach, bewegte mich aber nicht vom Fleck. Ich stand einfach nur stocksteif mitten auf dem Gang und hatte das Gefühl, dass mich jeder einzelne Student in der Mensa anstarrte. Aber wahrscheinlich hatte niemand dieses Gespräch mitbekommen, zu schnell und unauffällig war es abgelaufen.

Noch völlig in Gedanken versunken riss mich eine vertraute warme Stimme aus meiner Starre. Mechanisch hob ich den Kopf und sah auf.

»Emily? Was ist passiert? Ich habe gesehen, dass Sophia mit dir gesprochen hat. Was hat sie gesagt?« Luca sprach leise, aber drängend, und dass er mich auf Englisch ansprach, bestätigte meine Befürchtung, dass ich so verstört aussah, wie ich mich fühlte. Er traute mir offensichtlich gerade nicht zu, dieses Gespräch auch noch auf Italienisch zu führen.

»Sie hat das hier gefunden.« Ich hob abwesend meine Hand, in der ich den Ohrring umklammert hielt, und öffnete sie.

Für einen Moment schien Luca überrascht. Dann fand er seine Sprache wieder. »Emily ...«, begann er, aber ich unterbrach ihn.

»Ich habe keine Lust mehr auf dieses Spielchen, Luca. Jeder sagt mir, dass ich mich von Sophia fernhalten soll, dass ich sie mir nicht zum Feind machen soll. Und was passiert? Sie findet in deiner Suite meinen Ohrring.« Ernst blickte ich Luca an. »Ich glaube, das Ganze wächst mir über den Kopf!« Meine Stimme zitterte ein wenig, aber ich konnte es nicht ändern. Das Zusammentreffen gerade hatte mich mehr verunsichert, als ich bereit war zuzugeben.

»Heute Morgen hat mich Sophia auf die Fotos von dir und Mario angesprochen. Sie fragte mich, woher ihr euch kennt.« Luca presste kurz die Lippen zusammen. »Ich habe ihr erzählt, dass ich gestern Mittag mit ihm in der Stadt etwas gegessen hatte, bevor er seinen Dienst im Hotel begann. Dort haben wir dich dann getroffen und ich habe euch einander vorgestellt.« Luca bedachte mich mit einem schuldigen Gesichtsausdruck. »Es tut mir ehrlich leid, Emily. Ich weiß, was ich dir da zumute. Und ich habe Verständnis, wenn du ab sofort nicht mehr mit mir reden willst.« Luca ließ die Schultern hängen und sah zu Boden. Wie ein getretener Hund – und mein schlechtes Gewissen, gemischt mit brennender Sehnsucht, meldete sich umgehend.

Mit einem schwachen Kopfschütteln versuchte ich meine Gedanken zu sortieren. »Nein, Luca. Ich will nicht, dass wir nicht mehr miteinander reden.« Ich seufzte leise. »Ich weiß zwar selbst, dass das bestimmt das Beste für uns beide wäre, aber ... ich will mich nicht von Sophia einschüchtern lassen.«

Luca hob mit hoffnungsvollem Blick den Kopf. Anscheinend hatte er nicht mit diesen Worten gerechnet. »Du hast Recht, es wäre das Beste, aber ich kann mich auch nicht von dir fernhalten. Du hast mich verzaubert.« Lucas Mundwinkel zuckten und ließen erneut dieses strahlende, ehrlich erfreute Zahnpastalächeln aufleuchten, das mich immer gleich ansteckte.

Ich überging seine Worte, weil sie in mir den Wunsch weckten, mich gleich in Lucas Arme zu werfen. Lieber wechselte ich das Thema – in der Hoffnung, dass sich dadurch mein rasender Herzschlag beruhigen würde. »Wieso glaubt Sophia eigentlich das mit Mario und mir? Weiß sie nicht, dass er schwul ist?« Endlich waren meine Gedanken nicht mehr von Angst und gleichzeitig kribbelnder Aufregung umnebelt.

»Er hat es dir erzählt?« Luca schien verblüfft, dass Mario mich in sein Geheimnis eingeweiht hatte. »Was hat er dir genau erzählt?« Luca verengte seine Augen skeptisch und ich sah darin Furcht aufblitzen.

»Nur, dass er in einer glücklichen Beziehung mit Fabio ist«, wiegelte ich schnell ab. Zumindest war es nicht gelogen, auch wenn ich ein schlechtes Gewissen hatte, Luca nicht die ganze Wahrheit zu erzählen. Aber ich hatte es Mario versprochen und ich wollte nicht sein Vertrauen in mich verlieren. Außerdem war er wirklich ein guter Freund für Luca und sie sollten nicht meinetwegen streiten.

Luca sah mich einen Augenblick lang prüfend an, aber dann nickte er. »Okay. Gut. Aber um deine Frage zu beantworten: Nein, außer seiner Familie und mir weiß es niemand. Zumindest bis gestern. Mario scheint dir zu vertrauen!« Diese Erkenntnis schien Luca nahezugehen. Der Schatten, der um seine Augen lag, verschwand und das Grün seiner Iris begann zu glänzen. »Ich habe Sophia erzählt, dass ihr beide euch spontan verabredet habt, um gemeinsam nach seinem Dienst etwas trinken zu gehen. Mario wollte sich aber nach der Arbeit noch frisch machen und war deswegen oben in meiner Suite. Und damit du nicht allein an der Bar warten musstest, habe ich euch beide empfangen. Und nun denkt sie sicherlich, dass du dabei den Ohrring verloren hast.«

»Und das hat sie dir geglaubt?« Für mich klang das nach einer schlechten Ausrede, aber vielleicht lag es auch nur daran, dass ich die Wahrheit kannte.

»Ich weiß es nicht«, gab Luca zu. »Sie hat nichts dazu gesagt, was wahrscheinlich ein Zeichen ist, dass sie es nicht glaubt.« Luca ließ den Kopf hängen. Als er wieder aufsah, lag Sorge in seinem Blick – und das verstärkte den schweren Klumpen in meinem Magen. »Es tut mir leid, Emily. Wirklich. Ich wollte dich nicht in diese Lage bringen. Ich habe Sophia auch vorgeschlagen, dass ich dir einen anderen Buddy zuteile, um dich aus der Schusslinie zu bringen, aber das will sie nicht. Es wäre das erste Mal, dass der Studenten-Präsident seinen Schützling abgibt. Das würde für noch mehr Aufsehen sorgen.«

»Und was machen wir jetzt?«, fragte ich erschöpft. So hatte ich mir mein Auslandssemester nicht vorgestellt. Abenteuerwunsch hin oder her!

»Jetzt gehen wir etwas essen und zeigen allen, dass wir nur befreundet sind. In ein paar Tagen wird niemand mehr über uns reden.« Luca zwinkerte mir zu und seine Lippen verzogen sich zu einem einladenden Lächeln. Offenbar kam er mit der drohenden Gefahr, die sich langsam über uns zusammenbraute, besser zurecht als ich. Was wahrscheinlich daran lag, dass er jahrelange Übung hatte.

»Ich habe aber gar keinen Hunger mehr«, versuchte ich mich herauszureden. Ich wollte nur noch nach Hause. Und vielleicht mit meiner Mutter telefonieren. Ihre Stimme würde mir ein beruhigendes Gefühl geben und helfen meine Gedanken zu sortieren.

»Man isst ja auch nicht nur, weil man Hunger hat, Emily, sondern weil es schmeckt.« Luca nickte zu der Gruppe Studenten, bei denen er vorhin noch gesessen und sich unterhalten hatte. »Komm, ich stell dir ein paar Leute vor, dann fühlst du dich nicht mehr so einsam. Und Thomas ist auch da. Er hat schon nach dir gefragt.«

»Na schön, wenn das hilft, Gras über das ganze Chaos wachsen zu lassen«, ergab ich mich meinem Schicksal. Wenn Luca es für eine gute Idee hielt, musste ich ihm wohl vertrauen.

Ich versuchte möglichst fröhlich zu lächeln und folgte ihm zu der Schar junger Leute, die mich alle sehr herzlich und offen in ihre Gruppe aufnahmen, nachdem Luca mich ihnen vorgestellt hatte. Ich setzte mich neben Thomas. Der strahlte heute schon von weitem wie ein Honigkuchenpferd vor sich hin und ich fragte mich, ob seine gute Laune wohl etwas mit Mariella zu tun hatte.

»Hi.« Thomas grinste so breit und grotesk von einem Ohr zum anderen, dass es mich an den Joker aus *Batman* erinnerte. Ich musste ihn bei Gelegenheit mal darauf aufmerksam machen. Nicht dass er Mariella oder andere Leute damit noch verschreckte. »Bist du gestern gut nach Hause gekommen?«, fragte er.

»Ähm … ja, danke. Ich hab unterwegs noch einen Bekannten getroffen und bin spontan noch was trinken gegangen.« Um von meinem gestrigen Abend abzulenken, wechselte ich schnell das Thema. »Wie war dein Buddy-Treffen gestern?«

»Ganz okay. Fillippo hat es zwar nicht wirklich interessiert, was ich ihm erzählt habe, aber zumindest waren wir schnell fertig und ich konnte mich noch mit Mariella treffen.« Bei der Erwähnung ihres Namens leuchteten seine Augen auf. »Vielleicht hast du Lust, mit uns zusammen mal was trinken zu gehen?« Unweigerlich fragte ich mich, ob er seine Einladung ernst meinte oder nur höflich sein wollte.

»Ja, irgendwann mal – vielleicht.« Es konnte schließlich nicht schaden, ein paar Freunde außer Luca zu haben.

Thomas nickte nur und blickte träumerisch aus dem Fenster. Dann fragte er feixend: »Hast du den Typ gestern, mit dem du weg warst auch geküsst?«

Sprachlos starrte ich Thomas an.

»Nein! Natürlich nicht!«, platzte ich laut empört heraus. »Ich habe dir doch schon gesagt, dass ich nicht jeden Mann küsse, der mir über den Weg läuft«, fügte ich leiser hinzu, denn ein paar der Studenten, die in meiner Nähe saßen, musterten mich schon.

»Verstehe. Sag mir Bescheid, wenn du deine Meinung ändern solltest. Ich kenn da ein paar Leute, die dich sonst gerne kennenlernen würden.« Thomas versuchte sich an einem Zwinkern, aber er kniff dabei beide Augen zusammen, was irgendwie komisch aussah. Automatisch fragte ich mich, wer Mariella wohl war, dass sie offenbar auf diesen seltsamen nerdigen Kerl stand. Vielleicht war sie ja auch so ein Computerspiele-Freak, wie Thomas mir von sich erzählt hatte.

»Mach ich«, erwiderte ich mit einem sarkastischen Schnauben und griff nach einem der belegten Brötchen, die auf dem Tisch lagen und nur darauf warteten, von uns verspeist zu werden.

Aus den Augenwinkeln entdeckte ich Luca, der reichlich amüsiert zwischen Thomas-Joker und mir hin und her blickte. Seine Mundwinkel zuckten verräterisch, und ich wusste genau, dass er sich ein Lachen verkneifen musste. Am liebsten hätte ich ihm die Zunge herausgestreckt!

»Emily? Kommst du heute Abend auch zum Lagerfeuer?«, fragte Thomas plötzlich.

»Ich weiß nicht …« Ich hatte überhaupt keine Lust auf das Lagerfeuer. Besonders wenn ich daran dachte, dass dort Mafia-Barbie herumstolzieren und um Luca herumscharwenzeln würde, nur um ihre Besitzansprüche zu verdeutlichen.

»Ach komm schon, das wird bestimmt lustig. Ich kenne ein paar tolle Gruselgeschichten, die ich dir erzählen kann.« Thomas warf einen kurzen Blick in Lucas Richtung, der sich gerade angeregt mit einem Typen mit Glatze unterhielt. Als Thomas mich wieder ansah, zwinkerte er mir zu und ich musste unwillkürlich über seinen belämmerten Gesichtsausdruck schmunzeln. Ganz anders als bei Luca, der beim Augenzwinkern immer verdammt sexy aussah!

Ich seufzte ergeben. Wie sollte ich schon Nein sagen, wenn Luca auch da war und es die einzige Möglichkeit war, wie wir uns sehen konnten, ohne dass es auffiel?

»Na gut, ich werde da sein.«

***

Nach dem Essen schlug der Typ mit der Glatze vor in die Stadt zu gehen und den Dogenpalast zu besuchen. Ein kleines unscheinbares Mädchen neben ihm nickte aufgeregt. Thomas hatte es irgendwie geschafft, mich zu überreden, die Truppe zu begleiten. Luca konnte leider nicht mitkommen, weil er noch einen Termin mit ein paar wichtigen Leuten aus der Uni hatte.

Wir begaben uns also zu sechst in die Innenstadt. Mit Thomas als erfahrenem Venedigspezialisten erreichten wir die Rialtobrücke bereits nach fünfzehn Minuten Fußmarsch.

Es war ein angenehmer Nachmittag, die Sonne schien und die Leute wirkten nett, doch an ihren Gesprächen beteiligte ich mich nur selten. Auch die Bauwerke, die wir besuchten, beachtete ich kaum, weil ich viel zu abgelenkt war von meinem Handy.

Luca schaffte es irgendwie, mir hin und wieder eine SMS zu schreiben. Ich überflog gerade seine letzte Nachricht.

Ich vermisse dich, il mio angelo.

Die Schmetterlinge in meinem Bauch flatterten aufgeregt. Allein sein Name reichte inzwischen aus, um mein Herz aus dem Takt zu bringen. Anfangs hatte ich gedacht, dass meine Gefühle vielleicht damit zusammenhingen, dass wir nicht zusammen sein konnten, da verbotene Früchte immer süßer waren. Aber inzwischen wusste ich, dass es nicht ausschlaggebend war. Ich wünschte mir nichts mehr, als dieses dämliche Versteckspiel aufgeben und offen zu meinen Gefühlen stehen zu können. Die unterschwellige Gefahr machte es vielleicht aufregender, aber es war nicht der Grund für dieses Kribbeln, das ich spürte, wenn Luca in meiner Nähe war. Daran war der smarte Italiener ganz allein schuld.

»Wer schreibt dir denn andauernd?«, fragte Thomas interessiert, als wir um halb vier nachmittags wieder den Weg zum Campus einschlugen. Unsere vier Begleiter hatten sich abgesetzt. Sie wollten später nachkommen. Da Thomas als Buddy schon zu Beginn der Veranstaltung vor Ort sein musste, bot ich ihm an mitzukommen. Er war vielleicht ein wenig seltsam und kauzig, aber auf eine unbeholfene und tollpatschige Art ganz nett. Und man konnte sich gut mit ihm unterhalten. Ein echter Kumpel eben.

»Ach, nur eine Freundin aus den Staaten«, erwiderte ich schnell und steckte mein Handy weg. Ich wollte ihn zwar nicht anlügen, aber ich wusste genau, wie er über Luca dachte, und solange ich selbst nicht sicher war, wie es mit dem smarten Studenten-Präsidenten weitergehen würde, wollte ich unsere Beziehung – oder was es auch immer war – lieber für mich behalten.

»Echt? Wow, die muss aber früh wach sein …« Thomas sagte das völlig neutral, und trotzdem bildete ich mir ein, eine Spitze herausgehört zu haben.

»Ähm, nein, sie macht ein Auslandssemester in Spanien«, erklärte ich hastig. Daraufhin nickte Thomas nur stumm und wir sprachen nicht mehr darüber.

***

Nach ein paar Minuten erreichten wir den Campus, als Thomas mir gerade von seiner ersten Begegnung mit Sophia erzählen wollte. Ich steuerte automatisch den Haupteingang an, aber Thomas dirigierte mich um das Gebäude herum, bis wir auf einen Hinterhof kamen, wo bereits ein paar Leute umherliefen und alles für das Lagerfeuer vorbereiteten. Automatisch und ohne mein Zutun glitt mein Blick suchend durch die Menge, bis ich Luca ein ganzes Stück abseits entdeckte. Er unterhielt sich mit einem älteren Mann und als hätte er meinen Blick spürte, sah er auf und unsere Blicke kreuzten sich. Sofort zogen mich seine funkelnden Augen wieder in ihren Bann und nur dank Thomas' Worten, die mich zurück in die Gegenwart brachten, konnte ich meinen Blick von Luca lösen.

»Weißt du, Emily, mein erstes Zusammentreffen mit Sophia war auch etwas fragwürdig … Es war kurz nach meiner Ankunft hier. Damals machte ich gerade eine Stadtführung mit und schoss ein paar Fotos vom Markusdom, als Sophia mir vor die Linse lief. Sie dachte, ich hätte sie fotografiert und dass ich ein Paparazzo sei. Sie motzte mich an, ich sollte das Foto löschen, weil sie mit ihren vom Wind zerzausten Haaren schrecklich aussah und sie so keinesfalls in der Zeitung auftauchen wollte. Ich versicherte ihr, dass ich kein Paparazzo sei und nur einen winzigen Teil ihrer Haare erwischt hätte, aber sie blieb stur. Seitdem kann sie mich nicht leiden. Sie denkt, dass ich auf sie stehe und sie stalke, nur weil wir ein paar gemeinsame Kurse haben!« Thomas beendete seine Schilderung mit einem Stoßseufzer und ich nickte verständnisvoll.

»Dann war deine Begegnung mit ihr auch nicht wesentlich freundlicher als meine.«

»Nein. Was überraschend ist, wenn man bedenkt, dass ich ihren Verlobten nicht geküsst habe.«

Ich sah Thomas ungläubig an, der mich mit seinem Joker-ähnlichen Grinsen bedachte. »Wolltest du gerade komisch sein?« Ich stieß ihn lachend mit dem Ellbogen in die Seite, als er bereits auf einen der herumliegenden Baumstämme zuging, die als Sitzmöglichkeiten gedacht waren. Ohne zu antworten, zuckte Thomas vor sich hin brummelnd nur vage die Schultern. Es war schon irgendwie witzig, mit ihm befreundet zu sein!

Ich folgte Thomas und ließ mich neben ihm auf das Holz nieder. Gemeinsam sahen wir schweigend zwei jungen Italienern zu, die gerade versuchten das Lagerfeuer zu entzünden.

»Und wieso hast du so eine schlechte Meinung von Luca?«

Geheime Treffen

Ich hatte meine Beine an den Baumstamm herangezogen und legte meine Unterarme auf den Knien ab. Dann beugte ich mich zu Thomas herüber, um seine Antwort nicht zu verpassen, als ich einen bohrenden Blick im Rücken spürte. Betont unauffällig sah ich über meine Schulter hinweg nach hinten, nur um meine kindische Hoffnung bestätigt zu bekommen. Luca sah zu mir herüber!

Ich wusste nicht, ob er wollte, dass ich ihn ansprach, oder ob ich ihn lieber ignorieren sollte. Nach dem gestrigen Abend und Sophias Bemerkung heute Mittag war ich mir nicht sicher, wie ich mich Luca gegenüber verhalten sollte. Um ihn nicht weiter so anzustarren, drehte ich mich wieder zu Thomas um, der sich einen Kommentar verkniff.

»Na ja«, begann er, »du kennst doch diese reichen, verwöhnten Schnösel aus den Staaten, die von Mama und Papa alles bekommen und von Beruf Sohn sind, oder?« Als ich nur schwach nickte, sprach Thomas weiter. »So ist Luca wohl nicht. Aber er ist einfach ... ja, nett. Jeder mag ihn, er ist beliebt und er hilft ehrenamtlich im Tierheim. Er engagiert sich wirklich für die Studenten und macht mit jedem auf Kumpel.« Thomas schien es echt schwerzufallen, diese Worte über die Lippen zu bekommen, was mich nur verdutzt und überrascht dreinblicken ließ.

»Also magst du ihn nicht, weil er ... *zu* nett ist?« Ich musste mir wirklich Mühe geben, nicht laut loszulachen. Thomas war also nur neidisch auf Luca! Und ich hatte wirklich gedacht, er würde Leichen aus Lucas sprichwörtlichem Keller hervorholen.

»Er ist zu schablonenhaft«, beeilte sich Thomas zu erklären. »Sieh ihn dir doch an. Er sieht aus wie ein Fotomodell, ist mit der Studentenkönigin verlobt, schwimmt im Geld und jeder will mit ihm befreundet sein. Der Typ muss irgendeinen Haken haben. Ich bin bei solchen Menschen ... von Natur aus immer vorsichtig!« Thomas klang angespannt und ich blickte ihn wohl ziemlich perplex an. Ich verstand zwar seine Intention, konnte sie aber nicht teilen. Was vielleicht daran lag, dass ich Lucas Geschichte kannte. Sein Leben wirkte nach außen hin vielleicht so perfekt, wie Thomas es beschrieb, doch ich wusste es inzwischen besser.

»Aber ...«, begann ich, als ich eine tiefe und sehr bekannte Stimme hinter mir hörte.

»Darf ich euch kurz unterbrechen?« Luca tauchte hinter uns auf, als hätte er nur auf ein Stichwort gewartet.

Thomas und ich hatten uns fast synchron zu Luca herumgedreht und blickten nun hoch. Seine leuchtend grünen Augen fixierten mich einen Moment, dann Thomas.

»Was gibt's, Dandolo?«, knurrte mein Sitznachbar – wütend über die Unterbrechung.

Um die angespannte Stimmung nicht noch mehr zu reizen, bemühte ich mich um eine möglichst ausdruckslose Miene, auch wenn ich am liebsten gelacht hätte über Lucas prüfenden Blick und Thomas' Geknurre.

»Ich störe eure unterhaltsame Zweisamkeit nur ungern, aber wir benötigen noch etwas Unterstützung bei den Getränken, Hawk!« Bildete ich mir den scharfen Ton in Lucas Stimme nur ein? Wahrscheinlich. Meine Fantasie spielte mir in solchen Situationen gerne Streiche. Wusste Luca eigentlich schon, dass Thomas ein Auge auf Mariella geworfen hatte?

Thomas schnaufte ärgerlich, verkniff sich jedoch einen Kommentar und erhob sich widerwillig.

»Wir können unsere Unterhaltung ja später weiterführen, Emily.« Thomas versuchte sich an einem Lächeln, das aber irgendwie missglückt wirkte und mich wieder zum Schmunzeln brachte. Gerade erinnerte er mich an den Golden Retriever unserer Nachbarin in Seattle. Er hatte auch immer schlechte Laune, wenn man ihm sein Spielzeug wegnahm und ihn zum Baden zwang.

Ich blickte Thomas nach, bis er eine Gruppe von Männern erreichte, um gemeinsam mit ihnen im Universitätsgebäude zu verschwinden. Dann bemerkte ich, dass Luca immer noch bei mir stand und mich unverhohlen anstarrte, was mich seltsam verunsicherte.

»Schön, dass du dich amüsierst.« Fünf kleine Worte, die mir eine unangenehme Gänsehaut bereiteten. War Luca sauer, weil ich hier am Lagerfeuer saß und mich unterhielt? Er klang definitiv wütend.

Bevor ich seine Worte einordnen oder etwas erwidern konnte, wandte er sich von mir ab und ging in dieselbe Richtung, in die zuvor Thomas verschwunden war.

Verwirrt sah ich Luca nach und fragte mich ernsthaft, in welches Chaos ich da nur hineingeraten war.

***

Zwanzig Minuten später war der Hof mit Leuten gefüllt. Die Luft war von Gesprächen, Gelächter und dem Duft von frischem verbranntem Holz geschwängert. Während der ganzen Zeit versuchte ich Luca unauffällig in der Masse der Studenten zu finden und ihn mit einem Blick zu fragen, ob alles okay war. Aber irgendwann war es einfach nicht mehr möglich, und ich gab die Suche seufzend auf. Am liebsten wäre ich nach Hause gegangen, aber ich zwang mich Spaß zu haben. Ich wollte mich nicht so von den Launen anderer mitreißen lassen. Lieber konzentrierte ich mich auf den netten Abend und die witzige Gesellschaft.

Überraschenderweise begann ich sogar die Party zu genießen, was wahrscheinlich zu einem großen Teil daran lag, dass Mafia-Barbie und ihr Gefolge nicht anwesend waren. Offenbar war ihre Zeit für das ehrenamtliche Buddy-Programm zu kostbar. Ich war ihnen fast dankbar für ihre Allüren.

Thomas saß wieder neben mir und in seiner Abwesenheit hatte sich ein Dutzend weiterer Studenten zu dem Lagerfeuer gesellt. Wir hockten alle auf den Baumstämmen, die in einem halbwegs runden Kreis um das Lagerfeuer gelegt waren.

Thomas erzählte mir, dass er nicht immer in Venedig gelebt hatte und erst vor eineinhalb Jahren aus den Staaten für ein Auslandssemester hergekommen war. Nach den drei Monaten hatte er einfach beschlossen sein Studium hier zu beenden.

Ich erzählte ihm ein wenig über mein Leben in Seattle, bis uns anschließend die Geschichte von Chang-Li, einem chinesischen Auslandsstudenten, in ihren Bann zog. Er sprach gerade über eine peinliche Begegnung mit einer Stewardess, während seines Fluges nach Italien, als mein Handy in meiner Jackentasche vibrierte. Überrascht kramte ich es hervor und las die kurze Chatnachricht, die dort aufleuchtete.

Wie geht's dir, Em? Ich habe seit Tagen nichts von dir gehört. Bist du im Kanal ertrunken oder liegst du bereits in den Armen eines heißen Italieners? xoxo

Die Nachricht kam von meiner Freundin Sharon und ich hatte sofort ein schlechtes Gewissen, dass ich mich nicht mehr bei ihr gemeldet hatte, obwohl ich es mir so fest vorgenommen hatte. Die letzte Nachricht, die sie von mir bekommen hatte, war ein kurzes *Bin gut in Venedig angekommen. Infos folgen!* gewesen.

Schnell tippte ich eine kurze Antwort.

Weder noch. Kanalschwimmen ist zu kalt und Italiener sind zu heiß für meinen Geschmack. Aber die Espressi sind köstlich. Hast du dir schon einen Torero geschnappt? xoxo

Ich drückte auf »Senden« und bemerkte Thomas' neugierigen Blick.

»Wieder deine Freundin?«, fragte er interessiert und diesmal konnte ich ihm ohne schlechtes Gewissen antworten.

»Ja, aber eine andere.« Zum Beweis zeigte ich ihm die Nachricht und hoffte so, meine Aussage von heute Mittag glaubwürdiger erscheinen zu lassen.

Thomas überflog die Nachricht und lachte leise. »Dir schmeckt dieses

Gebräu?« Thomas schüttelte lachend seinen Kopf. »Das ist Hochverrat an deinen amerikanischen Geschmacksnerven.«

Ich öffnete bereits den Mund, um mit einer frechen Bemerkung zu antworten, als ein erneutes Vibrieren unsere Unterhaltung unterbrach.

Komm in den dritten Stock, Zimmer R306.

Einige wenige Worte, die meine Aufregung dennoch ordentlich anfachten. Den Gedanken, dass Luca nicht sauer war, konnte ich wohl getrost vergessen. Seine SMS zeigte deutlich, wie angefressen er offenbar sein musste. Nur konnte ich mir beim besten Willen nicht vorstellen, wie ein Streit mit Luca aussehen würde und worum es eigentlich ginge.

Den albernen Gedanken, dass Luca vielleicht sauer war, weil ich mich mit Thomas unterhalten hatte, verbot ich mir. So eine kindische Eifersucht würde einfach nicht zu Luca passen. Außerdem sah jeder Idiot, dass Thomas keine Konkurrenz für Luca darstellte.

Ich entschloss mich, seiner Bitte um ein Treffen nachzukommen. »Ähm, Thomas … Ich muss nach Hause. Tut mir leid. Ich habe völlig vergessen, dass ich noch einen Termin habe. Einen *Skype*-Chat mit meinen Eltern.« Dabei strich ich mir die Haare aus dem Gesicht, die der sanfte Wind mir immer wieder davor blies.

»Wirklich? Dass ist ja schade. Aber, warte, ich komme mit und bring dich nach Hause.« Thomas machte Anstalten aufzustehen und ich biss mir auf die Lippe. Ich musste mir etwas einfallen lassen.

»Das ist doch nicht nötig. Ehrlich. Es ist gerade so gemütlich, da musst du nicht extra meinetwegen gehen.« Entschieden schüttelte ich den Kopf und machte gleichzeitig ein paar Schritte nach hinten, wobei ich darauf achtete, nicht über den Baumstamm zu stolpern, der hinter mir lag.

»Ach Quatsch. Das macht mir nichts aus. Und da dein Buddy schon weg ist und seiner Aufgabe nicht nachkommt, übernehme ich das für ihn.« Thomas bedachte mich wieder mit dieser skurrilen Art von Lächeln, die mich an das

Joker-Grinsen erinnerte, und zwar an die Furcht einflößende Verfilmung mit Heath Ledger! Was Mariella wohl an Thomas fand?

»Nein, wirklich. Ist schon okay. Außerdem musst du dich doch um deine eigenen Studenten kümmern.«

Thomas schüttelte seinen Kopf. »Nein, die sind alle entweder schon weg oder gar nicht erst gekommen.« Er klang ein wenig eingeschnappt, dass seine Dienste als Buddy offenbar so selten benötigt wurden.

»Das tut mir leid …«, erwiderte ich lahm, aber ich wusste nicht, was ich sonst dazu sagen sollte. »Also … wir sehen uns bestimmt morgen. Ciao, Thomas.« Ich winkte ihm noch kurz zu, und bevor er die Möglichkeit hatte mir zu folgen, verließ ich schnell, aber hoffentlich unauffällig den Hof.

Am Haupteingang des Universitätsgebäudes blieb ich stehen. Mit einem letzten kurzen Blick über die Schulter versicherte ich mich, dass Thomas mir wirklich nicht hinterhergerannt war, und schlüpfte schnell in das dunkle und einsame Gemäuer.

***

Den Raum R306 zu finden war schwieriger als gedacht. Das gesamte Gebäude war in absolute Dunkelheit getaucht und menschenleer. Nur die Notausgänge waren beleuchtet und dank der Taschenlampenfunktion meines Handys schaffte ich es, unfallfrei in den dritten Stock zu gelangen.

Ich musste noch eine Weile umherirren, bis ich endlich besagten Raum fand. Mit pochendem Herzen stand ich vor der verschlossenen Tür und atmete einmal tief durch, bevor ich nach der Klinke griff und sie herunterdrückte.

Die Tür war verschlossen.

Ich ruckelte ein wenig daran herum, um sicherzugehen, dass sie nicht einfach nur klemmte, musste dann aber erfolglos aufgeben.

Schnell prüfte ich die SMS, ob ich mich nicht verlesen hatte. Doch sowohl die Etage als auch die Raumnummer stimmten mit den Infos in der Textnachricht überein.

Mich überkam ein banges Gefühl. Vielleicht hatte mir gar nicht Luca geschrieben, sondern jemand, der sein Handy geklaut hatte und mich jetzt in eine Falle locken wollte?

Mein Herz pochte laut in meiner Brust und das Blut rauschte in meinen Ohren. Meine Hände waren kalt und feucht.

Ich war bereits dabei, Lucas Nummer aus meinem Telefonbuch zu suchen und ihn anzurufen, als mir jemand eine Hand auf die Schulter legte.

Laut kreischend fuhr ich zusammen und drehte mich hundertachtzig Grad herum. Ehe ich realisiert hatte, wer vor mir stand, wurde mir eine Hand vor den Mund gepresst, die meinen Schrei dämpfte.

»Schhht. Ich bin's doch nur«, flüsterte Luca schmunzelnd und nahm die Hand wieder von meinen Lippen.

Mein Herz raste und trommelte fast schmerzhaft gegen meine Rippen. Adrenalin zirkulierte noch immer unbändig durch meine Adern und ich zitterte am ganzen Körper. Wegen dieser ganzen Mafia-Geschichte war ich unbewusst dauerangespannt und sah überall Gefahren, die ... gar nicht existierten. Früher war ich nie so ängstlich gewesen!

»Bist du wahnsinnig, Luca? Willst du, dass ich einen Herzinfarkt bekomme?« Meine Worte waren nur geflüstert und dennoch kamen sie mir unnatürlich laut vor in der drückenden Stille.

Luca amüsierte sich über meine Reaktion. »Nein, aber ich konnte ja nicht ahnen, dass du so verdammt schreckhaft bist.« Nun griff er nach meiner Hand und zog mich an sich. An seine Brust geschmiegt beruhigte ich mich langsam.

Ohne mich aus seiner Umarmung zu lassen, schloss Luca die Tür hinter uns auf und schob mich vorsichtig in den dahinterliegenden Raum.

»Du hast mich mit deinen Gruselgeschichten und Warnungen gegen Sophia so verunsichert«, murmelte ich in die Wolle seines Pullovers hinein.

Luca ging auf meine Worte gar nicht ein, sondern schloss nur die Tür hinter uns und sperrte ab.

»Überraschung!« Er drehte mich an den Schultern herum, so dass ich zum ersten Mal sehen konnte, wo wir uns eigentlich befanden.

Der Raum war leer und staubig. Nur ein paar einsame Kartons standen in einer Ecke herum. Wahrscheinlich war er früher einmal ein Lagerraum gewesen. Doch jetzt lag auf dem Boden eine dunkelrote Decke, auf der eine altertümliche Laterne stand, in der eine einsame Kerze ein dezentes, aber gemütliches Licht verströmte.

»Was ist das? Wo kommen die Sachen her?«, fragte ich verblüfft.

»Hier hat die Theaterabteilung früher ihre Requisiten gelagert. Sie haben nicht alles abgeholt, und nachdem wir gestern so abrupt unterbrochen wurden, dachte ich, ich mache es wieder gut.« Luca griff nach meiner Hand und zog mich auf die Decke. Jetzt erst erkannte ich, dass er notdürftig aus ein paar Theaterklamotten Kissen geformt hatte, auf die er mich jetzt bettete. Anschließend legte er sich neben mich.

Im Schein der Kerze wirkte Lucas Gesicht irgendwie gespenstisch und gleichzeitig wunderschön. »Was machen wir hier?« Meine Stimme zitterte ein wenig vor Aufregung. Ich hatte mit einem Streit gerechnet – und nicht mit einer so liebevollen Geste! Wahrscheinlich war Luca eben nur etwas angespannt gewesen – wegen des romantischen Treffens, das er eingefädelt hatte ...

»Ich habe es einfach nicht länger ausgehalten, dich zu sehen, aber nicht küssen zu dürfen«, hauchte Luca sanft und strich mir mit seinen Fingern über die Wange.

»Aber hast du keine Angst, dass jemand hier hochkommt und uns entdeckt?«

»Nein. Erstens sind alle draußen und das Gebäude ist völlig leer. Zweitens ist die dritte Etage offiziell auf Grund von Umbaumaßnahmen gesperrt. Und drittens – falls sich doch jemand hierher verirren sollte, habe ich die Tür abgeschlossen.« Luca klang ehrlich stolz.

»Du ...«, begann ich, aber er unterbrach mich.

»Ich liebe deine Stimme und höre dir unglaublich gerne zu, aber jetzt gerade möchte ich etwas anderes mit deinem Mund machen.« Luca unterstrich seine Worte, indem er seine Lippen auf meine legte. Seine Hände wanderten zu meinem Kopf und seine Finger umschlossen sanft mein Gesicht.

Der Kuss begann zärtlich, wurde jedoch immer intensiver, bis wir uns keuchend voneinander trennen mussten, um Luft zu bekommen.

»Wow, du bist wirklich unglaublich, Emily«, stöhnte Luca atemlos. Er stützte seinen Kopf auf einer Hand ab und blickte mich mit glänzenden Augen an.

»Du kannst auch ziemlich gut küssen«, erwiderte ich und konnte mir ein zufriedenes Lächeln, das gar nicht mehr verschwinden wollte, nicht verkneifen. Meine Wangen glühten und ich war froh, dass Luca es nicht sehen konnte.

»Das meinte ich nicht. Aber lass uns nicht darüber reden. Erzähl mir lieber etwas über dich und dein Leben in Amerika.«

Wir unterhielten uns lange und intensiv. Ich erzählte ihm alles, was er wissen wollte, und noch mehr. Als ihm irgendwann die Fragen ausgingen, wollte ich den Spieß umdrehen und ihm eine Frage über sein Leben stellen, aber Luca zuckte nur kurz mit den Achseln. »Lass uns den schönen Abend nicht verderben«, das war sein einziger Kommentar. Dann verführte er mich wieder mit seinen Lippen, so dass ich alles um mich herum vergaß.

Nach einer weiteren intensiven Knutschrunde blickte Luca mich verträumt an. Seine Hand lag auf meiner Brust und sein Zeigefinger trommelte im Rhythmus meines Herzschlags mit. »Es beängstigt mich, welche Gefühle du in mir auslöst, Emily. Wie hast du es nur geschafft, mich so zu verzaubern?«

Vor Verlegenheit senkte ich den Blick. Ich wusste nicht, was ich erwidern sollte. Immerhin hätte ich ihm die gleiche Frage stellen können.

Luca erwartete anscheinend keine Antwort, denn er wechselte übergangslos das Thema. »Am Freitag ist der Maskenball. Bitte komm mit.«

***

Die nächsten Tage waren so vollgepackt mit Informationsveranstaltungen, ersten Einführungsseminaren, und Buddy-Treffen, dass ich kaum Langeweile bekam oder mir Gedanken über Sophia und ihre Drohungen machte. Dadurch konnte ich auch Thomas aus dem Weg gehen, der mich so wie Luca immer wieder auf den Maskenball ansprach. Mit dem Unterschied, dass Thomas mit mir hingehen wollte, weil Mariella keine Zeit hatte, und er nicht allein dort auftauchen wollte, denn die anderen in unserer Gruppe wussten noch nicht, ob sie dazustoßen würden. Luca hingegen wollte einfach nur, dass ich anwesend war. Da er mit Sophia hinging, würde es unmöglich sein, sich dort auch nur zu unterhalten. Geschweige denn, etwas anderes zu tun!

Weil Luca die ganze Einführungswoche über Termine hatte und Veranstaltungen leitete, die in kleinen Gruppen stattfanden, fiel niemandem auf, dass ich immer in seiner Nähe war. Wir nutzten jede Gelegenheit, um uns heimlich in kleinen unscheinbaren Seminarräumen zu verstecken, um dort zu knutschen oder uns zu unterhalten. Wir sprachen über Literatur, Filme und Gott und die Welt. Oder wir hielten uns einfach nur gedankenverloren im Arm und genossen unsere Zweisamkeit.

Ich schaffte es sogar, ein paar völlig banale Dinge über Luca zu erfahren – zum Beispiel mochte er keine Bananen und er liebte es, mit Mario Karten zu spielen, obwohl er schrecklich schlecht darin war und fast immer verlor. Aber er erzählte mir auch interessante Dinge, die ich nicht von ihm gedacht hätte.

»Du wolltest früher Pantomime werden?«, fragte ich lachend, als wir eines unserer offiziellen Buddy-Treffen in einem kleinen Kursraum abhielten und Luca mich mit dem Rücken an seine Brust gezogen hatte, während er mit seinen Lippen über meinen Hals fuhr.

»Damals war ich acht. Wolltest du früher nie etwas völlig Absurdes werden?« Aber anstatt mir die Möglichkeit zu geben, seine Frage zu beantworten, sprach Luca schon weiter. »Als ich neun wurde, begann mein Vater mich zum Schießunterricht mitzunehmen. Danach wollte ich Polizist werden.« Lucas Brust bebte an meinem Rücken, als er leise lachte. »Gefällt dir diese Vorstellung besser, Stellina? Ich in Uniform?«

Ich drehte mich in Lucas Armen herum und blickte in seine malachitgrünen Augen. Ich lächelte belustigt und legte meine Lippen auf seine, um seine Frage mit einem innigen Kuss zu beantworten. Der Gedanke, dass Luca mit einer Schusswaffe umgehen konnte, machte mir zwar Angst, aber gleichzeitig empfand ich dieses Wissen angesichts dessen, was ich über diese Mafia-

Geschichte gehört hatte, als tröstlich. Zumindest hatte er gelernt, wie man sich verteidigt, wenn es sein musste! Ich konnte nur hoffen, dass er dieses Wissen niemals würde anwenden müssen.

Bei Veranstaltungen, die außerhalb des Universitätsgebäudes stattfanden, waren die Momente, die Luca und ich heimlich miteinander verbrachten, wesentlich seltener und riskanter, dafür aber auch umso besonderer.

Am Donnerstagabend besichtigten wir gerade eine alte Kirche, die sicherlich eine bedeutende Geschichte hatte, mich aber überhaupt nicht interessierte. Während alle anderen Gruppenteilnehmer ehrfürchtig die Schönheit der Architektur bewunderten, leise beteten oder sich sonst wie beschäftigten, schlichen Luca und ich uns unter dem *Betreten verboten*-Schild hindurch auf den Balkon, auf dem die Orgel stand. Kaum waren wir im Schatten verschwunden, fielen wir wie zwei hormongesteuerte Teenager übereinander her.

Als wir uns wieder einmal nach Luft ringend voneinander lösten und ich diese wunderschönen glänzenden Augen sah, die von dichten dunklen Wimpern umrahmt waren, öffneten sich meine Lippen automatisch und Worte purzelten hervor, die ich ihm eigentlich niemals hatte sagen wollen. »Ich glaube, ich habe mich in dich verliebt, Luca.«

Seine Augen weiteten sich eine winzige Spur und seine vollen Lippen, die vom Küssen noch leicht geschwollen waren, öffneten sich, um sich nur einen Moment später wieder zu schließen, ohne dass ihnen ein Ton entwichen wäre.

Sofort bereute ich meine Worte und senkte aus Verlegenheit den Kopf. Ich hatte es mir doch verboten, Luca von meinen Gefühlen zu erzählen. Es war dumm, da wir beide sowieso nie richtig zusammen sein konnten. Und trotzdem fühlte es sich befreiend an, diesen Druck der unausgesprochenen Worte endlich los zu sein.

Dass meine Empfindungen weit über reine körperliche Anziehung und den Reiz der Gefahr hinausgingen, hatte ich mir nach unserem heimlichen Treffen beim Lagerfeuer eingestanden. Seitdem hütete ich dieses Geheimnis. Zumindest bis jetzt.

Ich wünschte mir, Luca würde etwas sagen, aber anstatt zu antworten, hob er mein Gesicht mit seinem Finger an und bedachte mich mit einem zärtlichen Blick. »Schäm dich nicht für deine Gefühle, Stellina«, meinte er dann. »Unsere Herzen schlagen im selben Rhythmus. Ich fühle ebenso für dich.«

Mir entging nicht, dass Luca die ersehnten Worte nicht aussprach. »Das musst du mir beweisen«, flüsterte ich deshalb nur mit einem Augenzwinkern, auch wenn mein Puls raste und ich mich ungewohnt verletzlich fühlte.

Luca kam meiner Aufforderung gerne nach. Der Kuss unterschied sich deutlich von allen anderen. Er war nicht knisternd und leidenschaftlich, sondern voller Gefühl und Zuneigung.

Wenn ich zu diesem Zeitpunkt bereits gewusst hätte, was uns in der unmittelbaren Zukunft erwartete, hätte ich diesen verliebten Kuss mehr gewürdigt …

ELISA

Am Freitagmorgen saß ich mit Thomas und ein paar seiner Studenten aus dem Buddy-Programm – Aurora, Greta und ihr Zwillingsbruder Max – an einem Tisch in der Mensa. Wir sprachen über den Maskenball, der am heutigen Abend zum Abschluss der Einführungswoche stattfinden sollte.

»Ich freu mich schon so sehr. Greta und ich haben die perfekten Kleider gefunden.« Aurora – eine sehr flippige und extrovertierte Studentin aus Mexiko – sprach seit Tagen über kein anderes Thema mehr und inzwischen verdrehte ich nur noch lachend die Augen, wenn sie wieder damit begann.

»Doch, Emily! Das wird wirklich super.« Nun stimmte auch Greta mit ein – eine sonst sehr ruhige und zurückhaltende Studentin aus Deutschland. »Max freut sich auch schon.«

Ich blickte besagten Max – einen blonden Burschen mit heller Haut, Sommersprossen und XXL-Nerdbrille – skeptisch an und er schüttelte zu meiner Bestätigung stumm den Kopf.

Aurora wollte sich davon aber nicht beirren lassen. »Hab dich nicht so, Emily. Was willst du denn heute Abend allein zu Hause machen? Alle werden da sein. Auch Luca.« Aurora wackelte eindeutig doppeldeutig mit ihren Augenbrauen und ich seufzte extralaut.

»Aurora, wie oft soll ich es dir noch sagen? Da läuft nichts mit Luca. Er ist mein Buddy. Mehr auch nicht. Er ist mir völlig egal.« Die kleine aufbrausende Mexikanerin war – ebenso wie Greta und Max – bei fast allen Veranstaltungen dabei gewesen, die Luca leitete, und jedes Mal, wenn sie anschließend schwärmte, wie sexy und unglaublich heiß Luca war, hatte ich Angst, dass sie uns erwischt hatte. Aber nach dem dritten Tag wurde mir bewusst, dass es einfach ihre Art von Schwärmerei war.

»Aurora, lass Emily in Ruhe. Sie wird schon ihre Gründe haben, wieso sie nicht hingehen will, obwohl ich sie auch schon mehrfach eingeladen habe.« Thomas sagte das völlig sachlich und nüchtern. »Wir können auch ohne sie Spaß haben.«

»Thomas …«, begann ich und wusste selbst nicht, was ich ihm sagen sollte. Irgendwie tat es mir leid, dass er ohne Begleitung hingehen musste. Mariella hatte zu arbeiten und konnte nicht mitgehen. Aber meine Begeisterung für diesen Ball hielt sich in überschaubaren Grenzen.

»Schon okay, Emily. Ich wollte dich nur aufziehen.« Er lachte und ich bedankte mich mit einem bösen Blick.

»Du hältst dich also für witzig, was, Hawk?«, konterte ich und gab mich angesäuert.

In diesem Moment klingelte mein Handy. Noch während die ersten Töne an mein Ohr drangen, wusste ich bereits, wer es war, denn ich hatte diesen Klingelton extra für Luca gespeichert. In freudiger Erwartung einer SMS zückte ich mein Handy. Doch es war keine Kurzmitteilung, sondern ein Anruf.

»Entschuldigt mich bitte«, murmelte ich abwesend, während ich mich von meinem Stuhl erhob und eine ruhige Ecke zum Telefonieren ansteuerte. Bereits unterwegs nahm ich den Anruf entgegen. In meinem Kopf schrillten die Alarmglocken. Bisher hatten Luca und ich noch nie telefoniert. Ich betete stumm, dass nichts passiert war.

»Ja?« Ich stellte mich außer Hörweite der anderen an eine Wand und schaute aus dem Fenster in den grauen Wolkenhimmel, der Venedig seit Tagen fest im Griff hatte.

»Ciao, il mio angelo«, säuselte Luca zur Begrüßung in den Hörer und mein Herz machte einen doppelten Salto rückwärts. Erleichterung, Freude und brennende Sehnsucht tosten durch meinen Körper und zauberten mir ein wohl ziemlich verliebtes Lächeln ins Gesicht.

Das war heute das erste Lebenszeichen von Luca und mir war gar nicht bewusst gewesen, wie sehr ich mich danach sehnte, von ihm zu hören.

»Ciao, Bellissimo.«

»Ich habe letzte Nacht von dir geträumt.« Luca hatte wieder ins Englische gewechselt und der feine Akzent, der mitschwang, schien mein Herz gerade in einen dröhnenden Formel-1-Rennwagen zu verwandeln.

»Du hast dich auch wieder in meine Träume geschlichen.« Die Sehnsucht in meiner Stimme war deutlich zu hören, aber inzwischen machte es mir nichts mehr aus. Luca wusste genau, dass ich ihm völlig verfallen war. »Was hast du denn so Schönes geträumt?«, fragte ich neugierig und schloss meine Augen, um alle anderen Geräusche auszublenden und mich ganz auf seine Stimme zu konzentrieren.

»Hmmm …« Luca schnurrte ins Telefon und ich kicherte leise. »Wir tanzten eng umschlungen miteinander zu einem romantischen Lied. Über uns der Mond – und unter uns der Canal Grande …«

Ich konnte mir seinen Traum bildhaft vorstellen und ein wohliger Schauer jagte durch meinen Körper.

»Das klingt zu schön, Luca«, hauchte ich sehnsuchtsvoll und der Wunsch, wieder in seinen Armen zu liegen, seine Lippen zu spüren und seinen herben männlichen Duft einzuatmen, verdrängte alles andere in mir.

»Dann lass uns diesen Traum wahr werden lassen.« Der Tatendrang in seiner Stimme war nicht zu überhören, aber ich fand die Vorstellung, dass diese Fantasie Realität werden könnte, völlig absurd.

»Und wie?«, fragte ich resigniert. Ich wollte nicht einem Wunsch nachrennen, der niemals in Erfüllung gehen konnte, aber dafür meine Sehnsucht nach Luca ins Unermessliche steigerte.

»Heute Abend ist der Maskenball, das weißt du …«

Lucas Worte ließen die schöne Blase, die sein Traum erschaffen hatte, zerplatzen. »Luca, darüber haben wir bereits gesprochen«, erwiderte ich genervt. »Ich habe keine Lust, auf einen Ball zu gehen, bei dem du mit deiner Verlobten auftauchst.« Der Versuch, nicht wie ein kleines schmollendes Kind zu klingen, blieb erfolglos.

»Und wenn ich dir verspreche, dass du nicht allein hingehen musst? Ich habe dir nämlich ein Date organisiert.«

»Luca …«, begann ich, aber ich wurde umgehend unterbrochen.

»Bellezza mia, ich möchte nicht, dass du meinetwegen irgendwelche Veranstaltungen verpasst! Mario freut sich sehr auf heute Abend und er möchte dich gerne begleiten. Prego. Tu es bitte für mich.«

Mein Widerstand bröckelte beim Klang seiner flehenden Stimme. Diese Sanftheit – und der Wunsch, der hinter seinen Worten lag, brachten mich ins Wanken. Er wollte, dass ich hingehe – damit wir uns sehen konnten! Auch wenn es dumm, riskant und gefährlich war.

»Ich habe nichts Passendes zum Anziehen«, versuchte ich einen weiteren, zugegeben schwachen Protest, aber Luca hatte auch dafür eine Lösung.

»Ich kümmere mich darum. Vertrau mir einfach. Mario wird dich begleiten.«

»Aber …« Ich wusste selbst nicht, welchen Abwehrversuch ich noch starten konnte. Luca hatte alle Einwände ausgeräumt.

In den letzten Tagen sprachen wir oft über den Ball und bis jetzt hatte ich mich vehement dagegen gewehrt hinzugehen. Ich konnte diesen Widerstand doch nicht so einfach aufgeben, nur weil Luca mich wieder um den Finger gewickelt hatte.

»Cuore mio, mein Herz, den Gedanken, dich nicht sehen zu können, ertrage ich nicht. Bitte, komm heute. Ich verspreche dir, du wirst es nicht bereuen!« Da war er. Der Moment, in dem ich das letzte bisschen Selbstbestimmung verlor und mich erneut dem Wunsch dieses Mannes hingab.

Mit einem leisen, erschöpften Seufzen stimmte ich zu. »Solo per voi, Luca. Nur für dich.«

***

Zurück am Tisch sahen mich die anderen so fragend an, dass ich nur mit erhitzten Wangen die Schultern zuckte. »Meine Mom, die wissen wollte, wie es mir geht«, beeilte ich mich zu antworten und hoffte, dass niemand den Zeitunterschied nachrechnete.

»Und, Emily? Konnte sie dich überreden heute Abend mit uns mitzukommen?« Thomas würde offenbar nicht so schnell aufgeben und nun befand ich mich in einer richtigen Zwickmühle. Wie sollte ich ihm sagen, dass ich mit jemand anderem hinging, obwohl er die ganze Woche versucht hatte, mich zu überzeugen? Zudem hatte ich ihm durch die Blume zu verstehen gegeben, dass ich nicht zum Ball wollte. Ich konnte nur hoffen, dass der heutige Maskenball so ablaufen würde, wie ich ihn schon oft in Filmen gesehen hatte.

»Nein, Thomas. Meine Mom sagte gerade, dass es meiner Oma nicht gut geht, und ich wollte sie heute Abend mal anrufen.« Ich schob noch ein Lächeln hinterher. Hoffentlich kaufte er mir die kleine Notlüge ab. Aber Thomas wäre nicht Thomas, wenn er meine Worte nicht hinterfragen würde.

»Das verstehe ich natürlich, Emily. Schade. Aber vielleicht holen wir das irgendwann nach. Immerhin wollten wir mal was zusammen mit Mariella trinken gehen«, erinnerte er mich an meine vorschnelle und völlig unbestimmte Zusage auf seine mindestens genauso vage Einladung.

»Das klingt super«, mischte sich nun Greta ein. »Wir sollten alle gemeinsam weggehen!«

»Ja klar. Je mehr, desto lustiger! Mariella freut sich immer, wenn sie neue Leute kennenlernt.«

Da das nun geklärt war, wandte ich mich schnell wieder den anderen zu, um das Thema vom Maskenball wegzulenken.

»Welche Kurse belegt ihr eigentlich dieses Semester so?«

***

Ein paar Stunden später stand ich mit meinem Smartphone in der Hand vor einer kleinen venezianischen Boutique und glich die Adresse des Ladens mit der Nachricht von Luca ab, die er mir kurz nach unserem Telefonat geschickt hatte.

Salon Pietro Longhi, Sestiere San Polo, 2608 –30125 Venezia. 15 Uhr. Elisa erwartet dich. Mi manchi. Du fehlst mir, meine Schöne!

Die Adresse stimmte und auch das Banner, das draußen am Eingang befestigt war, stimmte mit dem Salonnamen überein, aber dennoch kam mir der Laden nach einem kurzen Blick durch das Schaufenster so eng und vollgestopft vor, dass ich mich kaum traute hineinzugehen. Aber ich hatte es Luca versprochen – und ein wenig war ich jetzt auch auf den Ball gespannt. Immerhin war Venedig für seinen Karneval bekannt, auch wenn es sich bei dieser Party heute nur um eine Universitätsveranstaltung und nicht um den echten venezianischen Karneval handelte.

Nach einem tiefen Atemzug, der meine Nervosität lindern sollte, öffnete ich die schmale Glastür, die sich mit einem altmodischen Glöckchen über meinem Kopf bemerkbar machte.

Es hätte muffig oder staubig riechen können, aber stattdessen lag der Duft von frischen Sommerblumen in der Luft, als würde eine Aromakerze brennen.

Ich sah mich um und starrte fasziniert auf die einzigartigen handgefertigten Kostüme, die bis unter die Decke im Laden hingen. Jedes einzelne davon war mit solch einer Liebe zum Detail gemacht, dass ich mich kaum traute eines davon zu berühren, geschweige denn anzuziehen – oder gar zu kaufen. Denn über den Preis wollte ich mir gerade überhaupt keine Gedanken machen, sonst hätte ich den Laden wohl postwendend wieder verlassen.

Nach wenigen Augenblicken kam eine ältere untersetzte Frau hinter einem schweren dunkelroten Samtvorhang hervor. Sie musste in dem dahinterliegenden Zimmer gewesen sein. Die Italienerin hatte graue Haare, die ihr in Locken um das Gesicht fielen. Sie trug ein moosgrünes Kleid, das mit einem braunen Gürtel um ihre Körpermitte tailliert war. Ihr Gesicht strahlte auch ohne Make-up und die wenigen Falten, die sie hatte, zeugten von einem intensiven Leben. Als sie die vollen Lippen zu einem Lächeln verzog, sah man die ganze Schönheit, die auch im Alter nichts von ihrer Anmut eingebüßt hatte. Ihre smaragdgrünen Augen glänzten so einnehmend, dass ich mich umgehend wohlfühlte.

»Buongiorno, come posso aiutarla?«, fragte sie mit einer warmen, tiefen Stimme, die auch gut zu einer Opernsängerin gepasst hätte, ob sie mir helfen könnte.

»Buongiorno. Ich suche Elisa«, antwortete ich mit respektvoller Stimme. »Luca Dandolo schickt mich«, fügte ich für alle Fälle hinzu, obwohl ich mir sofort auf die Zunge biss, als ich die Worte aussprach. Vielleicht durfte ja niemand wissen, dass er mich geschickt hatte. Aber die sympathische Italienerin strahlte mich so mütterlich an, dass ich meine Bedenken beiseiteschob.

»Sì, sì. Luca hat gesagt, dass du kommst. Ich bin Elisa, Lucas Tante. Komm her, Bambina, lass dich ansehen.« Elisa griff nach meinen Händen und drehte mich dann hin und her, bis sie offensichtlich genug gesehen hatte. »È bella ragazza. Du bist so ein schönes Mädchen!« Dann ließ sie meine Hände los und verschwand erneut durch den Vorhang hinter dem Verkaufstresen.

Noch unschlüssig, was ich jetzt machen sollte, blieb ich einfach stehen und wartete ab. Sicherlich würde Elisa gleich wieder hervorkommen.

»Bambina, komm her«, rief sie da schon und ihre Stimme drang gedämpft zu mir nach vorn.

Ich zögerte zunächst. Dann folgte ich ihrer Aufforderung. Hinter dem Tresen schob ich den dunklen Vorhang mit einer vorsichtigen Bewegung zur Seite und schlüpfte zu Elisa in den dahinterliegenden Raum.

Das Zimmer hinter dem schweren blickdichten Stoff war wesentlich größer als der Verkaufsraum und stellte eine Art Arbeitsplatz da. Der Boden war genau wie der im Laden mit dunklem Echtholz verlegt. Die Wände waren cremeweiß gestrichen. Dort standen Metallgerüste, auf deren Stangen einzelne Kostüme in unterschiedlichsten Fertigungsstufen hingen. In der Mitte des Raums befanden sich mehrere Tische, die zu einer großen Arbeitsfläche zusammengestellt waren und auf denen Stoffe und Muster lagen und Nähmaschinen standen.

»Hierher.« Elisa wartete neben einer Umkleidekabine, die mit einem weißen Vorhang vom restlichen Raum abgetrennt war. Sie lächelte mich so nett an, dass ich schnell zu ihr ging. Ich wusste nicht, was mich heute noch alles erwarten würde, aber ich hatte Luca versprochen zum Ball zu kommen – und ich wollte nicht kneifen.

Als ich bei Elisa stand und sie fragend ansah, deutete sie mit einem Kopfnicken auf die Kabine und ich folgte ihrer Anweisung. Meine kleine Umhängetasche stellte ich auf den Boden und schlüpfte hinter den Vorhang.

In der Umkleide entdeckte ich ein wunderschönes Kleid, das dort auf einem Bügel hing, als würde es auf mich warten.

»Das soll ich anziehen?« Meine Stimme klang piepsig. Ehrfürchtig berührte ich mit den Fingern den zarten Spitzenstoff.

»Sì. Luca hat sich das gewünscht. Er wusste nur nicht, ob es deine Größe hat. Alle Kostüme sind Unikate. Keins gibt es zweimal. Aber es müsste genau passen. Luca hat eigentlich ein sehr gutes Auge«, flötete Elisa freudig und ich hörte deutlich den Stolz in ihrer Stimme. Nach einem zweiten Blick auf das Kleid wusste ich auch, wieso. Es war wirklich unglaublich schön und ich konnte mich kaum davon lösen.

»Vai, vai. Geh, wir haben nicht viel Zeit! Du bist spät gekommen, Bambina.« Elisa schien es eilig zu haben und so schälte ich mich flott aus meiner Kleidung.

***

Geraume Zeit später – wobei es mir sicherlich länger vorkam, als es in Wirklichkeit gedauert hatte – war ich fertig, stand im Arbeitszimmer von Elisa und wartete auf Mario, der laut ihrer Aussage um kurz nach sechs hierherkommen würde. Es war mal wieder erstaunlich, wie Luca alles eingefädelt hatte!

Kaum glitten meine Gedanken zu Mario und was Luca ihm wohl erzählt haben mochte, damit er den Abend mit mir verbrachte, hörte ich das leise Klingeln der Glocke und anschließend Marios Stimme, die aus dem Laden zu mir nach hinten drang.

»Emily, tut mir leid für die Verspätung. Fabio wollte mich nicht gehen lassen, solange mein Kostüm nicht perfekt sitzt.« Mario schob den schweren Vorhang zur Seite, betrat das Arbeits- und Anprobezimmer und blieb mitten in der Bewegung stehen, als er mich sah. »Porca Madonna! Verdammt noch mal!«, fluchte er und seine Stimme drang nur gedämpft unter seiner Maske hervor. Mir schoss das Blut in die Wangen, die zum Glück zum Großteil hinter meiner eigenen Maske verdeckt waren.

»Wie sehe ich aus?« Meine Frage klang etwas kleinlaut. Elisa hatte mir nicht erlaubt in den Spiegel zu sehen, bis sie fertig war, und deshalb stand ich nun seit einer gefühlten Ewigkeit unsicher herum und versuchte meine Nervosität unter Kontrolle zu bringen.

Nachdem Elisa fertig war und das Zimmer – laut ihrer Aussage für einen kurzen Moment – verlassen hatte, hatte ich still und heimlich nach einem Spiegel gesucht. Es war zum Verrücktwerden, aber im ganzen Raum war keiner zu finden. Also ergab ich mich meinem Schicksal und strich unentwegt hochachtungsvoll über den edlen Stoff.

»Du siehst unglaublich aus, Bella. Die anderen werden vor Neid erblassen.« Mario starrte mich weiterhin mit großen Augen an und normalerweise würde ich mich unter solch einem Blick unwohl fühlen, aber Schwule hatten etwas an sich, das jede Frau zutiefst beruhigte, und daher freute ich mich einfach über sein Kompliment.

»Du bist aber auch ein echter Hingucker«, konterte ich mit einem Augenzwinkern. Mario trug eine schwarze Stoffhose mit schwarzen Lackschuhen. Dazu eine kobaltblaue Samtjacke, die mit schwarzen Ornamenten bestickt war. Im Licht schimmerte der Stoff in einem schwachen Violett. Um seinen Hals war ein schwarzer Plastron gebunden und um seine Schultern hing ein schwarzer Mantel, der ihm bis zu den Knöcheln reichte. Seine Hände steckten in schwarzen Satinhandschuhen und auf seinem Kopf thronte ein Dreispitzhut mit goldener Borte. Sein Gesicht hatte er gerade mit einer bildschönen Bauta-Maske verdeckt, die in große schwarze sowie weiße und goldene Karos unterteilt und mit Musiknoten verschönert worden war.

»Toll, dass es dir gefällt. Und jetzt komm, Bellezza, der Ball wartet.« Mario streckte mir seinen Arm entgegen und ich trat auf ihn zu. Ich war ziemlich nervös und ergriff seine Hand, während die goldenen Armreifen an meiner leise klimperten. Mario zog mich zurück in den Laden.

Er war bereits dabei, die Tür zu öffnen, um hinauszugehen, als ich mitten im Laden stehen blieb, obwohl ich mit dem großen ausladenden Rock kaum Platz hatte.

»Wo ist Elisa? Ich muss mich noch bedanken und verabschieden.« Ich drehte mich mehrmals um meine eigene Achse, konnte aber leider keine weitere Tür, Treppe oder eine andere Möglichkeit entdecken, wohin Elisa verschwunden sein könnte. Es gab offensichtlich nur Arbeits- und Verkaufsraum.

»Das holen wir nach, wenn wir ihr das Kleid zurückbringen, Bambina. Jetzt müssen wir los, wir sind schon spät dran.« Mario griff wieder nach meiner Hand und diesmal ließ ich mich widerstandslos aus dem Laden ziehen.

***

Wir durchquerten die schmalen Gassen von Venedig, bis wir das *Hotel Danieli* erreichten. Der kühle Wind blies mir ins Gesicht, aber das war auch die einzige Körperstelle, an der ich die Frische spürte. Mein restlicher Körper war mit dem Kleid, mit Handschuhen, Schnürstiefeln und einem schweren schwarzen Mantel geschützt.

»Was wollen wir denn hier?« Verdutzt blieb ich neben Mario vor dem Eingang stehen. »Findet die Feier nicht in der Universität statt?« Mit einem bangen Gefühl blickte ich auf das rote Gebäude, das mir jetzt schon so vertraut und gleichzeitig fremd vorkam, dass ich allein bei dem Gedanken, dort wieder hineinzugehen, eine Gänsehaut bekam.

»Nein. Sophia veranstaltet die Feier jedes Jahr hier. Ich dachte, Luca hätte es dir erzählt.«

Ich schüttelte schwach den Kopf. Mit meiner turmhohen Perücke waren hektische Bewegungen nicht möglich.

»Lass dich davon nicht beeindrucken, Bambina. Das ist Sophias Ziel. Sie war nicht sehr begeistert, als sie erfuhr, dass wir beide zusammen auf den Ball gehen.« Mario sah mich an; wegen seiner Maske war seine Mimik nicht zu erkennen.

Ich zwang meine Mundwinkel zu einem starren Lächeln. »Wer hat es ihr erzählt?«

»Ich. Sie wollte mich heute an der Bar einplanen, aber ich habe ihr gesagt, dass ich ein Date mit dir habe.«

Überrascht sah ich zu Mario auf. »Und wie hat sie darauf reagiert?« Falls ich mir vorher schon unsicher gewesen war, ob ich überhaupt hier sein sollte, so hatte ich jetzt eine Antwort auf diese Frage. Ja!

Mario zuckte nur desinteressiert mit den Schultern, als wäre es ihm völlig egal. »Sie sagte so was wie ›Besser als mit Luca!‹. Ich kann mich aber auch täuschen. In den meisten Fällen höre ich Sophia gar nicht zu.«

Diese Aussage entlockte mir wohl ein befriedigtes Lächeln und ich betrachtete Marios braune Augen durch die Maske. »Das freut mich. Aber ist sie nicht dein Boss?«

»Nein, Diego ist mein Chef. Sophia führt sich nur gerne so auf. Aber solange sie sich nicht bei ihm über mich beschwert, werde ich so weitermachen.« Mario bot mir seinen Arm, den ich dankend annahm, während ich ihn weiter mit Fragen löcherte.

»Hast du keine Angst vor ihr? Ich meine, alle sagen mir ständig, wie gefährlich sie ist.« Hoffentlich ging ich mit dieser Frage nicht zu weit oder riskierte sogar, unseren Abend damit zu verderben.

»Nein. Aber das bedeutet nicht, dass man keine Angst vor ihr haben sollte. Sie ist sehr mächtig, wenn es etwas gibt, das ihr viel bedeutet. So wie Luca. Ihr habt euch auf ein Spiel mit dem Feuer eingelassen und ich werde euch dabei helfen, euch nicht zu verbrennen.« Marios Augen wirkten plötzlich ernst. »Dennoch beschwöre ich euch, vorsichtig zu sein. Sie hat euch im Blick, das weiß ich genau.«

Ich nickte und schluckte den dicken Kloß in meinem Hals hinunter.

»Und jetzt komm. Ich war noch nie auf so einer Veranstaltung, aber Luca hat meine Neugier geweckt«, sprach Mario weiter, um die angespannte Stimmung wieder zu kitten. Trotzdem behielt ich seine warnenden Worte den ganzen Abend im Hinterkopf.

Wahre Träume

Bereits in der Lobby tummelten sich so viele Leute, dass Mario und ich kaum ins Innere des Hotels kamen. Doch sobald wir die erste Hürde erfolgreich gemeistert hatten, setzten wir unseren Weg zum Kern der Party fort.

Unterwegs blieben immer wieder verkleidete Studenten vor uns stehen und blickten uns unter ihren Masken geheimnisvoll an. Manche kicherten und steckten die Köpfe zusammen, als sie vorbeizogen. Andere deuteten eine Verbeugung oder einen Knicks an, bevor sie ihren Weg weiterführten. Und jedes Mal, wenn das aufs Neue geschah, klammerte ich mich wie ein kleines Kind an Marios Arm, der mich wohl aufmunternd anlächelte. Zumindest nahm ich das an, als ich seine belustigte Stimme hörte.

»Ich sagte doch, dass die anderen vor Neid erblassen werden.« Mario hatte sich zu mir gebeugt und flüsterte mir seine Worte direkt ins Ohr. Als er bemerkte, dass seine kleine Aufmunterung allein nicht half, legte er seine freie Hand auf meinen Arm und drückte ihn kurz.

Diese Geste beruhigte mich und einen tiefen Atemzug später schaffte ich es sogar, ein schwaches Lächeln zu Stande zu bringen. Vielleicht würde der Abend doch nicht in einer völligen Katastrophe enden.

Wir gingen weiter, bis wir das Restaurant erreichten. Dort hatte man die Tische und Stuhle weggeräumt, so dass der große, weitläufige Raum nun zum Tanzen genutzt werden konnte. Eine Liveband stand in einer Ecke und spielte leise ein langsames Lied, das sich dezent in das Gemurmel der Anwesenden integrierte. An der langen Glasfront, die einen Blick auf die riesige Terrasse freigab, hatte man ein Buffet aufgebaut, das mit den köstlichsten Leckereien eingedeckt war.

Während ich meinen Blick durch die Menge schweifen ließ – ich war neugierig, ob ich Luca finden würde, ohne überhaupt zu wissen, wie ich ihn in Kostüm und Maske erkennen sollte –, führte Mario unser Gespräch weiter. »Wo waren wir gerade stehengeblieben?«

Doch ich hörte ihm kaum zu. Mit jeder Sekunde, die ich hier war und Luca nicht entdecken konnte, wurde ich nervöser. Immerhin war ich nur seinetwegen gekommen. Außerdem fuchste es mich, dass wir auf dem gesamten Weg vom Salon bis hierher an keinem Spiegel oder Schaufenster vorbeigekommen waren und ich bis jetzt immer noch nicht wusste, in was genau Elisa mich verwandelt hatte.

»Entschuldigst du mich mal bitte kurz?« Ohne Marios Antwort abzuwarten, raffte ich meinen weit abstehenden kornblumenblauen Rock mit den schwarzen, aufgestickten Blüten und den unendlich vielen Unterröcken hoch und schritt möglichst elegant zurück zur Lobby, wo ich die Toilettenräume gesehen hatte. Ich brauchte nur einen kurzen Moment, um meine Nervosität wieder unter Kontrolle zu bekommen. Und ein Blick in den Spiegel würde mir dabei helfen. Anschließend würde ich Luca suchen gehen. Mario wusste bestimmt, wo ich ihn finden konnte. Und wenn nicht, hatte ich immerhin noch mein Handy in meiner kleinen Tasche dabei.

Gerade als ich einem knutschenden Pärchen aus dem Weg ging, tauchte aus dem Nichts heraus jemand vor mir auf. Ich konnte nicht mehr ausweichen und so rempelten wir einander an.

»Scusi!« Der große schlaksige Mann hob abwehrend seine Hände und trat einen Schritt zurück. Die Stimme verriet den maskierten Fremden und ich lachte leise.

»Nicht schlimm. Es ist ja nichts passiert, Thomas«, erwiderte ich leichthin auf Englisch und biss mir sofort auf die Zunge. *Ich Idiotin!*

»Emily?« Thomas nahm seine Halbseitenmaske vom Gesicht und betrachtete mich eingehend. Sein Kostüm war komplett schwarz und sah recht schlicht aus. Das einzige Highlight war ein silberner Fechtdegen, der an seiner Hüfte befestigt war. Unweigerlich fragte ich mich, ob er echt war und ob Thomas damit umgehen konnte. Luca konnte das sicherlich. Er war so verdammt sportlich und elegant, dass er bestimmt …

»Du … wow … du siehst … wow!« Thomas' Worte rissen mich zurück in die Gegenwart.

Das Bild von Luca – wie er in einem nass geschwitzten weißen Hemd, das sich an seine muskulöse Brust schmiegte, während er mit einem Fechtdegen kämpfte – verblasste und ich schämte mich einen Moment für meinen Tagtraum. Aber nur so lange, bis ich Thomas' angespannte Mimik bemerkte.

»Was machst du hier? Ich dachte, du kommst nicht.« Er war überrascht, aber auch ehrlich erfreut mich zu sehen. »Bist du allein hier? Ich freu mich, dass du doch noch gekommen bist! Aurora, Greta und Max sind auch da. Vorhin standen sie noch am Buffet. Komm, ich bring dich zu ihnen. Und später können wir ja auch mal tanzen.« Thomas griff nach meinem Arm, aber ich machte reflexartig einen Schritt nach hinten.

Bevor ich mich noch mehr blamierte, indem ich ihm irgendwelche Lügen auftischte, senkte ich nur stumm den Kopf und rannte an ihm vorbei in Richtung der Toiletten. Okay, das war zwar nicht weniger peinlich, aber ich könnte mich später immer noch mit einer Magenverstimmung entschuldigen.

Als ich die Tür aus Ebenholz zur Damentoilette öffnete und den Vorraum betrat, in dem die Waschbecken angebracht waren, hielt ich mitten in der Bewegung inne. Direkt vor mir standen Sophia und ihre zwei Klone.

Ich erkannte Barbie sofort. Zum einen, weil sie keine Maske trug, sondern ihre in der Hand hielt. Zum anderen, weil sie das wohl auffälligste und zugleich schönste Kleid anhatte, das man sich nur wünschen konnte. Es war elfenbeinfarben mit goldenen Stickereien und hatte wie meines einen weit ausladenden Rock, der bei jedem Schritt wie eine Glocke hin und her wippte. Ihr Oberkörper steckte in einer engen Korsage und ihre Brüste waren so fest zusammengepresst, dass ich an Barbies Stelle Angst hätte, dass sie jeden Moment herausfallen könnten. Ihre Arme bedeckten ellenlange weiße Handschuhe, die so zart schimmerten, als beständen sie aus reinster Seide. Ihre Haare waren zu einer seitlichen Hochsteckfrisur drapiert und mit einem Diadem, das nicht ganz zu dem Motto der Party »Venedig im achtzehnten Jahrhundert« passte, geschmückt. Ihre vollen Lippen schimmerten in einem tiefen Bordeauxrot.

Mein Blick wanderte automatisch zu ihrer Stabmaske. Von dort aus, wo ich stand, konnte ich nur einen Teil davon erkennen, aber es genügte, um einen ersten Eindruck von dem Schmuckstück zu erhalten. Trotz des überraschend schlichten Designs war ich mir sicher, dass die Maske ein Vermögen gekostet haben musste. Ebenso wie das Kleid.

Ihre beiden Freundinnen trugen ähnliche Kleider wie Sophia, nur weniger prunkvoll und auffällig. Der rothaarige Drache hatte sich für ein tiefgrünes und die dunkelhaarige Hexe für ein schwarzes Kostüm entschieden. Mit ihren dazu passenden Augenmasken sahen sie schon sehr schön aus, aber verblassten vollkommen im Schatten der Mafiaprinzessin.

Sophia und ich blickten uns einen Moment kurz in die Augen und ich hielt bereits die Luft an, um mich gegen ihre bösen keifenden Kommentare und Sticheleien zu wappnen, aber sie lächelte mich nur charmant an.

»Das ist ein wunderschönes Kleid. Du musst mir später unbedingt erzählen, woher du das hast.« Im ersten Moment war ich mir sicher, mich verhört zu haben. Aber Sophias Schmunzeln bestätigte ihre Worte. »Ich wünsche dir viel Spaß heute Abend. Luca und ich freuen uns sehr, dass du gekommen bist.« Dann hob sie ihre Stabmaske an, hielt sie sich vors Gesicht, nickte mir noch einmal mit einem breiten Lächeln kurz zu und verließ mit den anderen beiden die Waschräume.

Überrumpelt und irritiert sah ich den dreien nach und versuchte das eben Geschehene zu verarbeiten. War das gerade wirklich passiert? Nein, Moment! Ich sollte die Frage umformulieren: *Was* war da gerade passiert?

Erst als die Tür ins Schloss fiel und ich allein in dem dunkelgrau gefliesten Raum stand, erinnerte ich mich an den Grund, wieso ich überhaupt hierhergegangen war. Ich zögerte kurz, dann trat ich vor einen der Spiegel. Verblüfft starrte ich die Person mir gegenüber an.

Natürlich hatte ich das Kleid bereits auf dem Bügel gesehen, aber es jetzt an meinem Körper zu tragen, war eine ganz andere Nummer. Der Stoff war im Grundton Kobaltblau mit einem violetten Schimmer, je nachdem, wie sich das Licht darin brach. Es war bodenlang und der Reifrock, der wie eine Glocke um meine Hüften schwang, hatte einen Durchmesser von fast einem

Meter. Um den Saum war eine schwarze Spitzenborte befestigt, die sich auch um den Rand meiner Hüfte wiederfand. Auf dem blauen Stoff waren aus besticktem Organza wasserfallähnliche Wellen drapiert, die ungefähr auf Höhe meiner Knie endeten. Die Korsage zauberte mir eine schmale Taille und verhalf meiner durchschnittlich großen Brust zu einer wunderschönen Form. Aber dank des bestickten Organzastoffes, der sich ebenfalls über mein Dekolleté spannte und sich wie ein eng anliegender Kragen um meinen Hals wand, fühlte ich mich trotz der fehlenden Ärmel nicht nackt. Und damit ich bei den kühlen Temperaturen nicht fror, hatte mir Elisa einen schweren schwarzen Samtumhang über die Schultern gelegt.

Meine langen blonden Haare hatte sie unter einer braunhaarigen Turmperücke versteckt. Sowohl das Kleid als auch meine Haare hätten Marie Antoinette Konkurrenz machen können – und dank der dazu passenden Augenmaske hätte sogar ich mich beinah nicht erkannt. Zumindest erklärte das den Umstand, wieso Sophia gerade so nett zu mir gewesen war. Sie wusste einfach nicht, mit wem sie gesprochen hatte. Der Gedanke amüsierte mich ungemein und meine Befangenheit lockerte sich ein wenig.

Nachdem ich mich zur Genüge bewundert hatte, verließ ich den Waschraum wieder und begab mich zurück zur Tanzfläche. Inzwischen waren noch mehr Leute erschienen, die sich nun in dem großen vollen Raum tummelten, und ich brauchte einige Zeit, um Mario zu entdecken.

Sobald ich seine einzigartige Bauta-Maske gefunden hatte, schritt ich langsam von hinten auf ihn zu.

»Hallo, schöner Mann.« Ich griff nach seinem Arm und klammerte mich dankbar daran fest. »Zum Glück hast du so eine auffällige Maske. Ich hätte dich beinah nicht gefunden.« Er blickte zu mir herunter und vielleicht täuschte mich der Eindruck, aber plötzlich kam er mir um wenige Zentimeter kleiner vor. Aber ich verdrängte den Gedanken. Sicherlich kam es mir nur deshalb so vor, weil ich nun aufrechter ging. Es war wirklich erstaunlich, was Elisa da gezaubert hatte. »Erinnere mich bitte daran, Lucas Tante für dieses Wunderwerk zu danken. Ich habe mich selbst kaum erkannt. Und Sophia, die ich eben getroffen habe, hat mich auch für jemand ganz anderen gehalten.« Ich gluckste leise. »Sie war richtig freundlich zu mir. Das war total gruselig.«

Mario sah mich einfach ausdruckslos an. Zumindest erschien es mir so angesichts seiner Maske, die sein Gesicht fast komplett verdeckte.

»Bitte rede mit mir. Mit dieser Maske weiß ich sonst nicht, was du denkst. So ganz ohne Mimik ist es echt schwer, sich zu unterhalten.« Ein verlegenes Kichern entfloh meinen Lippen, bevor ich es zurückhalten konnte. Aber anstatt einer Antwort griff er nach meiner Hand und zog mich recht unsanft hinaus auf die Terrasse.

Er lief schnell und ich stolperte ihm ungelenk hinterher, vorbei an einigen Paaren die dort standen, sich unterhielten oder miteinander tanzten – und uns verwundert nachblickten, als wir beinah fluchtartig die Party verließen.

»Hey, renn nicht so! Was ist denn passiert? Wieso laufen wir weg?«, rief ich, aber er schien mich nicht zu hören. Oder er ignorierte mich, was mir noch mehr Angst machte.

Anstatt zu antworten, umklammerte er meine Hand noch fester, als würde er befürchten, mich sonst unterwegs zu verlieren. Erst als wir die Treppen der Terrasse hinab geeilt waren und an einem Steg für Gondeln ankamen, hielt er an und ich entriss ihm meine Hand. Ich keuchte und musste mehrmals tief durchatmen, bevor ich wieder reden konnte.

»Verrätst du mir jetzt endlich, was los ist?«, fragte ich. Ich war ängstlich, wütend und nervös. Aber er sagte immer noch nichts, sondern zeigte auf eine der Gondeln, die rechts von uns auf dem Canal Grande angetaut waren. In dem schmalen Boot befanden sich bereits ein Gondoliere und ein zweiter Mann, die uns abwartend betrachteten.

»Wieso verlassen wir denn jetzt schon den Ball? Ich habe Luca noch gar nicht gesehen«, brachte ich schon ganz verzweifelt hervor. Er griff erneut nach meiner Hand. Seine Haut war warm und weich, aber seine Finger schlossen sich wie eine Schraubzwinge um mein Handgelenk. Er wollte offenbar vermeiden, dass ich mich ihm noch einmal entriss. Mit seiner freien Hand deutete er ungeduldig auf die Gondel.

»Ist was passiert? Wieso müssen wir so schnell weg?« Diverse Befürchtungen und Sorgen machten sich in meinem Kopf breit, als ich seiner Aufforderung nachkam und mit angehobenem Rock die Gondel betrat. Das Boot schwankte leicht, während ich einstieg – und als auch er die Gondel betrat, musste ich mich an einem der Männer festhalten, um nicht das Gleichgewicht zu verlieren.

Sobald wir beide sicher standen, nickte er dem Gondoliere zu, der daraufhin das Boot vom Steg abstieß und in einem gemütlichen Tempo losfuhr.

»Sagst du mir jetzt endlich, was los ist?« Ich konnte die Panik in meiner schrillen Stimme nicht mehr unterdrücken. Mit bangem Blick sah ich zum Hotel hinüber, von dem wir uns immer weiter wegbewegten.

»Ich habe es nicht eine Sekunde länger ausgehalten, dich nicht küssen zu können.«

Ruckartig drehte ich mich um und blickte in ein Paar malachitgrüne Augen, die mir so vertraut waren, dass ich beinah in Tränen ausgebrochen wäre. Vor Erleichterung – und vor Wut.

Luca hatte seine Maske abgenommen und sah mich so liebevoll und zärtlich an, dass es mir die Sprache verschlug und sich mein Zorn einfach in Luft auflöste, als wäre er nichts weiter als eine Seifenblase gewesen.

»Luca«, hauchte ich ungläubig. »Wieso hast du denn nichts gesagt? Dann hätte ich mich nicht so gesträubt.« Der leise Tadel in meiner Stimme wurde von meiner unbändigen Freude überdeckt.

»Ich wusste nicht, ob uns jemand verfolgen würde. Und so sah es echter aus.« Seine Lippen verzogen sich zu einem verschmitzten Lächeln, das ihn wild und frei wirken ließ. Dann beugte er sich nach vorn und wir verloren uns in dem sehnsüchtigen Kuss, den wir uns beide so sehr gewünscht hatten.

Seine Hand griff in meinen Nacken, die andere lag auf meinem unteren Rücken. Luca zog mich noch fester an sich heran. Sein Duft, der mich immer wieder an regennasse Wälder erinnerte, umnebelte meine Gedanken, während sich seine warmen vollen Lippen auf meine drängten und unsere Zungen zu einem leidenschaftlichen Spiel zusammenfanden.

Luca beendete den Kuss viel zu schnell, aber er hielt mich weiter fest in seinen Armen.

»Aber wirst du nicht vermisst? Ich meine, wird Sophia dein Fehlen nicht bemerken?« Ich wollte uns nicht den Abend verderben, aber ich wollte auch nicht, dass er meinetwegen Ärger bekam. Also nicht mehr, als wir eh schon hatten.

»Ich habe einen Streit mit Sophia angefangen und ihr gesagt, dass ich den restlichen Abend nicht mehr mit ihr reden werde. Dann bin ich gegangen, um mich um unsere Gäste zu kümmern. Und das ist Marios Aufgabe. Er wird mich würdig vertreten.« Luca wirkte zufrieden und erst jetzt fiel mir auf, dass die beiden das gleiche Kostüm mit der gleichen Maske trugen.

»Das hast du dir alles ausgedacht, damit wir zusammen sein können?« Meine Augen wurden feucht vor Rührung und meine Gefühle für diesen Mann vertieften sich ins Unermessliche.

»Sì, anima mia – mein Herz, meine Seele. Denn es gibt etwas, das ich dir unbedingt sagen muss. Und das wollte ich in der richtigen Atmosphäre tun.« Luca sah mich mit so großen treuen Augen an, dass mein Herzschlag für einen Moment aussetzte. »Aber das werden wir später besprechen. Jetzt möchte ich den Traum von letzter Nacht wahr werden lassen.« Luca veränderte die Position seiner Hände, damit sie auf meiner Schulter und meiner Taille lagen. Wie auf ein unsichtbares Zeichen hin setzte eine zarte Violinenmelodie ein, zu der Luca mich sanft hin und her wiegte. Mit dem Vollmond über uns und dem Canal Grande unter uns schwebten wir in einer innigen Umarmung unter der Seufzerbrücke hindurch.

Wie lange wir uns küssten oder nur still im Arm hielten, konnte ich nicht sagen, aber für mein Gefühl beendete Luca diese unbeschreiblichen Augenblicke viel zu schnell. Ich verzieh ihm nur, weil er mich wieder sanft an seine Brust zog und mir tief in die Augen sah.

»Die Zeit, die wir beide zusammen verbringen, ist so einzigartig und kostbar. Wenn du nicht bei mir bist, habe ich das Gefühl zu ersticken. Auch wenn wir uns erst seit ein paar Tagen kennen, spüre ich doch, dass mein ganzes Leben sich nur um dich dreht. Und genau deswegen werde ich die Verlobung mit Sophia lösen! Ich will mit dir zusammen sein. Endlich auf mein Herz hören und meiner Familie verkünden, dass ich mich nicht mehr ihren Regeln und Bedingungen unterstellen werde.«

Bei Lucas Worten begann mein Herz wild zu pochen. Ich hörte zwar die Worte, aber ich war mir nicht sicher, ob ich ihn wirklich richtig verstanden hatte. In meinem Kopf überschlugen sich die Gedanken und ich brauchte einen Moment, um etwas erwidern zu können.

»Aber was ist mit den Schulden deines Vaters und deiner Familie?« So sehr mich seine Worte auch berührten und so schnell mein Puls dabei schlug – so dass ich befürchtete, mein Herz würde vor Aufregung explodieren – seine Worte ängstigten mich zutiefst. Waren unsere Gefühle es wert, dass andere Menschen dafür in Gefahr gerieten? War es überhaupt wirklich so dramatisch, wie Luca es darstellte, oder überspitzte er die ganze Sache mit diesem Mafiaboss nur, weil Italiener generell impulsiver und leidenschaftlicher waren?

»Ich werde mit Diego reden«, antwortete Luca in meine Gedanken hinein. »Ich werde ihm klarmachen, dass Sophia jemanden verdient, der sie aufrichtig liebt und nicht nur aus einer Verpflichtung heraus an das Leben seiner einzigen Tochter gebunden ist. Ich muss ihn einfach davon überzeugen. Seit fünf Jahren lebe ich in diesem Gefängnis, aber du hast mir gezeigt, dass es sich lohnt, das Risiko einzugehen.« Luca kam meinem Gesicht näher und seine Worte wurden leiser. »Sag mir, Emily Bishop, willst du mit mir zusammen sein, wenn ich frei bin?«

LUCA

Warnung

Es war geschehen. Ich hatte es ausgesprochen. Seit Tagen spielte ich mit dem Gedanken, aber ich hätte nicht gedacht, dass ich es wirklich tun würde. Ich kannte die Gefahr. Das Risiko, das ich damit herausforderte. Aber nun blickte ich in diese kornblumenblauen Augen und war wieder kurz davor zu vergessen, warum wir eigentlich hier standen. Emily hatte diese Wirkung auf mich. Ich wusste nicht, wie sie es schaffte, aber in dem Moment, als ich sie auf dem Markusplatz angerempelt und dann zum ersten Mal in diese einzigartigen Augen geblickt hatte, war mir etwas wie ein Blitz durch den Körper geschossen und ich war von ihr verzaubert.

War das Liebe auf den ersten Blick? Ich wusste es nicht. Aber ich wusste, dass ich diese Frau nicht mehr vergessen konnte.

»Wir sollten wieder zurückfahren.« Emily machte einen Schritt von mir weg und meine Arme sanken hinab. Diese wenigen Worte, ihre Reaktion auf meine Frage ... es fühlte sich wie eine schallende Ohrfeige an. Nein, anders ... Ich würde jede Ohrfeige der Welt in Kauf nehmen, wenn ich dadurch die Sicherheit bekäme, mich verhört zu haben.

Hatte ich mich getäuscht? Hatte ich mir ihre Gefühle nur eingebildet? Die Sehnsucht in ihren Augen, wenn wir uns verabschiedeten? Die Schmetterlinge, die jeder Kuss, jede Berührung, jedes Wort in mir auslöste, wovon ich dachte, sie würde auch so empfinden?

Hatte sie nicht gestern gesagt, sie hätte sich in mich verliebt?

Emily senkte den Blick und schaute auf den Gondelboden. Konnte sie mir jetzt nicht einmal mehr in die Augen sehen?

Mir wurde schlecht. Das sanfte Schaukeln der Gondel kam mir mit einem

Mal viel zu stark vor und ich hatte das Gefühl, den Boden unter meinen Füßen zu verlieren.

Als Emily nicht weitersprach und auch nicht aufsah, hob ich meine Hand, um sie zu berühren. Doch Emily wich von mir zurück. Es waren vielleicht nur wenige Zentimeter, aber ihre Botschaft war mehr als eindeutig.

»Ist das deine Antwort?« Die Worte purzelten mir aus dem Mund, bevor ich sie zurückhalten konnte. Emily sah immer noch nicht auf und ich konnte den Schmerz in meiner Stimme nicht unterdrücken, selbst wenn ich es versucht hätte. Aber dazu war ich nicht in der Lage. Sie hatte es geschafft, mich mit vier kleinen Worten zu zerstören.

Aber was hatte ich erwartet? Ich kannte diese Frau kaum eine Woche. Vielleicht hatte ich mir ihre Gefühle die ganze Zeit nur eingebildet. Vielleicht war ich für sie nur eine Art Spiel gewesen. Vielleicht bedeutete verlieben für sie etwas anderes als für mich …

Wütend über mich selbst und meine Torheit biss ich fest den Kiefer zusammen, steckte die zitternden Fäuste in meine Manteltaschen und sah auf die ruhigen und verlassenen Ufer, die an uns vorbeizogen. Ich hatte mir diesen Abend völlig anders vorgestellt. Nun konnte ich mich nicht entscheiden, ob ich lachen oder vor Verzweiflung schreien wollte. *Wie kann man nur so dämlich sein?*

»Luca, ich muss nachdenken. Du kannst doch jetzt nicht so eine Entscheidung von mir verlangen. Wir kennen uns noch gar nicht. Wie kannst du da erwarten, dass ich das Leben einer ganzen Familie riskiere?« Emilys Stimme riss mich aus meinen Gedanken und ich sah wieder in ihre Richtung, nur um sofort in den Fokus ihres aufgebrachten Blickes zu geraten.

Auch sie presste die Lippen fest zusammen. Ihre Augen glänzten. Fixierten mich. Sie war genauso wütend wie ich – und dennoch ließ dieser Anblick meine Wut sofort verpuffen.

Diese sture, unbeugsame und unverbesserliche Amerikanerin sah einfach nur süß aus, wenn sie sich aufregte.

»Bellezza …«, versuchte ich einen erneuten Vorstoß. Ich wollte es ihr erklären. Ihr sagen, dass ich mir Gedanken gemacht hatte. Dass ich eine potenzielle Lösung für uns gefunden hatte, aber sie ließ mich nicht ausreden. Mit einem vehementen Kopfschütteln unterbrach sie mich und entfachte meine fast erloschene Wut erneut. Wieso war sie nur so verdammt starrsinnig?

»Lass uns bitte einfach zurück zur Party fahren.«

»Emily! Hör mir endlich zu!« Es sollte mir leidtun, sie so anzuschreien, aber das tat es nicht. Normalerweise reichte dieser Ton, um die ungeteilte Aufmerksamkeit meiner Gesprächspartner zu bekommen, aber Emily schien meine Autorität völlig egal zu sein. Eigentlich war genau das ein Charakterzug, den ich so an ihr liebte, aber jetzt gerade verfluchte ich sie dafür.

»Nein, Luca. Ich will wirklich nicht darüber reden.« Kalt erwiderte sie meinen Blick und mein Respekt vor dieser Frau wuchs weiter, auch wenn ich es in der jetzigen Situation nur ungern zugab. Sie hatte einfach vor niemandem Angst. Auch wenn ich mir bisher wegen Sophia oft genug das Gegenteil gewünscht hatte.

Emily raffte ihren Umhang fester um sich und drehte mir anschließend den Rücken zu. Eine mehr als deutliche Geste, dass das Gespräch beendet war. 1 : 0 für sie.

Ich fuhr mir seufzend durch die Haare, noch unschlüssig, was ich als Nächstes tun oder sagen sollte. Diese Frau trieb mich an den Rand des Wahnsinns, wenn sie so bockig war.

Emily hatte sich auf einer der Gondelbänke niedergelassen und ich starrte ihren Rücken an.

Der Geigenspieler, der meine liebsten Musikstücke erklingen ließ, erledigte weiterhin brav seinen Job. Doch ich konnte die zarten Töne nicht mehr ertragen. Es schien, als würden sie mich verspotten.

Mit einem deutlichen Handzeichen gab ich ihm zu verstehen, aufzuhören. Sobald die Musik verstummt war, hörte man nur noch das Wasser durch den Kanal fließen und die kleinen Wellen, die gegen das Holz der Gondel stießen.

»Bringen Sie uns zurück zum Hotel.« Ich richtete die wenigen Worte an den Gondoliere und ließ mich dann ebenfalls auf eine der anderen Gondelbänke fallen, während ich Emilys zarte Statur – sie hatte mir noch immer den Rücken zugewandt – anstarrte.

Was hatte ich mir nur dabei gedacht, sie in diese Situation zu bringen? Seit wann war ich so schrecklich egoistisch? Mein ganzes Leben war ich dazu erzogen worden, an meine Familie und meinen Namen zu denken. An die Ehre und die Pflichten, die es beinhaltete, ein Dandolo zu sein. Und dann kam diese Amerikanerin und mit einem Schlag war mir das alles egal? Ich schüttelte den Kopf über meine eigene Dummheit.

Sophia, Diego, meine Eltern, mein Name. Emily zeigte mir eine Welt, die ich zuvor nicht gekannt hatte. Durch sie spürte ich Freiheit, die mir stets verwehrt geblieben war. Sie offenbarte mir, dass mein Leben ein Gefängnis war. Oder bildete ich mir das nur ein? Immerhin war ich nicht unglücklich gewesen, bevor ich Emily zum ersten Mal sah. Unweigerlich dachte ich an die Zeit zurück, als ich Sophia kennenlernte. Es war bei einem dieser Geschäftstermine gewesen, zu denen mein Vater mich regelmäßig hinschleifte, seit ich vierzehn war. Ich sollte die Geschäfte von Grund auf lernen, damit ich später einmal das Chemiewerk übernehmen konnte.

Damals saßen wir in einem dieser großen dunklen Büroräume, als Diego mit Sophia hereinkam. Zu der Zeit waren ihre Haare glatt und etwas dunkler. Sie sahen natürlicher aus. Ihre Augen strahlten auch schon damals hellblau und so schüchtern, dass sie ihren Blick immer verlegen abwendete, wenn ich sie anlächelte. Mir fiel direkt auf, wie attraktiv sie war, und ihre zurückhaltende Art weckte umgehend meine Neugier.

Mein Vater bat mich Sophia zum Mittagessen einzuladen, weil der Geschäftstermin länger gehen würde als vereinbart und sie sich nicht mit uninteressanten Finanzthemen langweilen sollte.

Ich erinnerte mich noch genau, wie ich ihn überrascht angesehen hatte. Es war ihm sehr wichtig gewesen, dass ich bei diesen Geschäftsterminen dabei war, und jetzt schickte er mich regelrecht weg. Aber ich war dankbar für die Möglichkeit abzuhauen und so ging ich mit Sophia essen.

Es war ein angenehmer Nachmittag. Sie schien nett zu sein und nach einiger Zeit öffnete sie sich und man konnte sich gut mit ihr unterhalten. Sie war klug, lustig und eine sehr angenehme Gesellschaft.

Wir verabredeten uns für den Abend und gingen erst in der Stadt spazieren und anschließend ins Kino. Wir amüsierten uns so gut, dass wir uns gleich für den nächsten Tag erneut verabredeten.

So ging das ein paar Wochen. Wir trafen uns immer mal wieder und schon bald merkte ich, dass Sophia starkes Interesse an mir hatte. Damals dachte ich mir nichts dabei und gab ihren Avancen nach. Sie war nicht meine erste Freundin, aber ich glaubte nicht, dass es etwas Ernstes zwischen uns werden würde. Wir waren jung und hatten Spaß zusammen. Doch nach ein paar Wochen ließ mein Vater mich in sein Büro rufen …

»Oh mein Gott …!« Emilys Fluch riss mich aus meinen Gedanken und da erst bemerkte ich, dass wir bereits den Steg erreicht hatten und Emily schon stand.

Ruckartig sprang ich ebenfalls auf und folgte ihrem Blick zum Ufer. Ich brauchte einen Moment, bis ich die Quelle ihres Entsetzens erkannte.

Nur wenige Meter von uns entfernt war eine Gestalt, die sich nach vorn beugte und an einem Holzpfahl abstützte. Auf den ersten Blick hätte man meinen können, dass ein Student zu viel getrunken hatte und seinen Rausch nun an der frischen Luft kurierte, aber ich erkannte die Gestalt sofort und im selben Augenblick gefror mir das Blut in den Adern und ließ mich erstarren.

Mario presste eine Hand an den Magen, während er sich seitlich an dem Holzpfosten anlehnte. Sein Gesicht war voller Blut und offener Wunden. Seine Lippen und die rechte Gesichtshälfte waren geschwollen, so dass er die Augen kaum öffnen konnte. Sein Kostüm war zerrissen und die Fetzen davon waren voller Blut- und Schmutzflecken.

»Oh mein Gott, was ist passiert?« Emily kletterte umständlich aus der Gondel. Ich folgte ihr, so schnell ich konnte.

Kaum waren wir ausgestiegen, ruderte die Gondel samt der beiden Männer bereits wieder weg, ohne dass sie uns halfen. Ich konnte es ihnen nicht verdenken. Sicherlich hatten sie sich bereits Gedanken gemacht zu der Situation, und auch wenn ich sie sehr großzügig für ihr Schweigen bezahlte, war in dem Obolus keine Hilfe enthalten.

Emily versuchte Mario zu berühren, aber er zuckte nur schmerzgepeinigt zurück. »Luca, ruf einen Krankenwagen. Und die Polizei. Wir müssen Hilfe holen.« Emilys Reaktion war verständlich. Normal. Aber nicht hilfreich. Ich wusste, was Mario widerfahren war, und da würde uns keine Polizei helfen können.

Mario hob den Kopf und sah uns mit leeren, traurigen Augen an. Der Anblick bereitete mir Übelkeit und mein ganzer Körper fühlte sich taub an. Wie hatte ich nur so dumm sein können? Wieso hatte ich ihn nur mit hineingezogen? Ich hätte wissen müssen, dass es zu riskant war. Und wofür? Um mir eine Abfuhr einzuhandeln? Ich war ja so ein Schwachkopf!

»Verdammt, Luca! Tu doch was. Ruf die Polizei!« Emily drehte sich wutschnaubend zu mir um und ich riss widerwillig meinen Blick von Mario.

»Wozu? Sie werden nicht kommen.« Ein wütender Fluch kam über meine Lippen und ich drehte mich zu Mario um. Er brauchte jetzt unsere Aufmerksamkeit und Hilfe. Ich konnte mich noch später mit Emily streiten. Falls es ein »später« für uns gab.

»Was? Wieso denn nicht?« Ich bemerkte Emilys verwirrten und wütenden Blick aus den Augenwinkeln und wandte mich ihr zu, darum bemüht, meine Emotionen unter Kontrolle zu halten. Es würde nichts bringen, wenn wir uns jetzt hier gegenseitig anschrien. Auch wenn ich mich anschließend vielleicht für einen kurzen Moment besser fühlen würde.

»Weil das Diegos Handschrift trägt. Und die Polizei steht unter Diegos Macht.« Meine Wut war gewichen und Resignation hatte ihren Platz eingenommen. Emily kannte das italienische Rechtssystem nicht. Sie wusste nicht, wie weit Diegos Macht reichte und wie korrupt oder verängstigt manche Polizisten waren.

»Ist das dein verdammter Ernst?« Emily verlor die Beherrschung. Ich hatte sie zuvor noch nie so herzhaft fluchen gehört und musste mir unweigerlich ein Schmunzeln verkneifen. Sie war wirklich süß, wenn sie ausflippte. »Du weißt, wozu dieser Mafiaboss fähig ist, und willst ihm ernsthaft sagen, dass du nicht mehr mit seiner Tochter zusammen sein willst?« In ihren wunderschönen tiefblauen Augen spiegelten sich Wut, Unglaube und auch grenzenlose Angst. Ich konnte es ihr nicht verübeln.

Wieder einmal fuhr ich mir mit meinen Händen durch die Haare.

»Bambina ...« Mario röchelte leise, dann hustete er. Er spuckte einen Klumpen Blut mit Speichel auf den Boden. »Es geht schon wieder. Mach Luca nicht dafür verantwortlich. Es war nicht seine Schuld.«

Mit einem bleischweren Klumpen im Magen drehte ich mich wieder zu meinem Freund um. »Was ist denn genau passiert?« Auch wenn ich es mir denken konnte, musste ich jede Einzelheit erfahren. Ich musste das Ausmaß der Katastrophe einschätzen.

»Sophia ... hat mich auf der Party ... angesprochen. Sie dachte ...« Wieder wurde Mario von einem Hustenanfall unterbrochen und sein Körper erbebte wie bei einem Krampf. »Sie dachte ... sie hielt mich für dich. Als ich ihr nicht antwortete und aus dem Weg ging ... folgte sie mir. Sie ... forderte ein Gespräch, aber ich ... schüttelte nur den Kopf. Ich versuchte vor ihr zu flüchten ... als irgendein Typ zu uns kam. Er erzählte ihr, dass er Emily ... mit einem Mann auf einer Gondel verschwinden sah.« Mario brachte sich unerträglich langsam in eine halbwegs aufrechte Position, verzog dabei aber vor Schmerzen sein Gesicht. »Dann drehte sie sich wieder zu mir und ... riss mir den Hut vom Kopf ... bevor ich ... reagieren konnte. Sie wusste sofort Bescheid.« Mario beendete seine Erklärung mit einem Stöhnen und der Anblick entfachte erneut meine Wut.

»Waren es Philippe und Antonio?« Auch ohne Marios bestätigendes Nicken wusste ich die Antwort bereits. Das war eindeutig.

»Wovon redet ihr, Luca? Wer sind diese Kerle?« Emily hatte sich etwas beruhigt, aber sie zitterte und ich hätte sie gerne in den Arm genommen und ihr gesagt, dass alles gut werden würde, aber so, wie sie vorhin auf mich reagiert hatte, war eine Umarmung sicherlich das Letzte, was sie sich jetzt wünschte.

Ich hätte am liebsten auf etwas eingeschlagen, nur um meine brennende Wut loszuwerden. »Das sind Sophias Cousins. Diegos Neffen. Sie machen die Drecksarbeit für ihn«, erklärte ich und biss die Zähne zusammen. Die Wahrheit noch mal auszusprechen machte die Gefahr, in die ich Mario und Emily gebracht hatte, noch realer und auf meinen Armen breitete sich eine Gänsehaut aus. Was hatte ich mir nur dabei gedacht? Wie konnte ich so verantwortungslos sein?

»Du verarschst mich, oder?« Emily sah mich ungläubig an und ich spürte die Hoffnung in ihrem Blick. Sie wollte wirklich gerne von mir hören, dass ich sie nur auf den Arm nahm. Dass das alles ein schrecklich schlechter und makaberer Witz war. Und ich wünschte, ich hätte ihr diesen Gefallen tun können, doch stattdessen schüttelte ich den Kopf.

»Aber wieso?«

»Das war eine Warnung für mich. Sophia liebt Dramen und für sie ist das hier die wirkungsvollste Methode.« Die Worte verursachten mir einen faden Geschmack im Mund. Wann hatte sie sich so verändert? Und wieso fiel mir jetzt erst auf, wie skrupellos und abartig krank sie eigentlich war?

»Und was sollen wir nun machen?« Emily sah erschöpft aus. Müde und kraftlos. Der Wunsch, sie zu berühren, zu trösten und an mich zu ziehen war unbeschreiblich groß. Und jede Sekunde, die ich mich dagegen wehren musste, bereitete mir körperliche Schmerzen.

»Ich rufe Fabio an. Er wird Mario abholen. Und dann bringe ich dich nach Hause.« Noch während ich sprach, zückte ich mein Handy und entdeckte dort zwei Anrufe in Abwesenheit. Beide von Sophia.

Nach einem kurzen Blick auf die Uhrzeit bestätigte sich meine Befürchtung. Ihre Anrufe kamen nach Marios Überfall.

Ich drückte die Anrufe weg. Darum würde ich mich später kümmern müssen. Jetzt musste ich erst Fabio erreichen.

***

Es dauerte fast eine halbe Stunde, bis Fabio kam. Beim Anblick seines Freundes weiteten sich seine Augen und sein Gesicht nahm die Farbe von Kalk an. Umso dankbarer war ich ihm, dass er das, was er wohl dachte, für sich behielt, auch wenn ich ein leises Gebet über seine Lippen huschen hörte.

»Wie geht's dir, Geliebter?« Fabio war fast zwei Köpfe kleiner als Mario und hatte langes sandblondes Haar, das ihm heute wirr vom Kopf abstand und sich nicht wie sonst glatt anschmiegte. Seine grauen Augen strahlten immer eine gewisse Neugier aus und an guten Tagen war er das größte Klatschmaul, das es in Venedig gab, doch heute war er sehr in sich gekehrt.

»Es geht schon, Fabio.« Mario zwang sich zu einem Lächeln und unterdrückte einen Schmerzenslaut, als Fabio seine Arme um Marios Mitte schlang.

Der Anblick der beiden, wie sie sich gegenseitig Halt gaben und füreinander da waren, erinnerte mich daran, was mir in der Beziehung mit Sophia immer gefehlt hatte. Diese ehrliche und bedingungslose Liebe. Der Wunsch, stets für den anderen da zu sein.

»Komm. Lass uns gehen.« Fabios wenige Worte waren distanziert und sie passten zu dem Blick, den er mir über die Schulter zuwarf, bevor er mit seinem Freund die schmale Gasse entlangging, bis sie außer Sichtweite waren.

Direkt nach dem Anruf bei Mario hatte ich uns ein Wassertaxi bestellt, dass bereits wartete.

Ich reichte Emily die Hand, um ihr beim Einsteigen zu helfen, aber sie ignorierte mich und ich verkniff es mir, sie erneut anzusprechen. Ich musste ihren Wunsch respektieren, auch wenn es mir unglaublich schwerfiel.

***

Die zwanzigminütige Fahrt verbrachten wir angespannt und schweigend. Immer wieder spielte ich in meinem Kopf alle Möglichkeiten durch, wie ich Emily in Sicherheit bringen könnte, ohne sie dabei von mir zu stoßen. Doch es fiel mir nichts ein. Außerdem war ich mir nicht sicher, ob sie überhaupt noch in meiner Nähe sein wollte. Ihrem jetzigen Verhalten nach zu urteilen, war die Antwort eindeutig …

Sobald das Wassertaxi den Steg am Lido erreichte, sprang Emily beinah fluchtartig heraus und lief, so schnell sie konnte, die Straße entlang. Nachdem ich den Fahrer gebeten hatte, auf mich zu warten, folgte ich ihr in gebührendem Abstand.

Es waren nur wenige Querstraßen bis zu ihrer Wohnung, und sobald sie die Tür erreichte, blieb sie zitternd davor stehen. Erneut überkam mich der Wunsch, sie in den Arm zu nehmen und zu trösten. Würde dieses Gefühl jemals enden? Wahrscheinlich nicht.

»Danke, dass du mich nach Hause gebracht hast.« Emily blickte starr auf den Boden und kickte mit der Schuhspitze einen kleinen Stein aus dem Weg.

Ich sah sie an und wusste nicht, was ich sagen sollte. Alles, was mir in den Sinn kam, waren bedeutungslose Floskeln, die entweder nicht der Wahrheit entsprachen oder nicht das ausdrückten, was ich ihr gerne mitteilen wollte. Aber offenbar war ich auch nicht an der Reihe zu reden, denn Emily sprach bereits weiter, während ich noch überlegte, was ich sagen konnte. Und sie hatte sich ihre Worte genau zurechtgelegt.

»Luca, ich weiß nicht, was ich denken oder sagen soll. Das was heute mit Mario passiert ist ... das ist schrecklich. Und es ist unseretwegen passiert. Weil wir Sophia provoziert haben.« Endlich sah sie auf, aber als ich ihren harten und leblosen Blick sah, schwand meine Hoffnung. Sie würde mir niemals verzeihen. »Du solltest mit deinem Vater reden. Vielleicht weiß er einen Ausweg aus dieser Lage. Aber wir beide dürfen uns nicht mehr sehen. Das ist es nicht wert. Das zwischen uns ist nur ein harmloser Flirt gewesen. Aber jetzt ist es vorbei.«

Ihre Worte trafen mich härter, als ich jemals gedacht hätte, besonders weil ich ihr nicht glaubte. Vielleicht waren ihre Gefühle nicht so stark wie meine, aber alles, was sie jetzt aussprach, geschah aus Angst. Und das machte mich rasend.

Wo war die starke Frau, die sich nicht unterkriegen lassen wollte? Die Sophia in der Uni die Stirn geboten hatte? Die sich auch von mir nicht einschüchtern ließ, selbst wenn ich es darauf anlegte?

»Ist das deine Meinung? Du willst deine Gefühle ignorieren, weil du Angst hast?« Ich spie meine Worte verächtlich aus. Ich versuchte meine Wut unter Kontrolle zu bringen, aber ich schaffte es nicht. Sophia hatte fünf Jahre lang mein Leben kontrolliert und jetzt wollte sie es endgültig zerstören, indem sie Emily von mir trennte. Und ich ertrug es nicht, dass Sophia drauf und dran war zu gewinnen. »Offenbar habe ich mich in dir ... nein, in uns getäuscht. Dann sind nur meine Gefühle für dich so stark, dass ich darum kämpfen würde, mit dir zusammen zu sein.«

Meine geballten Fäuste zitterten und ich steckte sie in meine Manteltaschen, um Emily keine Angst zu machen. Sie sah sowieso bereits so aus, als würde sie am liebsten in Tränen ausbrechen. Zum Glück hatte sie sich unter Kontrolle. Ich würde es nicht ertragen, sie weinen zu sehen – ohne die Möglichkeit, ihr Trost zu spenden.

Mit einem Nicken deutete ich auf die Haustür. »Geh rein. Ich will mich nur kurz umsehen, ob alles in Ordnung ist, dann gehe ich und werde dich nicht mehr belästigen. Versprochen.« Die Worte schmeckten bitter und der Klumpen Blei in meinem Magen schwoll an. Mir fiel es unglaublich schwer zu verstehen, wie nur an einem einzigen Abend alles Gute und Schöne in meinem Leben zu Bruch gehen konnte. Wie konnte ich nur in wenigen Stunden die Frau, in die ich mich verliebt hatte, wieder verlieren?

Emily drehte sich zum Hauseingang und griff nach einer kleinen Umhängetasche, die unter ihrem Mantel versteckt war. Einen Moment kramte sie darin herum, dann fand sie den Schlüssel und schloss die Haustür auf. In angespannter Stille stieg ich hinter ihr die Stufen zu ihrer Wohnung hoch, bis sie unvermittelt auf dem Treppenabsatz stehen blieb.

»Was ist los?« Obwohl ich leise sprach, dröhnte meine Stimme durch das Treppenhaus und klang selbst in meinen Ohren angespannt.

»Ich weiß es nicht.« Emily hauchte die Worte fast tonlos und beinah hätte ich sie nicht verstanden. Sie drückte gegen die Tür, die sofort aufschwang, als wäre sie gar nicht geschlossen gewesen.

»Hast du die Tür offen gelassen?« Ich wusste, dass Emily eine kleine Wohnung im Haus der Vermieter hatte, und in Italien ist es nicht ungewöhnlich, die Türen in solchen Wohnkonstellationen nicht abzuschließen. Aber Emily erschien mir nicht als der Typ Mensch, der Fremde in ihren Rückzugsort ließ, wenn sie nicht anwesend war.

»Nein«, wisperte sie und das reichte mir bereits. Mit einer schnellen Bewegung glitt ich an ihr vorbei und trat durch die geöffnete Wohnungstür, wobei ich aus dem Augenwinkel bemerkte, dass das Türschloss verkratzt war.

Zuflucht

Das kleine Zimmer umfasste vielleicht dreißig Quadratmeter und war nur spärlich möbliert. Dennoch sah es jetzt aus, als wäre ein Orkan durch den Raum getost. Kleidung, Schuhe und persönliche Gegenstände lagen wild über dem ganzen Boden verstreut. Schubladen und Schränke waren aufgerissen und der Inhalt war verteilt.

Ich trat mit großen vorsichtigen Schritten über das Chaos hinweg in das Wohn- und Schlafzimmer.

Der kleine Fernseher lag da in einem Meer aus Scherben und die Glassplitter knirschten unter meinen Fußsohlen, als ich auf sie trat. Uni-Unterlagen, Bücher, Hefte und Dokumente waren zerrissen und wie Konfetti überall auf dem Boden verteilt.

Ich hörte ein leises Schluchzen hinter mir und drehte mich sofort um. Emily hatte sich hingekniet und hielt ein Stück roten Stoff ihrer zerschnittenen Kleidungsstücke in der Hand. Über ihre Wangen lief ein unaufhörlicher Strom Tränen und ihr zarter Körper wurde von einem Beben erschüttert.

»Emily!« Mit zwei Schritten war ich neben ihr und zog sie sanft, aber bestimmt wieder auf die Beine. Sofort schmiegte sie sich an meine Brust und ich legte ihr vorsichtig meine Arme um den zitternden Körper. »Ich verspreche dir, ich pass auf dich auf. Dir wird nichts passieren. Wir bekommen das wieder hin.« Auch wenn diese Worte nur wie bedeutungslose Floskeln klangen, waren sie ein Versprechen. Ich würde alles in meiner Macht Stehende tun, um wiedergutzumachen, was Sophia ihr – um mich zu verletzen – angetan hatte. Unter keinen Umständen würde ich Emily jetzt alleinlassen. Und ein winziger, schrecklich egoistischer und abscheulicher Teil von mir freute sich über das Chaos, weil es Emily wieder in meine Arme trieb. Was war ich doch für ein Arschloch!

Als Emily sich weiter an mich schmiegte, anstatt sich gegen die Umarmung zu wehren, verstärkte ich meinen Griff und legte meinen Kopf auf das künstliche Haar ihrer Perücke.

Ich wiegte Emily sanft wie ein kleines Kind, bis sie sich beruhigt hatte und ihren Kopf in den Nacken legte, um mich anzusehen. Ihr Gesicht war von roten Flecken übersät, die Wimperntusche hatte sich in schwarzen Streifen über ihre von Make-up verschmierten Wangen ergossen, und dennoch war sie die schönste Frau, die ich jemals gesehen hatte. Ihre blauen Augen strahlten eine Verletzlichkeit und Sehnsucht aus, die in mir den Drang erweckten, sie bis an mein Lebensende zu beschützen – wenn sie mich ließ.

»Ich habe Angst, Luca.« Ihre Lippen zitterten, aber gerade konnte ich nur daran denken, sie zu küssen. Meinen Mund auf ihren zu pressen und für einen kurzen Augenblick all das zu vergessen, was gerade um uns herum los war. »Bitte lass mich nicht allein.« Fünf kleine Worte, die mein Herz zum Rasen brachten. Fünf Worte, die mir neue Hoffnung schenkten und mich daran erinnerten, wieso ich hier war.

Mit großer Anstrengung verdrängte ich den unangemessenen Wunsch nach einem Kuss und nickte ernst. »Ich werde dich nie alleinlassen«, beruhigte ich sie leise und zog sie noch fester an mich. »Ich werde dich beschützen, cuore mio. Das verspreche ich dir, mein Herz. Immer.«

***

Ich war entsetzt über Sophias Tat. Und das, obwohl ich wusste, wie eifersüchtig sie war! Sicherlich hatte sie auch bemerkt, dass sich etwas zwischen uns geändert hatte. Und dennoch hätte ich niemals gedacht, dass sie wirklich zu so einer Handlung fähig war. Auch wenn ich es vor Emily nicht zugab, wusste ich genau, dass nicht Diego Philippe und Antonio auf Mario losgelassen hatte. Das war nicht sein Stil. Er würde keine Unbeteiligten hineinziehen, sondern direkt mich angreifen. Das hier trug Sophias Handschrift. Eindeutig.

Emily zitterte an meiner Brust und ich machte mir schreckliche Vorwürfe.

Wieso konnte ich sie nicht einfach in Ruhe lassen? Wieso hatte ich es so weit kommenlassen? Sie wusste nichts von dieser Welt und den Regeln, die hier herrschten. Sie war eine unschuldige Frau, an die ich mein Herz verloren hatte, direkt als ich das erste Mal in ihre kornblumenblauen Augen sah.

Wahrscheinlich war das genau der Punkt, der mich so an ihr faszinierte. Ihre Unschuld. Ihr Unwissen. Bei niemandem außer Mario konnte ich sicher sein, wer Freund und wer Feind war. Emily behandelte mich stets wie einen normalen Mann – und nicht wie Sophias Verlobten. Das war der Reiz gewesen, als ich Emily kennenlernte. Und aus einer Neugier waren tiefe Gefühle entstanden. Und das bereits nach so kurzer Zeit!

»Komm, Emily. Ich bring dich hier raus.« Ich versuchte sie aus der Wohnung zu bewegen, ohne sie loszulassen, aber sie weigerte sich.

»Wo soll ich denn hin? Ich habe kein Geld und keine brauchbare Kleidung.« Emily verstärkte den Griff um den Streifen Stoff in ihrer Hand und erneut flossen ihre Tränen unaufhaltsam. »Ich bin nirgendwo sicher.« Zitternd und schluchzend vergrub sie ihr Gesicht erneut an meiner Brust und ich strich ihr beruhigend über den Rücken.

»Du musst mir vertrauen, Emily. Ich werde einen Platz finden, wo du in Sicherheit bist. Und ich werde bei dir bleiben. Ich lasse dich nicht allein.«

Als sie mich immer noch nicht ansah, hob ich ihr Gesicht mit der Hand an. »Heute ist Freitag. Bis Montag werden wir alle Sachen ersetzt haben. Und ich verspreche dir, du wirst am Montag ganz normal dein Semester beginnen können. Dafür werde ich sorgen.« Ihre tiefblauen Augen blickten mich so hoffnungsvoll und treu an, dass es mir fast das Herz brach, schon bei dem Gedanken, sie auch nur für einen Moment alleinlassen zu müssen. »Bitte, hab Vertrauen, Stellina. Ich schwöre dir, ich kümmere mich um alles.« Als Emily mit einem schwachen Nicken das Angebot annahm, hauchte ich ihr einen Kuss auf die Stirn. Ohne sie loszulassen, schob ich sie aus den Trümmern ihrer Wohnung.

***

Wir hatten bereits die Treppe hinter uns gebracht und ich öffnete gerade die

Haustür, als Emily wie erstarrt stehen blieb und mich mit großen Augen ansah.

»Signor und Signora Catalano. Meine Vermieter.« Emily schlug sich entsetzt eine Hand vor den Mund und blickte entgeistert zu der geschlossenen Tür.

Ich warf einen kurzen Blick auf meine Armbanduhr. Es war inzwischen halb zwei in der Nacht.

»Emily, es ist zu spät. Wir können sie jetzt nicht stören«, versuchte ich in einem beruhigenden Tonfall auf sie einzureden, aber sie schüttelte nur den Kopf.

»Ich kann nicht gehen, ohne zu wissen, ob es ihnen gut geht, Luca. Das würde mich umbringen.« Ihre Augen füllten sich wieder mit Tränen und ich wollte nicht riskieren, dass sie erneut zusammenbrach, also nickte ich schnell.

»Okay. Geh wieder die Treppen hoch. Ich werde nach ihnen sehen.« Ich wollte nicht mitten in der Nacht fremde Leute aus dem Bett werfen, aber Emilys verweintes Gesicht würde nur mehr Fragen aufwerfen als beantworten. Also ergab ich mich meinem Schicksal und positionierte mich vor der Wohnungstür. Um diesen Ort so schnell wie möglich zu verlassen, hätte ich noch ganz andere Dinge getan.

Emily lächelte mich dankbar an und schlich möglichst leise die Stufen hoch.

Als sie außer Sichtweite war, atmete ich noch einmal tief durch. Dann klopfte ich laut an die Wohnungstür.

Eine Zeit lang geschah nichts, dann hörte ich das wütende Geschrei einer Frau, die sich beschwerte, wer um diese Uhrzeit noch zu stören wagte. Kurze Zeit danach öffnete eine kleine gedrungene Italienerin in einem Morgenmantel die Tür. Als sie mich sah – in meinem Kostüm, der Maske und dem Hut in der Hand –, verengte sie die Augen und blickte mich ängstlich an.

»Wer sind Sie? Was wollen Sie? Wir haben nichts!« Bevor sie weiterschimpfen und mir die Tür wieder vor der Nase zuschlagen konnte, unterbrach ich sie direkt.

»Signora Catalano. Mein Name ist Luca Dandolo und ich bin ein Freund von Emily Bishop, ihrer Mieterin.« Bei der Nennung meines Namens verengte die kleine Frau die Augen noch mehr, aber der ängstliche Blick verschwand. Wahrscheinlich glaubte sie mir nicht, aber bei der Erwähnung von Emilys Namen war ihre Neugier geweckt.

»Was wollen Sie? Wo ist Emily? Was ist mit ihr?«

»Ihr geht es gut. In ihrer Wohnung wurde diese Nacht eingebrochen und ich bringe sie in Sicherheit. Bitte betreten Sie nicht das Apartment. Ich werde jemanden schicken, der aufräumt und alles repariert. Selbstverständlich komme ich für den entstandenen Schaden auf. Emily wollte nur sichergehen, dass es Ihnen gut geht und die Einbrecher nicht auch noch bei Ihnen waren.« Ich zwang mich zu einem betont höflichen Lächeln, das hoffentlich überzeugend herüberkam. Immerhin wurde ich mein Leben lang für Katastrophen und den Umgang mit ihnen geschult.

»Einbrecher? Dio mio!« Signora Catalano griff sich entsetzt an das Maria-Kreuz, das fast jeder gläubige Italiener um seinen Hals trug, und flüsterte ein leises Gebet.

»Machen Sie sich keine Gedanken. Emily geht es gut. Sie war nicht zu Hause, als der Einbrecher kam. Haben Sie denn nichts vom Einbruch bemerkt?«

Die kleine Frau schüttelte den Kopf. »No. Mein Mann ist schwerhörig und der Fernseher läuft immer sehr laut. Wir haben nichts mitbekommen, sonst hätten wir die Polizei gerufen.«

Innerlich dankte ich der Jungfrau Maria, dass die beiden nichts gehört und unternommen hatten. Sonst wären sie jetzt auch noch mit hineingezogen worden.

»Das haben wir schon gemacht. Morgen wird jemand kommen. Aber bitte tun Sie mir den Gefallen und schließen Sie die Tür gut ab, ja?«

Nachdem Signora Catalano eifrig nickte, verabschiedete ich mich und hörte noch das Türschloss doppelt klicken, bevor Emily leise die Treppe hinabschlich.

»Danke«, flüsterte sie und ich nickte knapp.

»Und jetzt bringe ich dich in Sicherheit.« Ich zog Emily an meine Seite und stellte erleichtert fest, dass sie sich nicht dagegen wehrte. Heute Nacht würde ich eine weitere Abfuhr nicht ertragen.

»Wie soll ich das alles nur bezahlen? So viel Geld habe ich nicht. Ich muss meine Eltern unbedingt anrufen und sie bitten mir Geld zu schicken.« Emily begann wirr zu plappern und ich war mir sicher, dass sie das Ganze immer noch nicht richtig realisiert hatte. Der Schock stand ihr deutlich ins Gesicht geschrieben.

Ich griff nach ihren Schultern und stellte mich schützend vor sie. »Mach dir darum keine Gedanken, Stellina. Ich werde alles bezahlen.« Sie öffnete den Mund, um zu widersprechen, aber ich schüttelte den Kopf und ließ sie nicht zu Wort kommen. »Das ist das Mindeste. Immerhin ist das alles nur meine Schuld. Ich werde den Schaden bezahlen und auch morgen all deine Sachen ersetzen lassen. Bücher, Kleidung und alles, was du sonst brauchst.«

Einen Moment sah mich Emily schweigend an, dann nickte sie schwach und ich zog sie wieder an meine Brust. Wenn die Situation nicht so grauenvoll gewesen wäre, hätte ich den Moment genießen können, aber so wusste ich, dass ich mich von ihr lösen musste, was ich nur sehr widerwillig tat.

»Was … was machen wir denn jetzt?« Emily wischte sich unauffällig über die Wangen und ich wusste, dass sie stark und tapfer sein wollte. Also versuchte ich sie dabei zu unterstützen.

»Jetzt werden wir einen Schlafplatz suchen gehen«, sagte ich – absichtlich so fröhlich, wie ich es in der aktuellen Situation hinbekam.

***

Während wir gemeinsam durch die Nacht marschierten, immer noch in unseren Kostümen und froh über die Anonymität, die uns dadurch beschert wurde, überlegte ich mir, was ich machen sollte.

Als Erstes musste ich Emily in Sicherheit bringen. Aber wo war sie noch sicher? Unter anderen Umständen hätte ich sie zu Mario gebracht, aber das konnte ich ihm und ihr nicht zumuten. Ich konnte nur erahnen, wie es ihr ging, aber ihrer Reaktion auf Marios verprügelten Körper nach zu urteilen, machte sie sich ebenfalls schreckliche Vorwürfe.

»Wohin gehen wir?« Ihre zarte, dünne Stimme drang an mein Ohr und ich verstärkte meinen Griff um ihre Schultern. Sie versteifte sich, was ihr wahrscheinlich nicht einmal selbst bewusst war. Ich unterdrückte ein Seufzen.

»Wir fahren zu meiner Tante. Dort werden wir erst mal die Nacht verbringen.« Ich konnte nur hoffen, dass Elisa uns aufnehmen würde. Immerhin war sie schon so nett gewesen und hatte mir mit dem Kostüm geholfen, obwohl sie sich bereits vor Jahren von unserer Familie abgewendet hatte.

Nach dem Tod ihres Mannes – des Bruders meines Vaters – hatte sie wieder ihren Mädchennamen angenommen und der Familie Dandolo den Rücken gekehrt. Niemand aus meiner Familie wusste, dass ich mit ihr in Kontakt stand. Und jetzt musste ich sie wieder in die Familiendramen der Dandolos hineinziehen!

***

»Elisa?« Ich klopfte leise an die Holztür und rief immer wieder den Namen meiner Tante durch das geöffnete Fenster im ersten Stock, in dem ein schwaches Licht brannte. Meine Tante war eine Nachteule und zum ersten Mal, seit ich mich erinnern konnte, war ich dankbar für ihre Schlafprobleme. »Elisa, ich bin's, Luca.«

Emily stand zwei Schritte hinter mir in der schmalen Gasse und blickte sich hektisch um, als würde sie befürchten, dass sich jeden Moment ein Monster auf uns stürzen könnte. Was ich ihr nach den jüngsten Ereignissen nicht verdenken konnte.

Nach einer gefühlten Ewigkeit wurde die Holztür geöffnet und meine wundervolle Tante erschien. Sie trug fast immer nur schwarze Kleidung, als wäre gerade jemand gestorben, und die feine, goldumrandete Arbeitsbrille auf ihrer Nase ließ ihre Augen groß und neugierig erscheinen.

»Luca, Bambino. Was machst du denn hier?« Elisa wirkte überrascht und wickelte sich die schwarze Strickjacke enger um ihren Körper. Als sie einen Blick über meine Schulter warf, wo sie Emily entdeckte, wich die Verblüffung aus ihrem Gesicht. Unsere verstörten Gesichter und die nächtliche Störung mussten ein deutliches Zeichen sein. Sie stellte keine weiteren Fragen, sondern rief uns umgehend ins Haus. »Kommt rein, kommt rein. Ist euch jemand gefolgt oder hat man euch gesehen?« Kaum hatten wir den kleinen Flur ihres Hauses betreten, schloss sie die Haustür und drehte den Schlüssel doppelt um. »Was ist passiert? Ihr seht schrecklich aus.«

Elisa war noch nie ein Freund von beschönigenden Worten – und auch wenn ich es eigentlich gewohnt war, wünschte ich mir zum ersten Mal ein wenig Empathie. Wenigstens für Emily, die bleich, zitternd und verloren mitten im Raum stand. Unfähig etwas zu sagen.

»Sophia hat herausgefunden, dass ich mit Emily weg war. Als wir zurückkamen, fanden wir Mario zusammengeschlagen am Ufer. Antonio und Philippe waren das.« Während ich sprach, reichte ich meiner Tante den Hut und die Maske, die sie sorgfältig zur Seite legte. Aus den Augenwinkeln sah ich, wie Emily verzweifelt versuchte den Verschluss ihres Mantels zu öffnen, aber wegen ihrer unkoordinierten Bewegungen scheiterte. »Warte! Lass mich dir helfen.« Bevor Emily etwas erwidern konnte, trat ich an sie heran und öffnete den schweren Mantel für sie. Mit einer ungelenken Bewegung schlüpfte sie aus dem Stoff.

Elisa eilte Emily ebenfalls zu Hilfe und begann Emilys Kopf von der monströsen Perücke zu befreien.

Während meine Tante damit beschäftigt war, legte ich das Kleidungsstück sorgsam neben meine Sachen und schlang Emily schützend einen Arm um die Taille, sobald sie fertig war. Ich wollte sie wissen lassen, dass ich für sie da war, wenn sie mich brauchte.

»Ist das alles?« Elisa sah Emily und mich prüfend an, und ich konnte mir gut vorstellen, welche Gedanken sie in ihrem Kopf hin und her wälzte.

»Nein. Sie haben auch Emilys Wohnung verwüstet. Ihre Kleidung zerschnitten, die Dokumente zerrissen, sogar die Möbel demoliert und das Bett aufgeschlitzt.« Unweigerlich verkrampfte ich mich und zog Emily noch fester an mich. Ich wollte mir nicht vorstellen, was gewesen wäre, wenn sie sich zu diesem Zeitpunkt in der Wohnung befunden hätte. »Deswegen sind wir auch hier. Ich kann sie unmöglich ...« Ich stockte. »Außer dir fiel mir niemand ein, zu dem wir können.« Ich senkte vor Verlegenheit den Kopf. Es war mir zuwider, meine Tante in die Sache hineinzuziehen, aber ich hatte keine Wahl. Zumindest heute Nacht nicht.

»Du wusstest, dass du mit dem Feuer spielst, Luca.« Der ernste Ton in ihrer Stimme war kein Tadel, sondern eine schlichte Feststellung und eine Erinnerung an meine eigene Entscheidung. »Aber natürlich könnt ihr bleiben.«

»Danke. Aber du weißt genau, dass ich es jederzeit wieder so machen würde.« Ich sah Elisa ernst in die Augen, als diese nur mit einem Nicken antwortete.

»Ich weiß, Luca«, sagte sie resigniert und seufzte leise. »Aber jetzt sollten wir uns alle hinsetzen. Emily sieht aus, als würde sie dringend einen Tee benötigen.«

»Danke, dass Sie uns aufnehmen.« Emilys Stimme war leise und dünn. Sie zitterte noch stärker, nachdem der wärmende Schutz des Mantels verschwunden war, und ich verstärkte den Griff um ihren schmalen Körper noch ein wenig. Falls ich ihr wehtat, ließ sich Emily nichts anmerken.

»Dio mio, Bambina. Du bist ja völlig unterkühlt. Tee allein reicht da nicht mehr. Geh schnell die Treppen hoch. Rechts befindet sich das Badezimmer. Nimm eine heiße Dusche. Ich bringe dir gleich deine Kleidung vorbei, die noch im Atelier liegt. In deinen eigenen Sachen wirst du dich besser fühlen.« Elisa machte eine scheuchende Bewegung mit ihren Händen und Emily blickte unsicher zu mir hoch.

»Das Atelier ist nur zwei Häuser weiter, il mio angelo. Mach dir keine Gedanken, mein Engel, und hör auf Elisa. Sie mag es nicht, wenn man sich ihren Befehlen widersetzt.« Ich versuchte Emily ein aufmunterndes Lächeln zu schenken, das sie nur zögerlich und mit großer Anstrengung erwiderte.

»Genau. Luca weiß aus eigener Erfahrung, wie sauer ich werden kann. Er hört nämlich nie auf mich.« Trotz der scharfen Worte klangen Liebe und Nachsicht in Elisas Stimme mit und ich lächelte meine Tante liebevoll an. »So, jetzt ist es aber genug. Emily, ab unter die Dusche. Luca, du kochst uns Tee und ich hole Emilys Sachen aus dem Laden. Los, los. Ihr habt alle eine Aufgabe.«

»Soll ich nicht lieber in den Laden gehen, Elisa?« Der Gedanke, Emily allein zu lassen, behagte mir nicht, aber meine Tante mitten in der Nacht aus dem Haus zu jagen – und sei es nur für ein paar Meter –, gefiel mir ebenso wenig.

»Mach dich nicht lächerlich, Luca. Es ist mein Laden. Los, geht endlich. Sonst stehen wir noch morgen früh hier herum.« Elisa scheuchte uns wieder aus dem Weg und diesmal widersprachen wir nicht, sondern gingen unseren Aufgaben nach.

Pläne

Zwanzig Minuten später saßen wir alle gemeinsam am Esstisch in der kleinen, sonnengelb gestrichenen Küche und hingen unseren Gedanken nach.

»Und was wollt ihr als Nächstes tun?« Die sanfte Stimme meiner Tante zerriss die angespannte Stille und ließ Emily erschrocken zusammenfahren.

»Morgen werden wir als Erstes Emilys Sachen und die Möbel in der Wohnung ersetzen lassen. Das wird ein paar Tage dauern, aber am Montag beginnt das Semester und ich will, dass Emily einen möglichst normalen Start bekommt. Anschließend werde ich mit Diego reden. Dieser Wahnsinn muss ein Ende haben. Ich werde mich nicht mehr unter Vaters Befehle stellen.«

Meine Tante blickte mich lange schweigend an und ich erwiderte ihren Blick unnachgiebig. Ich wusste genau, wie sie zu meinem Vater und dieser arrangierten Hochzeit stand. Aber ich war mir dennoch unsicher, wie sie auf meine Entscheidung reagieren würde.

»Luca, du bist ein erwachsener junger Mann und ich bin sehr stolz auf dich. Du triffst deine eigenen Entscheidungen und stehst für die Konsequenzen ein. Ich hoffe sehr, dass du das Glück erhältst, das dir zusteht.« Elisa blickte sanft zu Emily, die ihren Blick verlegen auf die Teetasse in ihren Händen gerichtet hatte. »Ihr könnt so lange hierbleiben, wie ihr wollt, aber ich habe nur die alte klapprige Couch im Wohnzimmer, die ich euch anbieten kann.«

»Das reicht vollkommen, Elisa. Danke. Emily wird auf der Couch schlafen und ich schlafe auf dem Boden. Für ein paar Nächte wird es reichen«, erwiderte ich erleichtert. Ein paar Nächte waren mehr, als ich erwarten konnte.

»Dann lasse ich euch beide jetzt allein. Luca, du weißt, wo die Sachen sind.« Elisa stand auf und bedachte Emily noch mit einem warmen Blick.

»Schlaf gut, Emily. Morgen wird die Welt schon wieder anders aussehen, Bambina.« Mit diesen Worten und einem liebevollen Kuss auf Emilys Wange und mein Haar ging Elisa aus der Küche und ließ uns allein zurück.

Einen Moment lang herrschte Schweigen, aber dann öffneten wir beide gleichzeitig den Mund, um zu sprechen – und abrupt verlegen innezuhalten und leise zu lachen. Emily sah dabei kein einziges Mal auf. Es war schwer einzuschätzen, ob aus Scham, Wut oder Unbehagen. Vielleicht war es auch eine Mischung aus allem.

»Du zuerst, Emily. Was wolltest du sagen?« Ich griff über den kleinen Tisch hinweg nach ihrem Arm und strich mit einer zarten Bewegung meines Daumens über ihre Haut.

»Ich weiß nicht, ob es mich überhaupt etwas angeht, aber wieso sind wir nicht zu dir nach Hause gegangen? Wieso verstecken wir uns wie Verbrecher bei deiner Tante und bringen sie damit womöglich auch noch in Gefahr?« Als Emily ihren Kopf hob und mich ihr ernster, prüfender Blick traf, fühlte ich mich gleich wieder schlecht.

Mit einem resignierten Seufzen antwortete ich: »Ich wohne seit Jahren im *Danieli*. Ich habe keine andere Wohnung. Und ins Hotel können wir unmöglich gehen.« Als Emily nichts erwiderte, sondern mich nur emotionslos anblickte, sprach ich weiter. »Meine Eltern haben ein Haus auf dem Festland. In Mestre. Aber ich habe sie seit Jahren nicht mehr besucht. Meinen Vater sehe ich hin und wieder bei irgendwelchen Geschäftsessen, aber wir unterhalten uns nie über persönliche Dinge. Unser Verhältnis ist ... angespannt.« Ich spürte, wie sich ein trauriges, resigniertes Lächeln um meine Lippen breitmachte – bei der Erinnerung an meine strenge und gefühllose Kindheit. »Aber ehrlich gesagt, stört es mich nicht besonders. Meine Eltern zogen mich nie mit Liebe und Wärme auf. Das ist alles meinem kleinen Bruder Riccardo vorbehalten.« Auch wenn ich mir Mühe gab, nüchtern und sachlich zu klingen, schwang wohl ein Hauch Bitterkeit in meinen Worten mit. Emilys Blick wurde weicher und ich konnte mir genau vorstellen, wie ihr Mitleid für mich erwachte. Also schüttelte ich schnell den Kopf. »Aber ich kenne es nicht anders. Daher macht es mir nichts aus.«

»Wie alt ist dein Bruder?« Emily schien zu verstehen, dass ich nicht darüber reden wollte, und mal wieder war ich von ihrer Empathie und ihrem Scharfsinn verblüfft.

»Acht. Er wird im Oktober neun.«

»Wie ist euer Verhältnis?« Emily malte gedankenverloren mit ihrem Zeigefinger kleine Kreise auf die weiße Tischdecke.

»Wir haben keins. Als er geboren wurde, war ich siebzehn. Damals stand ich mit einem Bein bereits im Vorstand der Chemiefabrik. Ich musste viel lernen, um meinen Abschluss schneller und besser zu absolvieren als alle anderen. Als Riccardo älter wurde, war ich schon mit Sophia zusammen und nur noch wenig zu Hause. Ich habe ihn kaum aufwachsen sehen. Für mich ist er einfach jemand, der bei meinen Eltern lebt.« Es war grauenvoll, wie herzlos ich klang, aber traurigerweise entsprachen meine Worte der Wahrheit. Und als Emily eine Zeit lang nicht antwortete, hatte ich schon Angst, dass sie mich für ein Monster hielt, weil ich so von meiner Familie sprach. Aber dann erklang ihre weiche Stimme durch den kleinen Raum und ich atmete erleichtert auf. Mir war gar nicht bewusst gewesen, dass ich die Luft angehalten hatte.

»Ich habe mir immer ein kleines Geschwisterchen gewünscht. Egal ob Schwester oder Bruder. Nur jemanden, mit dem ich zusammen spielen könnte, wenn ich allein war. Aber meine Mutter war bereits vierzig, als sie mich bekam, und die Ärzte rieten ihr ab, nach mir noch einmal schwanger zu werden. Ich war bereits ein Risiko, aber meine Eltern hatten sich so sehr ein Baby gewünscht, dass sie das Wagnis eingingen.« Nun war es an Emily, traurig zu seufzen, und ich wusste nicht, was ich darauf antworten sollte.

Es fiel mir schwer, mir Emily als kleines Mädchen vorzustellen. Sie war so stark und tough – und dabei so zart und sanft. Klug, bildschön, mutig und selbstständig. Es war nicht verwunderlich, dass sie so vielen Männern auffiel, auch wenn sie es selbst nicht bemerkte. Aber während der Organisation rund um das Buddy-Programm oder auch bei den Treffen mit meinen anderen Studenten schnappte ich immer wieder Gespräche über sie auf. Und jedes Mal musste ich mich stark zusammenreißen, um ihnen nicht auf die Nase zu binden, dass sie vergeben war – und zwar an mich! Doch mit etwas Glück war diese Heimlichtuerei bald vorbei. Morgen, wenn ich mit Diego gesprochen hatte, würde ich mit Emily zusammen sein können. Offiziell und für alle sichtbar. Wenn sie mich denn dann noch wollte.

»Manche Risiken sind es wert, sie einzugehen«, erwiderte ich leise und wusste selbst nicht genau, ob ich mit meinen Worten die Schwangerschaft ihrer Mutter oder unsere Beziehung meinte.

Emily kommentierte das nur mit einem wehmütigen Lächeln und anschließend legten sich wieder Momente des Schweigens über uns.

»Wir sollten wirklich langsam schlafen gehen. Morgen haben wir viel vor und wir können beide ein wenig Ruhe gebrauchen.« Um als gutes Beispiel voranzugehen, erhob ich mich leise von dem knarzenden Stuhl und ging um den Tisch herum auf Emily zu. Sie griff zögerlich nach meiner Hand, die ich ihr anbot, und ließ sich aufhelfen. Gemeinsam gingen wir Hand in Hand in das kleine gemütliche Wohnzimmer, wo Elisa offenbar bereits die Klappcouch aufgebaut hatte, bevor sie ins Schlafzimmer verschwunden war.

Ich bot Emily den alten Lesesessel an, der mit seinen dunkelgrünen abgewetzten Polstern scheußlich aussah, aber urgemütlich war, und begann, während sie wartete, die altmodische Bettwäsche mit dem verblichenen Blumenmuster aus dem alten Eichenschrank herauszuholen.

Nachdem ich Emilys Nachtlager gerichtet hatte, forderte ich sie auf, es sich gemütlich zu machen.

»Wieso willst du auf dem Boden schlafen?«, fragte sie unsicher, als ich ein Couchkissen und eine dünne Wolldecke auf den Boden warf – direkt neben das Sofa, um ganz in ihrer Nähe zu sein.

»Weil du erholsamen Schlaf nötig hast und ich nicht will, dass du dich von mir bedrängt fühlst.« Ich wollte diese Worte nicht aussprechen. Sie bereiteten mir körperliche Schmerzen, aber ich wusste, dass ich sie sagen musste. Emily sollte das Gefühl haben, dass ich für sie da war, ohne sie zu belästigen.

Ich schlüpfte aus Schuhen und Jacke. Der Plastron landete neben der Jacke auf einem Stuhl und ich begann das weiße Hemd zu öffnen. Emily betrachtete mich unsicher und ich konnte ihren Blick nicht deuten.

»Ist alles okay? Du kaust auf deiner Lippe. Das machst du sonst nur, wenn du nervös bist oder dich unwohl fühlst.« Fühlte sie sich gerade unwohl? Sollte ich vielleicht doch in der Küche schlafen? Wollte sie mehr Abstand zwischen uns? Meine Gedanken überschlugen sich und ich hatte Angst vor ihrer Antwort. Wenn sie mich jetzt wegschickte, wusste ich nicht, wie ich diese Zurückweisung verkraften sollte.

Vielleicht brauchte ich sie gerade mehr als sie mich.

Emily antwortete nicht, sondern nickte nur – und starrte mich weiter gebannt an, bis ich das Hemd ausgezogen und neben die restliche Kleidung auf den Stuhl gelegt hatte.

»Du musst nicht auf dem Boden schlafen.« Sie sprach so leise, dass ich sie kaum verstanden hatte. »Ich fühle mich nicht von dir bedrängt.«

»Was?«, fragte ich, ich war vollkommen verblüfft. Ich hatte mich offenbar verhört. Immerhin musste sie heute meinetwegen solch einen Horror durchmachen. Meine Fantasie dürfte mir einen Streich gespielt haben.

»Wir können uns die Couch teilen«, fügte Emily leise hinzu und klopfte auf den Platz neben sich. Dazu schenkte sie mir ein unsicheres Lächeln, als wüsste sie selbst nicht, ob sie ihre Worte ernst meinte.

»Bist du sicher?« Ich musste einfach nachhaken. Nach dieser Nacht wünschte ich mir nichts mehr, als Emily im Arm halten zu können und ihrem Herzschlag zu lauschen, während sie schlief. Aber sie wirkte so verloren und zerbrechlich, wie sie da auf der Couch saß und mich mit großen Augen ansah. »Du sollst dich nicht verpflichtet fühlen. Der Boden ist wirklich okay für mich.« War er nicht. Zumindest nicht, wenn die andere Option darin bestand, gemeinsam mit Emily im Arm auf der Couch zu liegen.

»Ich bin mir sicher«, hauchte sie als Antwort und rutschte an den seitlichen Rand der Couch, damit ich mich neben sie setzen konnte. Ich zögerte zunächst, dann folgte ich ihrer Bitte und setzte mich steif hin. Ich wusste selbst nicht, wieso ich auf einmal so unruhig war. Immerhin hatten wir schon oft eng umschlungen nebeneinander gelegen. Aber jetzt und hier war es eine ganz andere Situation. Es war irgendwie bedeutender. Intimer.

Kaum hatte ich die Polster berührt, kletterte Emily unter die Decke und hob sie einladend an. Mit pochendem Herzen rutschte auch ich unter die Decke und wusste nicht, was ich machen sollte, wusste nicht, was sie von mir erwartete. Aber Emily zerbrach meine rotierenden Gedanken, indem sie sich wie selbstverständlich an meine nackte Brust schmiegte und die Augen mit einem wohligen Seufzen schloss.

»Schlaf gut, Luca.« Ihr Atem strich über meine Haut und jagte mir einen angenehmen Schauer über den Rücken. So oft hatte ich Emily bereits im Arm gehalten, aber niemals hatte es sich so vertraut angefühlt wie jetzt.

Meine Gedanken machten sich selbstständig und kreisten in unangebrachten Szenen durch meinen Kopf. Mein Puls begann zu rasen, ich musste meine Hände dazu zwingen, anständig auf ihrem Rücken liegen zu bleiben und sich nicht selbstständig zu machen. Nur meinem Kopf erlaubte ich, sich näher an ihren zu bewegen, um ihren köstlichen Duft nach frischen Erdbeeren einzuatmen.

»Schlaf gut, Emily.« Ich hauchte ihr noch einen zarten Kuss auf das Haar und registrierte erleichtert, wie sie wieder wohlig seufzte, bevor auch ich meine Augen schloss und versuchte den Schlaf zu finden, den ich so dringend brauchte.

***

Am nächsten Morgen, als ich aufwachte, benötigte ich einen Moment, um meine Umgebung zu checken und mich daran zu erinnern, was geschehen war. Ich suchte den kleinen Raum nach Emily ab, aber sie war bereits aufgestanden und ich hörte verräterische Geräusche in der Küche.

Noch ganz verschlafen folgte ich dem Lärm und den leisen Flüchen, die über ihre vollen schönen Lippen drangen. Sie sah aus wie ein Engel, konnte aber fluchen und schimpfen wie ein waschechter Seemann.

Als ich die Küche erreichte, blieb ich im Türrahmen stehen, um den Anblick, der sich mir bot, zu genießen. Emily trug ihre Sachen von gestern, die jetzt völlig zerknittert waren und mich daran erinnerten, dass sie das Einzige waren, das letzte Nacht Emilys Haut von meiner getrennt hatte. Wir hatten bisher noch nie eine Nacht zusammen verbracht, aber jetzt, nachdem ich Blut geleckt hatte, wollte ich nie wieder ohne sie schlafen. Ich konnte nur hoffen, dass sie das auch so sah und ihre Meinung über uns heute Morgen nicht geändert hatte.

Emily kramte gerade in den Schränken nach Tassen. Ich roch frischen Kaffee, der durch die Maschine floss und meine trüben Gedanken und Lebensgeister weckte.

»Guten Morgen, Bellezza.«

Mein persönlicher Engel drehte sich erschrocken zu mir herum, als hätte sie meine Anwesenheit zuvor nicht bemerkt. Aber als sie mich sah, veränderte sich ihre ängstliche Mimik und sie erwiderte mein Lächeln. Die Haare standen ihr wirr vom Kopf ab und ihr ungeschminktes Gesicht sah noch so verschlafen aus, dass ich sie am liebsten direkt wieder ins Bett gepackt hätte, nur um sie für immer im Arm zu halten. Wie konnte eine Frau nur so unglaublich schön sein?

»Guten Morgen. Ich hoffe, ich habe dich nicht geweckt. Aber um diese Kaffeemaschine bedienen zu können, benötigt man einen Abschluss als Ingenieur oder einen MBA in Raumfahrttechnik.« Sie funkelte die Maschine erbost an. Als sie mich wieder ansah, verriet die zarte Röte auf ihren Wangen, dass sie ebenfalls an die letzte Nacht dachte – und in welche Richtung ihre Gedanken gingen. Selbst wenn sie etwas anderes behaupten würde, so zeigte ihr Körper genau, dass sie mich ebenso sehr wollte wie ich sie.

»Nein, keine Sorge. Das Fehlen deiner warmen duftenden Haut hat mich geweckt.« Ich schlenderte betont lässig auf Emily zu und hielt erst an, als ich dicht vor ihr stand. Ihr Blick bohrte sich in meine Brust, und als ich meine Hand langsam anhob, folgte sie dieser Bewegung, bis sich ihre strahlend blauen Augen mit meinen trafen. Anstatt ihr sanft über die Wange zu streichen, wie ich es am liebsten getan hätte, griff ich an ihr vorbei. Ich wusste, dass ich sie damit ärgerte, aber jetzt, nachdem ich mir sicher war, dass sie genauso empfand wie ich, wollte ich wieder diese lockere, unkomplizierte Stimmung zwischen uns zurückgewinnen.

Meine Hand wanderte an den Griff des Hängeschranks hinter ihr, wo meine Tante immer die Tassen aufbewahrte. Um an das Geschirr zu kommen, musste ich den Oberkörper nach vorn beugen und ich presste mein Becken sowie meine nackte Brust an Emilys zarte Gestalt. Sie lehnte bereits gegen die Arbeitstheke, aber jetzt hatte ich sie durch mein Vorwärtsdrängen festgenagelt. Dabei ließ ich sie die ganze Zeit nicht aus den Augen.

Sie öffnete die Lippen, um etwas zu sagen, und ihr Atem strich sanft über meine Haut. Sofort reagierte mein Körper mit einer Gänsehaut und ich konnte den Drang, sie zu küssen, kaum noch unterdrücken.

»Was machst du da, Luca?« Emilys Stimme zitterte ebenso wie sie selbst, was mir wohl ein äußerst zufriedenes Grinsen entlockte. Es war einfach immer wieder unglaublich, wie sie auf mich reagierte!

»Ich helfe dir, den Tisch zu decken ... wieso?«, hauchte ich in ihr Ohr und registrierte erfreut, dass ihr Körper von einem Schauer ergriffen wurde. Ich nahm die Tassen und sah Emily absichtlich unschuldig an, ohne mich von ihr zu lösen.

»Ich meine ... wieso flirtest du mit mir? Wir haben uns doch gestern getrennt ...« Ihre Worte klangen mehr nach einer Frage als nach einer Aussage und ließen meine Mundwinkel weiter nach oben wandern.

»Ach ja? Wie kommst du darauf?«

»Bevor wir meine Wohnung erreichten, habe ich gesagt, dass wir nicht mehr zusammen sein sollten. In Amerika bedeutet das, dass wir uns getrennt haben.« Wir sahen uns noch immer fest in die Augen und unsere Gesichter waren nur wenige Zentimeter voneinander entfernt. Ich spürte ihren Herzschlag, der mit meinem im Einklang pochte, und ihr süßer Duft kitzelte in meiner Nase.

»Das nennst du Schluss machen, Stellina? Für mich war das nur eine nicht geführte Diskussion.« Ich beugte mich zu ihr hinab und strich mit meinen Lippen sanft über ihre samtweichen. »Wenn du dich wirklich von mir trennen willst, musst du das deutlicher sagen. Und selbst das wäre kein Garant dafür, dass ich es akzeptieren würde.« Emilys Lippen öffneten sich einladend, und ich musste mich zusammenreißen, sie nicht sofort zu küssen. Aber dann wäre diese süße Folter vorbei gewesen. »Wir beide gehören zusammen, cuore mio. Und ich werde dafür sorgen, mein Herz, dass wir auch zusammen sein können.«

Emilys Augen glänzten erregt und ihr Atem ging schneller. Sie öffnete den Mund, um zu protestieren, aber ich legte ihr rasch einen Finger auf die Lippen, um sie zum Schweigen zu bringen.

»Außerdem hast du mich gestern zu dir ins Bett eingeladen. Das macht man nicht, wenn man sich getrennt hat.«

»Das ist nicht fair, Luca.« Emily lachte leise gegen meinen Finger. »Du hast mich mit deinem nackten Oberkörper aus der Fassung gebracht.« Ihre Wangen färbten sich rot, als ihr Blick an meinem Hals hinab wanderte und an meiner nackten Brust hängenblieb. »So wie jetzt auch. Du quälst mich ... und es macht dir auch noch Spaß«, hauchte sie fast tonlos – und ich sah das Verlangen in ihrem Blick.

»Das tut mir leid, Emily. Ich zieh mich gleich nach dem Frühstück an. Aber jetzt ...« Ich umfasste blitzschnell ihre Taille und presste sie fest an mich. »... sollten wir was essen.« Ich senkte meinen Kopf langsam, um ihr einen Kuss auf die sensible Stelle hinter ihrem Ohrläppchen zu geben. Als Emily mit einem leisen Stöhnen reagierte, ließ ich sie los.

»Luca Dandolo, du hältst dich für unwiderstehlich, oder?« Sie funkelte mich wütend an und ihr Atem ging stoßweise. Ihr Blick war hungrig, mörderisch – und verriet ihre Sehnsucht nach mir.

»Nein. Ich bin nur nicht blind. Ich sehe, wie sehr du mich willst. Und das ist das Schönste, was ich mir vorstellen kann. Denn das bedeutet, dass du die gleichen Gefühle für mich hast wie ich für dich. Und dass ich Recht hatte. Dass du deine Worte gestern aus Angst gesagt hast.« Ich ging auf den Kühlschrank zu und begann ein paar Lebensmittel herauszukramen. Da meine Tante allein lebte und hauptsächlich im Laden stand, waren ihre Vorräte recht spärlich, aber es sollte für ein schnelles, einfaches Frühstück reichen.

Emily blieb noch einen Moment wortlos stehen und bedachte mich mit einem Blick, der vor Wut und Verlangen brannte.

Am liebsten wäre ich auf der Stelle über sie hergefallen, aber ich wusste, sollte ich erst einmal anfangen, würden wir heute nicht mehr aus dem Haus kommen, und jetzt gerade war es wichtiger, unsere Probleme zu lösen, anstatt sich vor ihnen zu verstecken, auch wenn die zweite Option wesentlich angenehmer und interessanter war.

Sobald Emily sich wieder im Griff hatte, drehte sie sich zur Kaffeemaschine und füllte die beiden Tassen, die ich hervorgeholt hatte. Zusammen mit den Getränken kam sie zu mir an den Tisch und setzte sich, als ich die letzten Zutaten hinstellte und mich ihr gegenüber niederließ.

»Okay, Luca-ich-halte-mich-für-so-verdammt-heiß-und-unwiderstehlich! Dann erzähl mir mal, was heute als Erstes auf unserem Plan steht.«

LÜGEN

Emily schlenderte gemächlich durch die Gänge und betrachtete die ausgestellten Kleidungsstücke. Das hier war unser letzter Stopp. Wir konnten bereits einen Großteil ihrer Sachen durch neue ersetzen und jetzt wollte ich, dass sie sich etwas Schönes aussuchte, um ein wenig die traurige Stimmung zu heben.

Emily stand in der kleinen Boutique und stöberte herum, während ich draußen vor dem Laden Posten bezogen hatte und mein Handy aus der Tasche zog. Als sie drinnen umherschlenderte, beobachtete ich sie durch ein Fenster.

Direkt nach dem Frühstück hatte ich ein paar Telefonate geführt und jemanden gefunden, der kurzfristig in Emilys Wohnung aufräumen würde. Ein Möbelhaus aus Mestre würde die demolierte Einrichtung sowie die technischen Haushaltsgeräte ersetzen. Am Nachmittag würden die Mitarbeiter der einzelnen Boutiquen in der Wohnung eintrudeln und die erstandenen Einkäufe vorbeibringen. Kurz gesagt, ich hatte alles erledigt, was ich tun konnte, um das gestrige Fiasko zu reparieren. Jetzt blieb mir nur noch eins übrig: Es war an der Zeit, den Anruf zu tätigen, vor dem ich mich am meisten fürchtete und den ich bisher konsequent vor mir hergeschoben hatte.

»Hallo?« Die Stimme am anderen Ende der Leitung klang müde und erschöpft.

»Hi. Ich bin's. Luca.« Ich stieß nervös mit meiner Schuhspitze gegen den Boden, während ich mein Handy so fest umklammert hielt, als würde mein Leben davon abhängen.

»Ciao, Luca. Wie geht's dir?« Marios Stimme hellte sich auf, aber dennoch war ihm deutlich anzuhören, dass er Schmerzen litt.

»Das ist unwichtig. Wie geht es dir?«

»Ach, halb so wild. Fabio hat sich bestens um mich gekümmert. Noch ein paar Tage, dann sollte alles wieder gut sein.« Ich liebte Mario wie einen Bruder, aber seine dämliche Machoart ging mir manchmal echt auf die Nerven.

»Ist das Luca?« Fabios Stimme drang leise an den Hörer, als würde er weiter weg stehen.

»Sì. Schöne Grüße von Fabio.« Mario bemühte sich um einen lockeren Tonfall, aber ich kannte ihn zu gut, um ihm diese Show abzukaufen.

»Danke, zurück. Also, jetzt ernsthaft, Mario. Wie schlimm ist es?« Ich biss mir auf die Zunge und versuchte unauffällig durch die Gassen zu blicken. Vielleicht wurde ich schon selbst paranoid, aber das Letzte, was ich heute gebrauchen konnte, war ein dämlicher Paparazzo, der mich mit Emily beim Einkaufen ablichtete, bevor ich mit Diego reden konnte. Wenn er zustimmte, dass wir die Verlobung auflösten, würde Sophia sich zurückhalten müssen und Emily wäre in Sicherheit. Doch bis dahin musste ich sichergehen, dass ihr nichts geschah.

Auf der anderen Seite der Leitung erklangen Geräusche von einem Handgemenge, und als jemand das nächste Mal in den Hörer sprach, war es nicht mehr Mario.

»Ciao, Luca.« Fabios helle Stimme war ein starker Kontrast zu dem tiefen Bariton von Mario. Und der kleine Italiener mit den sandblonden Haaren sprach nicht lange um den heißen Brei. Er kam immer gleich zur Sache, wofür ich ihm heute ausnahmsweise dankbar war. »Ich wollte gestern nichts sagen, weil die kleine Bambina schon völlig verstört war, aber damit ist Sophia wirklich zu weit gegangen! Ihr habt den Teufel herausgefordert und ausgerechnet Mario wurde von seinen Hörnern aufgespießt.« Fabio hatte sich in Rage geredet und ich hörte ihm tapfer zu, als er seine Wut herausließ. Immerhin hatte er mit seinen Worten Recht. »Wir waren gestern im Krankenhaus. Mario hat zwei gebrochene Rippen und seine Nase ist zertrümmert. Die Finger seiner rechten Hand sind geprellt. Er kann sich nicht mehr allein anziehen, nicht mehr allein duschen, Luca. All die genähten Wunden in seinem wunderschönen Gesicht, deren Narben uns immer an diese Nacht erinnern werden, erwähne ich nicht einmal.« Eine bleischwere Stille legte sich zwischen uns, und wenn die Situation nicht so ernst gewesen wäre, hätte ich darüber lachen können. »Ich will niemandem vorschreiben, was er zu tun oder zu lassen hat. Und du weißt, wie dankbar wir dir sind, dass du uns geholfen hast, zusammen sein zu können … Aber das reicht. Solange du deine Probleme nicht geklärt hast, wirst du Mario nicht mehr sehen. Capito?« Fabios Worte überraschten mich nicht, auch wenn sie mich schwer trafen.

»Sì. Capito, Fabio.«

»Grazie, Luca.« Fabio klang erleichtert, dass ich mich nicht gegen seinen Wunsch wehrte.

»Ach, Fabio?«

»Sì?«

»Pass bitte gut auf Mario auf, okay? Es tut mir schrecklich leid, was gestern passiert ist. Ich werde mich um alles kümmern.«

»Versprochen, Luca. Du weißt, dass wir dich lieben. Und wir gönnen dir dein Glück. Aber ich muss auf meine Familie aufpassen.« Fabio klang ehrlich betroffen, dass er diese Entscheidung treffen musste.

»Das versteh ich, Fabio. Wirklich. Und ich liebe euch beide auch. Vergesst das nicht. Ihr seid meine Brüder. Ich melde mich. Ciao.« Nach dem Telefonat wollte ich bereits mein Handy wegstecken, als ich sah, dass ich eine Nachricht erhalten hatte.

Wo warst du letzte Nacht? Ich habe dich vermisst. Kommst du zum Frühstück nach Hause? Ich warte auf dich. Ti amo.

Sophia hatte die Nachricht vor einer halben Stunde geschickt und nach einem Blick auf die Uhr musste ich die Augen verdrehen. Frühstück um zwei Uhr nachmittags – und sie liebte mich? Offenbar hatte sie bis vorhin noch ihren Rausch ausgeschlafen. Oder noch nicht ganz …

Wütend umklammerte ich das Handy. Sie tat wirklich so, als wäre nichts passiert! Als hätte sie nicht einen unschuldigen Mann verprügeln und die Wohnung von Emily verwüsten lassen.

Ich biss fest die Zähne zusammen, um nicht laut zu fluchen. Doch dann schoss mir ein Gedanke in den Sinn. Vielleicht war die Idee eines gemeinsamen Frühstücks gar nicht so dumm. Vielleicht konnte ich mit Sophia reden. Wenn ich sie überzeugen konnte, dass sie einen anderen Mann verdiente, einen, der sie ehrlich und aufrichtig lieben würde, könnten wir gemeinsam zu Diego gehen. Auf seine einzige Tochter würde er sicherlich hören. Besonders, wenn sie es war, die die Verlobung auflösen wollte.

Auch wenn Sophia manchmal schrecklich eifersüchtig und dramatisch sein konnte, waren wir immerhin bereits seit fünf Jahren ein Paar. Wir hatten eine Verbindung zueinander. Sie war schließlich nicht immer das grauenvolle Biest gewesen, das sie in den letzten Tagen offenbart hatte. Mit etwas Geschick würde ich sie von meiner Idee überzeugen können.

Ich entschloss mich den Versuch zu wagen. Was hatte ich schon zu verlieren?

Nachdem ich mein Handy wieder in meiner Tasche verstaut hatte, ging ich zurück zu Emily in die Boutique, als sie gerade in einem dunkelgrauen Etuikleid aus der Umkleidekabine trat. Sie strahlte mich mit einem so herzlichen Lächeln an, dass ich sie am liebsten hier auf der Stelle geküsst hätte. Aber das ging natürlich nicht. Noch nicht.

»Bellezza, du siehst traumhaft aus.« Emily drehte sich vor dem Spiegel hin und her und versuchte sich aus allen Blickwinkeln zu betrachten.

»Wirklich? Findest du es nicht zu … konservativ?« Ihre Skepsis brachte mich zum Schmunzeln.

»Nein, ehrlich, es sieht großartig aus. Du siehst großartig aus!« Ich trat näher auf sie zu und stellte mich hinter sie. Während ich so tat, als würde ich ihr mit dem Kleid helfen, flüsterte ich ihr ins Ohr: »Ich habe gerade mit Mario telefoniert. Ihm geht es gut. Fabio kümmert sich um ihn.«

Emily drehte sich abrupt zu mir um und sah mich mit großen überraschten Augen und erleichtertem Blick an.

»Das ist wunderbar. Können wir zu ihm?« Sie wirkte so hoffnungsvoll und unbedarft, dass mir die kommende Lüge schon jetzt schrecklich leidtat, aber mir blieb nichts anderes übrig. Ich musste noch ein letztes Mal egoistisch sein, um sie in Sicherheit zu wissen.

»Ich wollte ihn gleich besuchen. Aber vorher bringe ich dich noch zu meiner

Tante.« Emily wollte protestieren, aber ich unterbrach sie sofort, bevor sie den ersten Ton herausbrachte. »Fabio ist der Meinung, dass Mario noch keinen Besuch bekommen soll. Für mich macht er eine kleine Ausnahme, aber ich denke auch, dass Mario etwas Ruhe benötigt. Ich bleibe nicht lange, versprochen. Und ich werde ihn von dir grüßen«, schob ich schnell hinterher und zwang mich zu einem Lächeln.

Nach einem kurzen Blick über meine Schulter sah ich, dass wir allein waren, und so traute ich mich, Emily einen kurzen, aber sanften Kuss auf die Lippen zu hauchen.

»Bitte lass mich dich zu Elisa bringen. Wenn ich zurückkomme, begleite ich dich in deine neue, saubere und fertig eingerichtete Wohnung, damit wir ein paar Klamotten einpacken, okay?« Ich sah in Emilys Blick, dass sie unzufrieden war, aber sie nickte ergeben und ich atmete erleichtert auf.

»Okay. Aber versprich mir, dass du auf dich aufpasst. Ich mache mir Sorgen, wenn du nicht bei mir bist.« Emily sah mich verlegen an, aber ihre Worte brachten mein Herz aus dem Takt und ich hätte sie am liebsten erneut geküsst, doch dann würde ich sicherlich nicht mehr aufhören können, also trat ich schnell einen Schritt zurück – in der Hoffnung, dass die Distanz es mir leichter machen würde. Was ein Trugschluss war.

»Ich versprech es dir, Stellina. Ich beeile mich. Und jetzt solltest du dich wieder umziehen. Ich bezahle in der Zeit das Kleid.«

Emily nickte knapp und verschwand hinter dem hellen Vorhangstoff der Umkleidekabine. Ich hörte, wie sie den Reißverschluss öffnete. Einen Moment später reichte sie mir das Kleid aus einem winzigen Spalt, ohne dass ich einen Blick auf ihren wunderschönen Körper werfen konnte.

Ich nahm das Kleid entgegen und ging damit zur Verkäuferin, die hinter der Theke stand und versuchte um die Ecke zu blicken, wo wir zuvor noch geturtelt hatten.

Ich legte das Kleidungsstück und meine *Mastercard* auf den Tisch. Auf ihren fragenden Blick hin erwiderte ich: »Sollten hier gleich Paparazzi auftauchen oder sollte dieser Besuch sowie dieses Gespräch in einer Zeitung erscheinen, werden Sie meine ungemütliche Seite kennenlernen. Haben wir uns verstanden?« Es war nicht mein Stil, fremde Leute zu bedrohen, aber wenn dadurch Emily in Ruhe gelassen wurde, war es mir das wert.

Die junge Verkäuferin starrte mich verängstigt an und nickte schnell. Dann begann sie das Kleid abzurechnen und steckte es anschließend in eine edel aussehende Tüte.

Als sie mir die Tasche und meine Kreditkarte reichte, schenkte ich ihr ein, wie ich hoffte, betont höfliches Haifisch-Lächeln. »Grazie.«

Mit perfektem Timing kam Emily in diesem Moment zu uns. Die Verkäuferin verabschiedete uns mit einem freundlichen Gruß, als wir die Boutique verließen und den Weg zu Elisas Wohnung ansteuerten.

***

Nachdem ich Emily in Sicherheit gebracht und sie überredet hatte, bei Elisa auf mich zu warten und unter keinen Umständen die Tür zu öffnen, konnte ich endlich meinen Weg ins *Danieli* fortsetzen. Allein der Gedanke, jetzt mit Sophia zu reden, bereitete mir Übelkeit, aber ich wusste, dass kein Weg daran vorbeiführte.

Fünfzehn Minuten später stand ich vor dem Hotel, das die letzten fünf Jahre mein Zuhause gewesen war. Und sobald ich das bekannte Gebäude betrat und in der Lobby auf Francesco traf, fühlte ich mich sofort wie in einer anderen Welt. Das hier – diese Wände, das Dekor, das Personal – war mir so vertraut, dass sich dieser Ort realer anfühlte als die gesamte Zeit mit Emily, die mir inzwischen wie ein wunderschöner Traum erschien.

»Buongiorno, Signor Dandolo.« Francesco begrüßte mich mit einer Verbeugung, die ich bewusst ignorierte. Ich kam nicht her, um Höflichkeiten auszutauschen, und ich war nicht in der Stimmung, mich mit diesem Schleimer auseinanderzusetzen.

»Ich suche Sophia. Sie erwartet mich zum Frühstück.«

In dem ersten Laden, in dem ich mit Emily gewesen war, hatte ich mir eine neue Jeans, ein schwarzes Poloshirt und eine Lederjacke gekauft. Die zerknitterte Hose meines Outfits von gestern und das verdreckte Hemd ließ ich zusammen mit Emilys Einkäufen in ihre Wohnung bringen.

»Sì, Signore. Signora Roux ist in Ihrer Suite.« Francesco deutete in Richtung der Fahrstühle und ich ging stumm an ihm vorbei, ohne mich zu bedanken.

In den Räumlichkeiten des Hotels waren bereits alle Partyüberreste beseitigt, aber Sophia bevorzugte es dennoch, in ihrem Zimmer zu essen. Mir spielte dieses Divengehabe perfekt in die Karten. Immerhin konnten wir uns so in Ruhe unterhalten, ohne dass ich Angst haben musste, dass uns jemand belauschte.

Der Lift hielt in der fünften Etage und ich durchschritt den langen Flur, bis ich vor Sophias Zimmer stand. Mit einem leisen Klopfen kündigte ich meine Anwesenheit an. Nach einem Moment wurde die Tür geöffnet und Sophia erschien.

»Luca, il mio angelo. Da bist du ja endlich.«

Ohne etwas zu sagen, trat ich an ihr vorbei, damit sie die Tür schließen konnte.

Als ich mich wieder zu ihr umdrehte, bemerkte ich, dass sie nur in ihren rosafarbenen Bademantel gehüllt war. Ihre blonden Locken trug sie locker hochgesteckt, aber trotz des »Frisch-aus-dem-Bett«-Looks war sie bereits wieder geschminkt. Ich konnte mich überhaupt nicht daran erinnern, Sophia jemals ungeschminkt gesehen zu haben.

Meine Verlobte drückte mir einen Kuss auf die Lippen, bevor ich reagieren konnte – und am liebsten hätte ich die Spuren davon sofort mit dem Handrücken abgewischt. Aber ich unterdrückte den kindischen Drang.

»Komm, setz dich, Liebling. Der Kaffee wird noch kalt. Soll ich dir einen Espresso bestellen?« Sophia tapste leichtfüßig mit nackten Füßen über den warmen Holzboden und setzte sich wieder auf den gepolsterten Stuhl. Grazil überschlug sie ihre langen Beine.

Ich folgte ihr zu dem kleinen Tisch, der an der Balkontür stand und in der wärmenden Mittagssonne zu baden schien. Das Zimmer sah meinem sehr ähnlich, nur war hier mehr von Sophias persönlicher femininer Note vorhanden. Pinkfarbene Blumen standen in Vasen auf diversen Kommoden verteilt, Zierkissen mit Blumenmuster dekorierten die Couch und Sophias

Himmelbett, das mit einer weichen Matratze und einem rosafarbenen Himmel aus Seide extra für sie angefertigt worden war; all das verlieh dem Raum etwas, das in mir den Wunsch weckte wieder zu gehen. Ich hielt mich schon immer nur sehr ungern hier auf.

Als ich auf Sophia zuging, bemerkte ich, dass ihr Bademantel an den Seiten herabgerutscht war und mir einen freien Blick auf ihre glatte Haut bescherte. Mein Blick wurde automatisch angezogen.

»Kommst du, Luca, oder willst du mich weiter anstarren? Oder …« Sie bedachte mich mit einem lasziven Lächeln und fuhr sich mit der Zunge über die Lippen. »… möchtest du im Bett frühstücken?«

Trennung

Sprachlos starrte ich Sophia an. Meinte sie das ernst? Dachte sie wirklich, wir beide würden ...?

Ich schüttelte leicht den Kopf und Sophia kicherte glockenhell. Sie warf ihr Haar gekonnt über die Schulter, während sie mich mit einem auffordernden Blick bedachte. Ihre Stimme dröhnte unangenehm in meinem Kopf.

»Nein danke. Ich habe keinen Hunger. Ich bin auch nur hergekommen, weil ich mit dir reden muss.« Ich nahm auf dem freien Stuhl ihr gegenüber Platz und bemühte mich um eine ausdruckslose Miene, auch wenn es mir bei ihrem Anblick sehr schwerfiel, nicht an all die Zeit zu denken, die wir bereits zusammen erlebt hatten. Wieso war es mir vorher noch nie aufgefallen, wie falsch und künstlich sie war? Wie berechnend und kalkuliert ihre Bewegungen und Worte waren? Selbst jetzt, wo sie genau wusste, wieso ich hier war, versuchte sie mich ins Bett zu kriegen, nur um dieses Gespräch zu umgehen.

Sophia sah mich unschuldig an, obwohl wir beide genau wussten, was sie gestern getan hatte. Bei der Erinnerung kochte in mir heiße Wut hoch, die ich mit aller Kraft unterdrückte. Ich musste einen kühlen Kopf bewahren. Ein Streit würde mich nicht weiterbringen.

»Du hast keinen Hunger?« Sophia verzog schmollend die Lippen, als hätte sie stundenlang in der Küche gestanden und ich sie mit meinen Worten persönlich gekränkt. »Das ist ja schade. Aber okay. Worüber willst du reden?« Sie nahm eine der frischen Erdbeeren und schob sie sich bewusst sehr langsam und betont erotisch zwischen die Lippen, während sie unter dem Tisch mit ihren Fußspitzen an meinem Bein entlangfuhr.

»Sophia, hör auf damit.« Ich rutschte ein Stück mit dem Stuhl nach hinten. »Du weißt genau, worüber ich mit dir reden will. Wieso hast du Mario gestern zusammenschlagen lassen? Er hat überhaupt nichts mit der ganzen Sache zu tun. Das weißt du genau. Und Emilys Wohnung? Musste das sein?« Mit jedem Wort, das ich an sie richtete, schwoll meine Wut weiter an und ich musste all meine Anstrengung darauf verwenden, sie nicht anzuschreien.

»Wieso?« Sophias künstliches Lachen dröhnte mir in den Ohren und verursachte mir Übelkeit. »Die Frage meinst du doch nicht ernst, oder?« Sophia schüttelte gespielt entrüstet ihren Kopf. »Er hat dir geholfen, dich mit diesem Flittchen zu treffen. Dir, mein Lieber, mache ich keine Vorwürfe. Ich verstehe, dass du kalte Füße bekommst. Immerhin reden unsere Eltern bereits über einen Hochzeitstermin. Und ich glaube dir, dass zwischen dir und dieser Schlampe nichts weiter vorgefallen ist – außer diesem einen Kuss. Und dafür konntest du ja nichts. Immerhin hat sie sich einfach an dich rangeschmissen. Sie hat dich geküsst, nicht wahr?!«

Ich wusste genau, was sie hören wollte, aber ich presste meine Lippen zusammen und blickte sie weiterhin mit unterdrückter Wut im Bauch an.

Als ich nicht antwortete, zuckte Sophia mit ihren schmalen Schultern. »Aber Mario hätte es besser wissen müssen. Er arbeitet schon lange für mich. Und dass er mir so in den Rücken gefallen ist, konnte ich nicht auf mir sitzenlassen. Ich hoffe, ihm ist klar, dass er fristlos gekündigt ist. Oder soll ich ihm das lieber auch noch mitteilen lassen?« Sophia tippte sich gekünstelt mit ihrem lackierten Zeigefinger gegen das Kinn.

»Sophia, hör auf mit der Show. Wir wissen beide ganz genau, dass du das nur gemacht hast, um mich zu treffen. Du wolltest mich damit verletzen. Mich warnen. Und das ist dir gelungen!« Mir fiel es immer schwerer, die Kontrolle zu behalten, und ich musste einmal tief durchatmen, bevor ich weitersprach. Ich legte meine gefalteten Hände auf den Tisch und blickte Sophia fest in die Augen. »Du musst doch auch gemerkt haben, dass unsere Beziehung in den letzten Wochen eine Veränderung durchlebt hat. Besonders die vergangenen Tage waren nicht mehr so wie früher. Wir streiten nur noch und gehen uns oft aus dem Weg. Die Last der Öffentlichkeit treibt uns immer mehr auseinander.« Als ich Sophias volle Aufmerksamkeit hatte, zwang ich mich zu einem Lächeln. »Du liebst es, im Mittelpunkt zu stehen.

Aber ich ... mir bedeutet das alles nichts. Dieser Reichtum, diese Macht. Ich brauche das nicht zum Glücklichsein.«

Sophia hob skeptisch eine Augenbraue und legte den Kopf leicht schief, als würde ich plötzlich Chinesisch sprechen. »Luca, was redest du denn da? Ich weiß genau, wie sehr dir unser Leben gefällt. Wir müssen uns um nichts sorgen. Wir haben Geld und Macht. Wir sind bekannt. Jeder liebt uns.«

»Nein, Sophia. Die Leute lieben uns nicht. Sie haben Angst vor uns. Vor dir und deiner Familie.« Als Sophia den Mund öffnete, um zu widersprechen, redete ich schnell weiter. »Als wir uns kennengelernt haben, dachte ich wirklich, dass wir uns irgendwann ehrlich lieben könnten. So wie unsere Eltern einander lieben.«

»Aber das tun wir doch, Luca. Ich liebe dich sehr. Du bist mein Verlobter.« Sophias hellblaue Augen begannen zu leuchten. »Wir werden ein wundervolles Ehepaar sein. Und perfekte Eltern. Unseren Kindern wird es an nichts mangeln. Sie werden reich, klug, bildschön und sehr einflussreich werden.«

»Nein, Sophia. Das wird alles nicht passieren«, beeilte ich mich zu erwidern. Automatisch ballten sich meine Hände zu Fäusten. Sie wollte mich einfach nicht verstehen. Also musste ich härtere Worte wählen. »Ich liebe dich nicht, Sophia. Ich dachte, ich tue es, aber ...«

Sophia unterbrach mich harsch und sprang theatralisch von ihrem Stuhl auf, der polternd zu Boden fiel. »Es ist wegen dieses Miststücks, oder? Sie hat dir den Kopf verdreht. Sie hat sich in unser Leben gedrängt und einen Keil zwischen uns getrieben. Willst du wirklich unsere wundervolle, perfekte Beziehung für dieses Flittchen opfern? Die letzten fünf Jahre einfach so beenden wegen dieser ... Hure?«

Wieder einmal war ich erstaunt, wie perfekt Sophia ihre Rolle spielen konnte. Wie auf Kommando traten ihr Tränen in die Augen und ihre Lippen begannen zu zittern.

»Emily hat damit nichts zu tun – und sie ist auch keine Hure! Sie hat mir nur gezeigt, dass meine Gefühle für dich nicht echt sind. Nicht so, wie ich dachte.« Nun war ich auch aufgestanden. Ich versuchte kontrolliert und beherrscht zu bleiben. Ich würde ihr nicht die Genugtuung geben und mich von ihrer Hysterie anstecken lassen.

Langsam ging ich um den Tisch herum und auf sie zu. Ich griff nach ihren Händen und drückte sie sanft. »Sophie …« Als ich ihren alten Spitznamen aussprach, sah sie überrascht mit tränennassen Augen auf. »An deine Seite gehört ein Mann, der dir die Sterne vom Himmel holt. Der dich so sehr liebt, wie du es verdient hast – und wie ich es niemals könnte. Dessen eigene Welt sich nur um dich dreht. Verstehst du das, Sophia? Dieser Mann … der bin ich nicht!«

»Luca, wieso sagst du das? Ich weiß genau, dass du mich liebst. Du hast nur Panik wegen der Hochzeit. Dabei haben wir noch gar keinen Termin festgemacht. Wir können unseren Eltern sagen, dass wir bis nächstes Jahr warten wollen. Du machst doch schon in wenigen Monaten deinen Abschluss.«

Sophias Stimme zitterte und einen winzigen Augenblick lang kam meine Entscheidung ins Wanken. Das war die Sophia, die ich kannte. Die ich so mochte und mit der ich seit fünf Jahren zusammen war. Bevor ich Emily kennengelernt hatte, war ich eigentlich ganz glücklich.

Emily …

Ihr Gesicht drängte sich mir in den Sinn. Sie war das genaue Gegenteil von Sophia. Stark, mutig und echt. Natürlich und leidenschaftlich.

»Nein, Sophia. Ich dachte, dass ich dich liebe. Du bedeutest mir viel, das bestreite ich nicht. Und einen Großteil der Zeit, die wir zusammen verbracht haben, war ich auch glücklich. Aber du hast dich verändert. Und ich habe mich verändert. Und deswegen kann ich dich nicht heiraten. Willst du wirklich eine Ehe eingehen, nur weil unsere Väter eine geschäftliche Vereinbarung miteinander getroffen haben?« Ich blickte Sophia fest in die Augen und drückte ihre Hände sanft. »Wünschst du dir nicht auch ehrliche und tiefe Gefühle?« Ich strich ihr sanft über die Wange. Ihre Haut war so weich und zart. Die Geste so vertraut.

»Natürlich. Und ich war mir auch sicher, dass wir diese Gefühle füreinander teilen.« Sophia schluchzte leise. »Ich habe diese Gefühle für dich, Luca, aber ich bin kein herzloses Monster, das dich zu einer Ehe mit mir zwingt.«

Sie riss ihre Hand aus meiner und unterbrach so unsere letzte Verbindung. »Wenn du uns keine Chance mehr geben willst und es dein Wunsch ist, dass wir uns trennen, dann werde ich es akzeptieren.« Mit einer schnellen Handbewegung wischte sich Sophia über die tränennassen Wangen und setzte ein ausdrucksloses Gesicht ohne jede Spur von Emotion auf. »Ich werde morgen mit Vater reden und ihm davon erzählen.« Sophia drehte sich von mir weg und richtete ihren Blick auf den opulent gedeckten Tisch. Abgelenkt nahm sie ein Croissant in die Hand und begann es leidenschaftlich zu zerpflücken.

Ich legte ihr meine Hände auf die Schultern und drehte sie wieder zurück zu mir, um ihr in die Augen sehen zu können. »Bitte, lass uns gemeinsam mit Diego reden. Wir sind erwachsen und sollten daher auch gemeinsam diese Entscheidung verkünden.«

Sophia erwiderte meinen Blick standhaft und ohne mit der Wimper zu zucken. Etwas später nickte sie ernst. »Gut. Wenn du es so willst. Dann treffen wir uns morgen um zehn Uhr bei meinen Eltern.«

Ich konnte nicht anders. Die Worte lösten pure Erleichterung in mir aus. Ich zog Sophia in eine feste Umarmung und vergrub mein Gesicht an ihrem Hals.

»Danke, Sophie. Ich wusste, dass du die richtige Entscheidung treffen wirst.« Ich löste mich von ihr und blickte meiner Exfreundin in die Augen. Irgendwo, tief vergraben unter all den Schichten aus Egoismus, Macht und Rücksichtslosigkeit, die sie sich in den letzten Monaten zugelegt hatte, meinte ich noch das junge Mädchen, das ich damals kennengelernt hatte, zu entdecken. Sie war nicht nur das herzlose Biest, das sie allen anderen präsentierte. Natürlich wusste ich, dass sie zu schrecklichen Dramen und Taten bereit war – immerhin hatte sie das gestern sehr erfolgreich bewiesen –, aber sie konnte auch ernst, liebevoll und großzügig sein.

Aus einem reinen Impuls heraus – als Erinnerung und Abschied an unsere gemeinsame Zeit – hauchte ich ihr einen letzten sanften Kuss auf die Lippen, bevor ich sie endgültig losließ. »Wir sehen uns morgen bei deinem Vater.«

Sophia nickte schlicht und ich war mir sicher, dass sie diese im Grunde lächerliche Beziehung schnell überwinden würde.

»Ciao, Sophia.« Mit einem letzten ehrlich gemeinten Lächeln verabschiedete ich mich und verließ das Hotelzimmer. Erst als ich die Tür hinter mir ins Schloss zog und allein auf dem Flur stand, wurde mir bewusst, dass ich es wirklich getan hatte. Ich hatte den Absprung in mein neues Leben gewagt – und gewonnen!

Mit einem tiefen Atemzug löste sich die Anspannung aus meinem Körper und machte purer schwindelerregender Erleichterung Platz. Unterbewusst war mir auch klar, dass das Gespräch überraschend einfach verlaufen war, denn eigentlich hatte ich mit mehr Widerstand gerechnet. Aber Sophia war wohl reifer geworden, als ich gedacht hatte. Es fühlte sich merkwürdig an, dass sie es immer noch schaffte, mich zu überraschen. Jetzt musste das Gespräch morgen mit Diego nur noch ebenso reibungslos über die Bühne gehen, dann stand meinem Glück mit Emily nichts mehr im Weg.

Ich fühlte das überglückliche Lächeln um meine Lippen, als ich den Fahrstuhl betrat und in die Lobby fuhr, wo mich Francesco abfing, kaum dass ich unten angekommen war.

»Signor Dandolo. Ihr Vater erwartet Sie bereits. Bitte folgen Sie mir.« Der Concierge verneigte sich leicht und das schöne Gefühl, dass mich soeben noch durchströmt hatte, verschwand mit einem Schlag.

Ich fluchte verhalten. Den Termin mit den Anwälten hatte ich völlig vergessen. Ich hatte jetzt keinen Kopf dafür. Außerdem war ich überhaupt nicht vorbereitet. Ich musste zu Emily und sie zurück in ihr Apartment bringen. Ich wollte die Gastfreundschaft meiner Tante nicht unnötig lange strapazieren. Zudem wusste ich nicht, wie sicher Emily dort war.

Der Concierge bewegte sich, aber ich blieb noch unschlüssig stehen. Am liebsten hätte ich mich einfach umgedreht und wäre gegangen, aber mein seit der Kindheit anerzogenes Pflichtbewusstsein drängte mich dazu, Francesco zu folgen, was ich widerwillig, aber mit selbstbewusst großen Schritten tat.

Mein Vater würde mich umbringen, wenn ich nicht erschien. Aber er würde mich auch umbringen, wenn er mich in diesem Outfit sah. Zwar war meine Kleidung neu und sauber, aber es war kein Anzug. Und Lederjacken konnte er noch nie leiden. Also, auch wenn ich für normale Menschen vorzeigbar wirkte, wäre es für meinen Vater niemals gut genug.

»Prego.« Francesco deutete mit einer perfekt einstudierten Geste auf einen besetzten Tisch, an dem ich meinen Vater und zwei andere Männer im Anzug entdeckte.

Ich musterte meinen Vater prüfend aus der Distanz. Guiseppe Dandolo besaß eine große, imposante Statur. Er trug wie immer einen schwarzen Anzug mit einem weißen Hemd unter dem Jackett. Seine grau melierten Haare lagen perfekt frisiert. Um seinen Hals hatte er die gleiche Kette mit dem gleichen Anhänger wie ich. Ein Geschenk meiner Mutter.

Die Ähnlichkeit zwischen uns war unverkennbar und manchmal hasste ich es, im Spiegel meinen Vater anstatt mich zu sehen. Er hatte mich über die Jahre zu seinem perfekten Nachfolger herangezogen, und sobald sich eine minimale Abweichung ergab, flippte er aus. Das hatte ich in der Vergangenheit oft genug zu spüren bekommen.

Ich atmete einmal tief durch, straffte die Schultern, schritt auf die Männer zu und begrüßte die Anwesenden. »Buongiorno, Signori.«

Sobald ich in das Blickfeld meines Vaters trat, zog er die Augenbrauen missbilligend hoch, dann wurde sein Gesicht mit jedem Atemzug eine Nuance dunkler und er musste die Lippen fest aufeinanderpressen, um seinen Ärger über mich nicht laut hinauszubrüllen.

»Luca«, zischte er zwischen zusammengebissenen Zähnen hervor. »Du bist spät.«

Ich setzte mich auf den freien Stuhl rechts neben meinen Vater. »Entschuldige bitte. Es gab eine dringende Angelegenheit, um die ich mich kümmern musste.« Ich griff nach der Wasserflasche, die auf dem Tisch stand, und schenkte mir etwas ein.

»Ich hoffe, du bist nicht verkatert, mein Sohn«, wisperte mein Vater leise, als er sich ein wenig zu mir vorbeugte und mich mit einem erbosten Blick bedachte.

»Nein, Vater. Mir geht es bestens. Vielen Dank. Wenn ihr möchtet, können wir beginnen.« Ich wich seinem Blick aus. Jeder Augenkontakt wäre nur eine

Provokation gewesen und würde dieses Treffen unnötig in die Länge ziehen. Also nippte ich an meinem Wasser, stellte das Glas auf den Tisch, verschränkte meine Hände im Schoß und sah die beiden Anwälte abwechselnd an.

Signor Venti und Signor Valluzzi standen bereits seit Jahren im Dienst meines Vaters und gingen professionell mit der Situation um. Sie erwiderten meinen Blick ausdruckslos. Ihre in die Jahre gekommenen Gesichter wirkten fahl und leblos. Die inzwischen angegrauten Haare unterstrichen diesen Eindruck und ich fragte mich unwillkürlich, ob ich in dreißig Jahren ebenfalls so aussehen würde, wenn ich mein Leben nicht aus diesem Teufelskreis befreite.

In meine Gedanken hinein begann Signor Venti mit dem ersten Punkt auf der Agenda und ich versuchte angestrengt mich auf seine Worte zu konzentrieren, auch wenn sich das Bild von Emily immer wieder in meine Gedanken schob und mich ablenkte.

In der Regel dauerten diese Termine nie länger als eine Stunde. Und normalerweise war ich immer so umsichtig mein Handy auszuschalten, um den Zorn meines Vaters nicht heraufzubeschwören. Leider hatte ich es dieses Mal vergessen und prompt spürte ich das verräterische Vibrieren in meiner Hosentasche.

Das Geräusch unterbrach die Ansprache von Signor Venti und mein Vater sah mich wütend an. Ich senkte den Blick und holte das Smartphone schnell hervor, um es auszuschalten. Als ich jedoch den Namen auf dem Display las, hielt ich mitten in der Bewegung inne. Emily hatte mich bisher noch nie angerufen. Und tief in meinem Inneren wusste ich, dass sie es auch nicht tun würde, wenn sie nicht in Gefahr wäre.

Ich unterdrückte einen Fluch, auch wenn ich den bohrenden Blick meines Vaters spürte und seine Wut über mir einzubrechen schien. Auf keinen Fall konnte ich Emily wegdrücken!

Mit einem beklemmenden Gefühl und zitternden Händen nahm ich das Gespräch an.

Entscheidungen

»Emily, was ist passiert?«, flüsterte ich besorgt auf Englisch in den Hörer, während ich mich gleichzeitig vom Tisch erhob und mich in eine ruhige Ecke verzog.

»Wo bist du, Luca?« Emily klang ruhig, aber unsicher.

»Ist alles in Ordnung bei dir?« Ich konnte mir nicht vorstellen, dass sie mich anrief, nur um zu fragen, wo ich war. Aber wenn sie tatsächlich in Gefahr wäre, würde sie nicht so ruhig klingen.

»Ja, ich bin bei deiner Tante zu Hause«, antwortete sie nun ungeduldig und ich seufzte erleichtert. Das beklemmende Gefühl auf meiner Brust lockerte sich und ich konnte wieder befreiter atmen. »Sag mir bitte, wo du bist!«, forderte sie nun ungehalten und überraschte mich mit der Dringlichkeit ihrer Stimme.

»Bei Mario. Das habe ich dir doch gesagt«, wisperte ich, als ich aus den Augenwinkeln meinen Vater bemerkte, der sich vom Tisch erhob und auf mich zukam.

»Dann gib mir Mario«, bat sie nun erleichtert.

Ich wandte meinen Blick von meinem Vater ab, der zielstrebig auf mich zusteuerte. Jetzt musste ich nachdenken und mich nicht ablenken lassen.

»Das geht nicht. Er … schläft«, flüsterte ich fast tonlos, als ich meinen Vater hinter mir spürte.

»Luca, du legst jetzt sofort auf und kommst zurück!«, blaffte mein Vater lautstark und ich wusste, dass nicht nur die Restaurantbesucher uns gehört hatten.

»Luca? Wer war das? Sag mir, wo du bist!«, rief Emily nun wieder aufgebracht in den Hörer.

»Ich habe dir gesagt, wo ich bin. Ich kann jetzt nicht reden. Tut mir leid. Bis später.« Und ehe sie oder mein Vater etwas sagen konnte, das die ganze Situation noch verschlimmerte, legte ich auf.

»Wer war das?«, fragte mein Vater nun drohend und ich sah ihn ohne jede Regung an. Auf keinen Fall konnte ich ihm verraten, mit wem ich gesprochen hatte.

»Niemand«, erwiderte ich schlicht. Dieses Wort schmeckte bitter und verursachte mir Übelkeit. »Können wir jetzt bitte zurückgehen?« Mit einem Mal fühlte ich mich schrecklich müde. Die ganze Anspannung der letzten Tage, das ständige Lügen und die Heimlichtuerei zerrten an meinen Kraftreserven und ich wusste nicht, wie lange ich mich noch aufrecht halten konnte.

Guiseppe öffnete bereits den Mund, um etwas wahrscheinlich sehr Unpassendes zu erwidern. Doch als er sah, wie ich mein Handy ausschaltete und wegsteckte, schluckte er seinen Kommentar hinunter, sichtlich zufrieden mit meiner Handlung.

»Ich erwarte ab sofort ein tadelloses Verhalten von dir, Sohn. Immerhin wirst du nach deinem Abschluss als Partner einsteigen. Man soll Respekt vor dir und kein Mitleid haben«, zischte Guiseppe ernst und ich nickte nur. Diese Worte hörte ich bereits seit meiner Kindheit. Sie waren über die Jahre zu so etwas wie einem Familienmotto der Dandolos geworden.

Nachdem mein Vater mich noch einmal mit einem intensiven Blick bedachte, nickte auch er und unsere kurze Unterhaltung war beendet.

Ich folgte ihm zurück an den Tisch. Nachdem wir wieder unsere Plätze eingenommen hatten, führte Signor Venti seine Ansprache fort, als hätte es keine Unterbrechung gegeben.

Leider war es mir unmöglich, ihm auch nur im Ansatz zu folgen. Meine Gedanken kreisten wie ein nervöser Schwarm Bienen um Emily. Es musste einen Grund geben, wieso sie fragte, wo ich war. Sie hatte bisher noch nie an mir oder meinen Worten gezweifelt. Wieso jetzt so plötzlich?

***

Das Gespräch mit den Anwälten dauerte beinah zwei Stunden und mit jeder

Minute, die verstrich, wurde ich angespannter. In meinem Kopf bildeten sich die wildesten Gedanken und Fantasien – in dem Versuch, Emilys plötzliches seltsames Verhalten zu erklären. Wobei jede davon irrwitziger und absurder als die vorherige war. Und trotzdem erschienen sie mir alle so erschreckend logisch, dass meinem Verstand demnächst ein Kurzschluss drohte.

Signor Venti hatte die offiziellen Tagespunkte durchgesprochen und Signor Valluzzi beantwortete brav und unnötig ausführlich alle Fragen, die mein Vater hatte. In mir keimte der Verdacht auf, dass er diesen Termin mit Absicht in die Länge zog, nur um mich zu bestrafen. Er hatte sicherlich längst bemerkt, dass ich ungeduldig auf meinem Stuhl saß und nur darauf wartete, dass Guiseppe das Treffen beendete.

»Ich denke, das wäre es für heute«, schloss mein Vater endlich das Gespräch, als ihm offenbar nichts mehr einfiel, womit er uns an den Tisch binden konnte.

Erleichtert erhob ich mich gemeinsam mit meinem Vater und den Signori, um mich mit einem einstudierten Lächeln und einem Händeschütteln zu verabschieden.

»Luca, bleib bitte noch einen Moment.« Die Worte waren höflich gewählt, aber die gepresste Stimme meines Vaters verriet seinen Unmut. Er würde niemals in aller Öffentlichkeit eine Szene machen. Dafür war ihm das Ansehen der Familie viel zu wichtig. Aber auf diese Art hatte er allen am Tisch subtil klargemacht, dass er mit mir noch nicht fertig war. Mit einem Schlag fühlte ich mich wie ein fünfjähriges Kind.

Die Anwälte meines Vaters zwangen sich zu einem deutlich angespannten Lächeln, verabschiedeten sich hastig und verließen das Restaurant, so schnell sie konnten. Wahrscheinlich aus Angst, mit einer unbedachten Geste den Groll meines Vaters auf sich zu ziehen.

Sobald wir allein waren, ließ sich Guiseppe auf seinen Stuhl sinken und sah mich auffordernd an. »Setz dich, Luca.«

»Ich habe noch einen dringenden Termin, Vater.« Ich gab mir Mühe, die Anspannung und meinen Widerwillen gegen diese Unterhaltung zu unterdrücken.

»Ich sagte, du sollst dich setzen«, zischte er scharf und sein Blick unterstrich seine Worte. Er würde keinen Widerspruch dulden.

Ich biss die Zähne fest zusammen und erwiderte den Blick meines Vaters – unbeugsam, wie ich mich fühlte, während ich mich zurück auf den Stuhl setzte und betont gleichgültig das eine Bein über das andere schlug, die Arme vor der Brust verschränkte und mich nach hinten lehnte. In meinem Kopf kreiste nur die Sorge um Emily – und es grenzte an körperliche Schmerzen, hier sitzen zu bleiben.

»Dein Verhalten heute war völlig unangebracht! Wie konntest du es nur wagen, in diesem Outfit hier aufzutauchen! Und dann ganze zehn Minuten zu spät! Du hast nicht nur dich, sondern auch mich blamiert!«

Mein Vater hatte noch nie Respekt vor mir gehabt, und ich war mir sicher, dass sich dies auch nicht ändern würde.

»Es tut mir leid, Vater. Es gab etwas Dringendes, um das ich mich kümmern musste«, versuchte ich zu erklären, ohne viel preisgeben zu müssen.

Guiseppe funkelte mich erbost an, bevor er mich weiter anfuhr. »Zuverlässigkeit war nie deine Stärke, aber zumindest hattest du Respekt.«

Als ich nichts darauf erwiderte, entstand eine Pause und mein Vater ahmte meine Haltung nach. Sein Zorn schien genauso schnell verschwunden zu sein, wie er zuvor aufgelodert war. Nun las ich nur noch geheucheltes Interesse in seiner Mimik.

»Dann sag mir mal, was so wichtig war, dass du ein bedeutendes Geschäftstreffen verpasst.« Als ich ihm immer noch keine Antwort gab, sondern nur stur auf den Tisch vor mir starrte, sprach er weiter. »Ich hoffe nicht, dass es um dieses Flittchen ging, das mit dir in der Zeitung aufgetaucht ist.«

Ich reagierte nicht auf seine Worte, obwohl Wut in mir hochkochte, als er Emily als »Flittchen« bezeichnete.

»Denkst du wirklich, du könntest dich mit einem leichten Mädchen vergnügen und niemand würde es mitbekommen?« Guiseppe lachte sarkastisch und sein massiger Bauch bebte dabei. »Bist du so naiv, Luca? Hast du in den letzten Jahren nicht gelernt, dass man als Dandolo immer im Fokus der Gesellschaft steht?«

Seine Worte trieben mich an den Rand meiner Geduld. Ich ertrug es nicht, wie er über Emily sprach. Dazu kam die Sorge um sie, die ihr Anruf in mir geweckt hatte. »Sie ist kein Flittchen und kein leichtes Mädchen, wie du es nennst, sondern die Frau, die mein Leben bereichert. Und ich bin nicht hier, um mit dir über Emily zu reden, Vater. Was ich mit meinem Leben anstelle, geht nur mich etwas an«, presste ich zwischen zusammengebissenen Zähnen hervor.

»Ach, das denkst du?« Guiseppe lachte erneut, diesmal laut und herzhaft. »Du bist nur ein kleiner dummer Junge, Luca. Dein Leben gehört dir nicht allein. Du bist ein Dandolo. Und als solcher musst du dein Leben so gestalten, wie es sich für einen Träger dieses Namens geziemt. Aber mach dir keine Gedanken. Sophia wird dir diese Flausen spätestens nach der Hochzeit austreiben.« Guiseppe war sich seiner Worte völlig sicher.

»Es wird keine Hochzeit mit Sophia geben«, erwiderte ich mit deutlich gepresster Stimme. Denn ich hatte meine Wut jetzt kaum noch unter Kontrolle. Aber die Art, wie er mit mir und über mich sprach und auch noch Emily hineinzog, ertrug ich nicht länger.

Die Kraft, die es meinen Vater kostete, nicht seinem gefürchteten Jähzorn zu verfallen, war ihm deutlich anzusehen. Innerlich bedankte ich mich, dass er wenigstens versuchte die Kontrolle zu bewahren, wenn es mir schon nicht gelang. Ich wollte nicht, dass jeder Gast im Hotel mitbekam, zu was mein Vater fähig war, wenn er vor Wut raste.

Doch mit jedem Atemzug wurde er noch ruhiger, während meine Sorge und Anspannung weiter anstiegen.

»Natürlich wird es eine Hochzeit geben. Nur weil ihr beiden euch etwas gestritten habt? Du weißt, wie temperamentvoll Sophia ist. Wenn du dich entschuldigst, wird sie dir verzeihen. Blumen und Schmuck vergrößern deine Chance. Aber das weißt du nach all den Jahren sicherlich selbst.« Seine künstlich höfliche Stimme sollte mir mehr Angst machen, als seine Wut, aber wenn man fünfundzwanzig Jahre lang die Höhen und Tiefen des eigenen Vaters live miterlebt hatte, überraschte einen nichts mehr. Und dennoch war ich auf der Hut.

»Nein, wird es nicht, Vater!«, gab ich zwar respektvoll, aber bestimmt zurück.

»Na schön. Dann erzähl mir von diesem Hirngespinst, das dir offenbar so tief in deinen Gedanken sitzt, dass du dafür deine gute Erziehung vergisst.«

Er wollte mich mit seinen Worten provozieren, damit ich mich um Kopf und Kragen redete. Anschließend würde er mich dann auf erwachsene und sachlich ruhige Art vom Gegenteil überzeugen. So lief es bisher immer ab, aber diesmal nicht. »Das was du ›Hirngespinst‹ nennst, Vater, ist mein völliger Ernst. Ich habe fünfundzwanzig Jahre nach deinen Regeln gelebt und alles getan, was du von mir wolltest. Ich ging auf die Schule, die du für mich ausgesucht hast. Begann das Studium, das deiner Meinung nach das beste für meine Zukunft ist. Ich erfüllte jeden deiner Wünsche.« Guiseppe sah mich ausdruckslos an, während ich versuchte seine Gedanken zu erahnen. Ob er mir wirklich zuhörte, konnte ich nicht sagen, aber ich sprach dennoch weiter. »Mir war die Achtung unseres Namens immer sehr wichtig. Aber in all dem ganzen Ehrgefühl habe ich vergessen, wer ich selbst bin. Ich habe vergessen, was das Leben ausmacht. Wie ich eigene Entscheidungen treffe. Wie sich Freiheit und freier Wille anfühlen. Ich habe vergessen, wie man lebt.«

»Und das hat dir dieses Mädchen gezeigt?«, konterte Guiseppe höhnisch und sah mich abschätzig an.

»Ja«, erwiderte ich schlicht. Ich wollte Emily nicht unnötig in die Sache hineinziehen, aber ich konnte auch nicht verheimlichen, dass sie der Grund für diesen Sinneswandel und den Wunsch nach einer Trennung von Sophia war.

»Du bist ein Narr, wenn du glaubst, dass dieses Mädchen die gleichen Gefühle für dich hegt. Sie ist nur hinter deinem Geld und deinem Namen her. Was hat sie dir schon zu bieten? Sophia ist eine weise Entscheidung. Sie weiß, wie man sich in unseren Kreisen zu verhalten hat. Sie ist eine passende Frau für dich. Und dabei so klug und bildschön.«

Ich zog überrascht die Augenbrauen hoch. Noch nie hatte mein Vater so von Sophia geschwärmt. Wenn er diese Richtung einschlug, begann er anscheinend doch zu glauben, dass ich meine Worte ernst meinte.

»Du irrst dich, Vater. Als ich Emily kennenlernte, wusste sie nicht, wer ich bin. Sie wusste nichts von der Bürde, die auf mir lastet.« Mir war es sehr wichtig, diesen Umstand zu erwähnen und Emily in Schutz zu nehmen, auch wenn Guiseppes Meinung über sie bereits feststand und durch nichts zu ändern war.

»Mach dich nicht lächerlich, Luca. Selbst in Amerika ist der Name Dandolo bekannt.«

»Das ist nicht wichtig«, widersprach ich schnell, aber Guiseppe unterbrach mich, während er sich wieder nach vorn beugte und mich mit seinen dunklen glänzenden Augen gefährlich anblitzte.

»Natürlich ist das wichtig, Luca. Was macht dich so sicher, dass euer Treffen, euer Kennenlernen nicht nur inszeniert war? Vielleicht ist sie genau deswegen nach Venedig gekommen?«

»Wer macht sich jetzt lächerlich, Vater? Wenn Emily nur auf einen vermeintlich reichen, machtvollen Mann aus wäre, hätte sie in Amerika größere Chancen gehabt.« Ich schüttelte vehement den Kopf. »Aber das tut auch nichts zur Sache. Selbst wenn du mit deinen Worten Recht haben solltest, ändert es nicht das Geringste an meiner Entscheidung. Nur deinetwegen lebe ich seit fünf Jahren in einer Beziehung, die seit Monaten eher einer Gefängniszelle als einem Leben gleicht. Aber das ändert sich ab jetzt. Ich will endlich selbst über mein Leben entscheiden und nicht nur aus Pflichtgefühl eine Frau heiraten, die Satans Tochter in Person ist.«

Guiseppe schwieg einen Moment, bevor er den Kopf in den Nacken legte und in schallendes Gelächter ausbrach.

»Das ist dein Problem, Junge? Du kommst mit Sophias Temperament nicht zurecht?« Guiseppe schüttelte amüsiert den Kopf. »Ich dachte, ich hätte dich zu einem starken, ehrenhaften Mann erzogen und nicht zu einer Memme, die bei der kleinsten Schwierigkeit den Schwanz einzieht und sich zu einem Mädchen verdrückt, das ihm schöne Augen macht.« Er lachte noch einen Moment leise vor sich hin, bevor er sich allmählich beruhigte. »Woher willst du wissen, dass deine neue baldracca, die kleine Hure, sich nicht noch schlimmer entpuppt? Immerhin hast du Sophia anfangs auch sehr gemocht. Von Liebe war die Rede!«

Ich wollte protestieren und ihm erklären, dass das nicht stimmte. Dass er sich täuschte und dass Emily ganz anders als Sophia war, aber damit würde ich genau in seine Falle tappen. Also hielt ich den Mund und ballte meine Fäuste unter dem Tisch zusammen. Kanalisierte meine Wut dorthin, um nicht auszurasten und etwas zu sagen, das ich später bereute.

»Wenn das deine Meinung ist, Vater, werde ich daran nichts ändern können. Aber du wirst mich nicht umstimmen. Egal, was du noch von dir gibst. Ich werde morgen früh Diego aufsuchen und mit ihm über die Auflösung der Verlobung sprechen«, sagte ich bestimmt und ruhig, obwohl es mir sehr schwerfiel, weil mein ganzer Körper vor Wut bebte.

Guiseppe Dandolo betrachtete mich noch einen Moment nachdenklich, bevor er sprach. »Dann unterschreibst du damit unser aller Todesurteil, mein Sohn. Sei dir dessen bewusst.«

Ich spürte, wie sich meine Augen vor Anspannung verengten, als ich meinen Vater prüfend anblickte. »Ich weiß sehr wohl, wozu Sophia in der Lage ist, aber Diego wird nicht nur aus Geldgründen eine ganze Familie auslöschen.« Ich klang sicherer, als ich mich fühlte. Seit ich mich erinnern konnte, war mir eingetrichtert worden, wie gefährlich Diego war und wozu er bereit war. Aber jetzt, wo es wirklich darauf ankam, keimten Zweifel daran in mir auf. Ich konnte mir nicht vorstellen, dass er wirklich ein herzloser Killer war.

»Da du sowieso nicht auf mich hören willst, spare ich mir die Worte, dir zu widersprechen. Aber vielleicht beantwortest du mir trotzdem noch diese eine Frage: Was ist denn dein großer Plan, wenn du die Verlobung mit Sophia gelöst hast? Mit dieser … Amerikanerin … zusammen zu sein? Denkst du wirklich, Sophia erlaubt das? Glaubst du, sie lässt euch beide in Ruhe, damit ihr zusammen glücklich werdet?« Guiseppe sah mich ausdruckslos an. »Ich kenne Sophia nicht so wie du, aber ich kenne ihren Vater. Und der Apfel fällt nicht weit vom Stamm, Luca. Vielleicht behältst du Recht und niemand wird verletzt, aber lass mich dir noch eine Sache mit auf deinen suizidalen Weg geben: Diego ist ein Geschäftsmann. Und auf Fehlinvestitionen reagiert er sehr … ungehalten. Es fällt mir nicht schwer zu glauben, dass Sophia sich in all den Jahren die Praktiken ihres Vaters angeeignet hat. Ich denke, der Unfall deines Freundes Mario gestern unterstützt meine These.« Guiseppe beugte sich wissend ein Stück nach vorn und sah mich durchdringend an. »Wenn du jetzt gehst, um dein Leben … zu leben … dann beantworte dir selbst nur folgende Frage: Könntest du mit der Gewissheit leben, dass das Blut unschuldiger Menschen an deinen Händen klebt? Könntest du damit leben, für den Tod deines Bruders verantwortlich zu sein? Den deiner Mutter? Emilys?«

***

Nach dem Gespräch mit meinem Vater verließ ich wutschnaubend das Hotel. Ich wollte nicht zugeben, dass er Recht hatte, obwohl ich es tief in meinem Inneren ahnte. Sophia würde, ungeachtet dessen, was sie in ihrer Suite gesagt hatte, niemals Ruhe geben. Sie würde keine andere Frau an meiner Seite akzeptieren. Dafür war sie viel zu besitzergreifend und rachsüchtig. Von ihrem gekränkten Stolz ganz zu schweigen.

Kaum hatte ich das Gebäude verlassen, machte ich mein Handy wieder an. Meine Finger zitterten so sehr, dass ich einen Moment brauchte, um Emilys Nummer im Adressbuch zu wählen. Kaum hatte sich die Verbindung aufgebaut, ging sofort die Mailbox dran. Mit einem lauten Fluch steckte ich das Smartphone weg und beschleunigte meine Schritte.

Ungewollt drängte sich mir wieder das Gespräch mit Sophia in den Sinn. Sie hatte … viel zu schnell und zu einfach zugestimmt. Das war völlig untypisch für sie! Und ich war zu blind gewesen, es sofort zu sehen.

Ich ballte die Fäuste in meinen Hosentaschen. Was war ich doch für ein Idiot! Wie konnte ich nur ernsthaft glauben, dass ich jemals aus diesem Gefängnis fliehen konnte, ohne mit Konsequenzen rechnen zu müssen. Brauchte ich noch mehr Beweise? Reichten mir Marios verprügelter Körper und Emilys verwüstete Wohnung nicht? Selbst wenn ich es darauf ankommen ließe, wäre das Risiko zu groß.

Ich wäre niemals wirklich frei. Mein restliches Leben würde ich mich sorgen, dass Sophia ihrem Durst nach Rache erliegt, und egal wer dann an meiner Seite war, würde für meinen Egoismus bezahlen müssen. So wie Mario und Emily es bereits getan hatten.

Es gab nur eine Möglichkeit, wie ich diesen Teufelskreis beenden konnte und Emily – oder jede andere Person in meinem Leben – schützen konnte ...

Endlich erreichte ich die Straße, in der sich Elisas Laden und ihr Haus befanden. Ich legte die letzten Meter im Laufschritt zurück und klopfte laut und deutlich an die Haustür meiner Tante, sobald ich davorstand. Geduldig wartete ich darauf, dass Emily mir öffnen würde. Elisa hatte mir zwar ihren Ersatzschlüssel gegeben, bevor wir heute Morgen das Haus verlassen hatten, aber ich wollte Emily nicht durch mein plötzliches Auftauchen erschrecken.

Ich lauschte gespannt, aber weder wurde die Tür geöffnet noch hörte ich irgendwelche Geräusche im Hausinneren. Ich wartete noch einen Moment und blickte suchend durch die Gasse. Aber auch hier war keine Spur von Emily zu finden.

In meinem Kopf überschlugen sich die Gedanken. Vielleicht wollte sie nicht allein sein und besuchte Elisa im Laden? Das konnte ich mir eigentlich nicht vorstellen – besonders in Anbetracht ihres Anrufs. Aber wenn ich sie nicht im Haus finden sollte, würde ich dort als Nächstes nachsehen.

Mit einem weiteren lauten Klopfen versuchte ich Emilys Aufmerksamkeit zu erregen. »Emily, ich bin's.«

Als sich immer noch nichts rührte, zog ich Elisas Ersatzschlüssel aus der Hosentasche und schloss die Tür auf. Leise, um Emily nicht durch ein lautes Geräusch zu erschrecken, betrat ich das Haus.

»Emily? Wo bist du? Ich bin's, Luca!« Ich hielt mitten in der Bewegung inne, um auf eine Antwort zu lauschen, aber es blieb still.

»Emily?« Mit wenigen Schritten erreichte ich das Wohnzimmer, das sich still, unbewohnt und völlig verwüstet vor mir erstreckte. Kissen lagen auf dem Boden verstreut und Bilderrahmen und Vasen in Scherben. Bücher waren aus den Regalen gerissen worden und mischten sich unter die kaputten Erinnerungsstücke meiner Tante. Der Anblick glich Emilys Wohnung und mit einem Mal war mein Kopf leer.

»Emily? Hörst du mich?« Meine Stimme dröhnte durch das Erdgeschoss, während ich mit schnellen Schritten die Küche und den Abstellraum absuchte. Ich wusste selbst nicht, wieso sie sich dort verstecken sollte, aber ich wollte keinen Zentimeter auslassen.

Nachdem ich Emily auch in dieser Etage nicht fand, hechtete ich mit rasendem Puls in das Obergeschoss. Ich hatte Mühe, meine wachsende Panik zu unterdrücken, und wäre beinah über meine eigenen Beine gestolpert, als ich die Stufen hochhastete. Meine schweißnassen Hände rutschten am Treppengeländer ab.

»Emily?« Das erste Zimmer, das rechts von der Treppe abging, war das kleine Badezimmer. Die weiß geflieste, um die sechs Quadratmeter große Nasszelle war leer.

Mit einem Fluch stürmte ich auf das Schlafzimmer zu, dessen Tür geschlossen war. In meinem Kopf herrschte absolutes Chaos und gleichzeitig spürte ich ein dumpfes Pochen in meiner Brust, als würde mich mein Unterbewusstsein auf etwas Schreckliches vorbereiten wollen.

»Emily?« Ich riss die Tür auf und mein Blick huschte wild suchend durch das Zimmer, bis er an einem offenbar bewusstlosen Körper hängenblieb, der auf dem Boden lag. Emilys blonde Haare hingen ihr wirr im Gesicht und ihre wunderschönen kornblumenblauen Augen waren geschlossen.

Verrat

Ich atmete erleichtert aus, als ich bemerkte, wie sich Emilys Brust hob und wieder senkte. Auf den ersten Blick schien sie unverletzt.

»Porca Madonna! Emily!« Ich kniete mich vor sie. Immer wieder sagte ich ihren Namen, während ich ihr die Haare aus dem Gesicht strich und versuchte sie zu wecken. »Emily? Hörst du mich?« Als sie nicht reagierte, packte ich sie an der Schulter und rüttelte sie heftig. Es war mir egal, auch wenn ich ihr wehtat. In diesem Moment würde ich sie ohrfeigen, wenn ich wüsste, dass es ihr half, die Augen zu öffnen. Tief in meinem Inneren war mir klar, dass ich einen Notarzt rufen musste, aber ich war wie erstarrt. Meine Gedanken waren träge wie Sirup und ich konnte mich nur auf dieses blasse Gesicht konzentrieren. Niemals würde ich es mir verzeihen, wenn Emily etwas passiert war, nur weil ich zu dumm gewesen war, um mich von ihr fernzuhalten.

Ihr Kopf bewegte sich schwerfällig von links nach rechts – und ich befürchtete, mit meiner groben Handlung eben mögliche Verletzungen verschlimmert zu haben.

»Emily ... bitte wach auf!«

Erst nach einigen endlosen Sekunden öffnete sie die Augen und blickte mich verstört an. »Luca? Oh Luca!« Sofort schluchzte sie heftig los und ihr zarter Körper wurde von einem Beben erschüttert.

In diesem Moment war ich so erleichtert, weil sie endlich aufgewacht war, dass ich sie einfach nur fest an meine Brust drückte und mir vornahm, sie nie wieder loszulassen.

»Emily! Was ist passiert?« Ich zog sie an mich und hielt sie wie ein kleines Mädchen im Arm, während sie weinte und zitterte.

Sie war nicht in der Lage zu antworten und ich bedrängte sie nicht, auch wenn es mich innerlich fast zerriss, nicht zu wissen, was geschehen war. Aber jetzt war das Wichtigste, dass es ihr gut ging – zumindest den Umständen entsprechend.

Ich hielt sie fest an mich gedrückt und wünschte mir, ihr irgendein Lied vorsummen zu können, aber meine Mutter war nie die Art Frau gewesen, die abends Lieder sang oder Geschichten vorlas. Daher musste ich mich damit begnügen, ihren schmalen Körper an mich zu drücken und ihr beruhigend über den Rücken zu streichen.

Es dauerte lange, bis Emily sich beruhigt hatte, aber irgendwann versiegten ihre Tränen und sie wischte sich über das Gesicht, bevor sie mich ansah. Ihre Haut war blass, ihre Augen waren rot und aufgedunsen. Ihre Wimperntusche – verschmiert.

»Ich hatte schreckliche Angst um dich, Stellina.« Ich hauchte ihr einen sanften Kuss auf die Stirn. »Hast du Schmerzen? Soll ich dich ins Krankenhaus bringen?« Ich wollte den Gedanken, dass Emily unter ihrer Kleidung verletzt war, nicht an mich heranlassen. Er würde mir den Verstand rauben.

Zu meiner grenzenlosen Erleichterung schüttelte sie ermattet den Kopf, verzog aber dann schmerzgepeinigt das Gesicht. »Nein, es geht schon. Ich habe nur starke Kopfschmerzen.« Sie hob ihren Arm und tastete über ihr wirres Haar. »Aua!«, stieß sie hervor und ließ ihre Hand wieder sinken. »Da ist eine dicke Beule.« Erschöpft schloss sie die Augen und lehnte sich an meine Brust.

»Emily? Ist dir schlecht? Oder siehst du verschwommen? Bitte, du musst mit mir reden!«, flehte ich sie an. Mein Wissen über Verletzungen beschränkte sich auf einen veralteten Erste-Hilfe-Kurs, den Mario und ich mal gemeinsam absolviert hatten.

»Nein … nur Kopfschmerzen«, wisperte sie und ihr Körper erschlaffte wieder. Sofort begann ich sie sanft an der Schulter zu schütteln.

»Emily! Bitte, bleib wach! Erzähl mir lieber, was passiert ist!« Vielleicht war es nicht die beste Idee, sie ausgerechnet jetzt von ihrem Trauma berichteten zu lassen, aber mir fiel nichts Besseres ein, und ich musste sie unbedingt wach halten.

Ihre Lider flatterten und sie hatte Mühe, die Augen zu öffnen, aber als sie mich wieder ansah, war ich so erleichtert, dass ich mir ein aufsteigendes Lächeln nicht verkneifen konnte. Egal, wie unpassend es auch sein mochte.

»Du hast so wunderschöne Augen«, flüsterte sie und am liebsten hätte ich sie für diese Worte geküsst. Nicht als Dank für ihr Kompliment, sondern weil sie hier bei mir war und es ihr den Umständen entsprechend gut ging.

»Du hast offenbar wirklich eine Gehirnerschütterung. Du redest schon wirres Zeug«, erwiderte ich und musste innerlich schmunzeln. Der Moment, als Emily sich dann an einem Lächeln versuchte, beschleunigte das Pochen meines Herzens so sehr, dass ich Angst hatte, es könnte wegen Überanstrengung seinen Dienst versagen.

»Du bist blöd«, konterte sie mit einem verzerrten Grinsen.

»Nein, ich bin verliebt«, flüsterte ich. »Aber jetzt erzähl mir endlich, was passiert ist. Sonst drehe ich noch durch«, fügte ich schnell hinzu, um das Thema zu wechseln.

Immerhin würden meine Worte – und auch meine ehrlichen Gefühle für sie – nichts an meiner Entscheidung ändern. Solange Emily in meiner Nähe war, schwebte sie in Lebensgefahr.

Sie nickte schwach. »Nachdem du gegangen warst, rief mich Thomas an. Er fragte, ob bei mir alles okay sei. Er hatte mitbekommen, wie ich gestern mit meinem Begleiter auf einer Gondel verschwunden war, aber ein wenig später hatte er dann auch mitbekommen, wie mein Begleiter zusammengeschlagen wurde. Weil er mich nirgendwo entdecken konnte, hatte er sich Sorgen gemacht.«

Emilys Worte waren leise, aber deutlich. Ich strich ihr beruhigend über den Rücken, obwohl ich kurz davorstand, mich in den unglaublichen *Hulk* zu verwandeln. Wenn sich herausstellen sollte, dass womöglich diese Ratte Emily verletzt hatte, würde ich ihn eigenhändig umbringen. Ich wusste, dass er mich noch nie besonders gut leiden konnte, aber bisher hatte ich Thomas nicht als Bedrohung angesehen. Ob er sich mit Emily angefreundet hatte, nur um mir eins reinzuwürgen? Egal, was auch immer dahintersteckte, er würde dafür büßen.

»Du kannst nichts dafür, Stellina. Du hast ihm vertraut. Du hast ihn für einen Freund gehalten.«

»Was?« Emily sah mich irritiert an. »Nein! Thomas war das nicht.« Sie schüttelte sachte den Kopf, um ihre Worte zu bekräftigen. »Ich erzählte ihm, dass bei mir zu Hause eingebrochen worden war und dass ich jetzt in einem Hotel wohne. Er wollte zu mir kommen, aber ich wimmelte ihn ab. Er meinte, ich könnte notfalls auch bei ihm wohnen, damit ich kein Hotel bezahlen muss.«

Bei ihren Erzählungen ballte ich die Fäuste und biss fest die Zähne zusammen. Ich würde ihn definitiv niedermachen, auch wenn er offenbar unschuldig war und nur ein beschissenes Timing besaß.

»Ich sagte ihm, dass ich noch viel zu erledigen hätte, und er bot mir seine Hilfe an. Er fragte, ob ich dir schon von dem Einbruch erzählt hätte. Als mein Buddy würdest du mir ja helfen müssen. Daraufhin meinte ich nur, dass ich dich bisher noch nicht erreicht hätte. Er unterbrach mich und sagte, dass er im *Danieli* sei und dich dort gerade gesehen hätte. Wenn ich wollte, würde er dich auf den Einbruch ansprechen. Er wollte mir helfen, aber ...« Nun traten Emily Tränen in die Augen und bei ihrem Anblick brach mir das Herz. »... weil ich dachte, du seist bei Mario, habe ich ihm nicht geglaubt. Ich dachte, er hätte dich verwechselt oder so ...«

Ich zog Emily wieder an meine Brust, wo sie leise schluchzte und sich an den Stoff meines Hemdes krallte, als hätte sie Sorge, ich könnte mich in Luft auflösen.

»Und deswegen hast du angerufen«, führte ich die Geschichte weiter. Langsam begann ich zu verstehen. Und ich Idiot hatte sie abgewimmelt!

»Ja, und dann warst du so komisch ... und ich wurde unsicher. Und dann wolltest du mir Mario nicht geben und im Hintergrund hat dich jemand gerufen ...« Emily wurde mit jedem Wort leiser und ich verstärkte den Griff um sie. Die ganze Situation war nur meine Schuld. Hätte ich sie direkt in meine Pläne eingeweiht, wäre es nie so weit gekommen.

»Was ist dann passiert?«, fragte ich mit zusammengepressten Zähnen. Ich musste alles hören. Vielleicht würde das meine brennende Wut etwas mildern, bevor ich mir dieses hintertückische Subjekt vornahm.

»Ich war so sauer, weil du mich belogen hattest. Dann rief ich Thomas zurück und wir verabredeten uns. Wir wollten uns auf dem Markusplatz treffen. Ich weiß, es war total dämlich, aber ich war so wütend auf dich, und ich wollte aus Trotz nicht auf dich hören. Als ich dann aber da war, kam Thomas nicht. Und als ich ihn anrief, ging er nicht mehr ran. Also bin ich schnell zurückgegangen.« Emily wischte sich die tränenfeuchten Wangen mit den Handflächen trocken und verlagerte ein wenig ihr Gewicht, damit sie mich wieder ansehen konnte. »Luca, ich schwöre dir, ich habe aufgepasst, dass mich niemand verfolgt! Aber kaum war ich wieder im Haus, klopfte es an der Tür. Ich ging ins Wohnzimmer, um von dort aus dem Fenster zu sehen. Da standen zwei große Typen. Solche richtigen Muskelberge. Sie haben noch ein paarmal geklopft und dann war es ganz still. Ich wollte in die Küche gehen, aber da prallte etwas gegen das Fenster und Glasscherben flogen durch das Zimmer. So schnell ich konnte, rannte ich aus dem Wohnzimmer hoch in den ersten Stock. Ich wollte mich da verstecken, als ich Krach und fremde Stimmen gehört habe. Sie müssen durch das Fenster eingestiegen sein.«

Emily sah mich flehend an und ich strich ihr liebevoll über die Wange. »Emily, dich trifft keine Schuld. Du kannst nichts dafür.« Als ihr besorgter Blick nicht verschwand, fügte ich hinzu: »Ich bin nicht sauer. Nur erleichtert, dass es dir gut geht. Alles andere kann man ersetzen.«

»Aber – wenn ich Thomas nicht hätte treffen wollen ...«

»Mach dir keine Vorwürfe, Emily.« Ich hauchte ihr einen Kuss auf die Stirn.

»Ich hätte nicht an dir zweifeln dürfen, Luca. Du hattest bestimmt deine Gründe, wieso du ...«

»Wieso ich dich belogen habe?«, beendete ich ihren Satz und Emily nickte schwach. »Er hatte Recht. Ich war im *Danieli*, um mit Sophia zu reden.« Als Emily geräuschvoll die Luft einsog, sprach ich schnell weiter. »Ich wollte mit ihr Schluss machen. Ich wollte sie davon überzeugen, uns in Ruhe zu lassen. Und sie stimmte der Trennung auch zu, aber ...« Ich presste meine Lippen fest zusammen, als ich an das Gespräch mit meinem Vater dachte. »Als du angerufen hast, saß ich mit meinem Vater im Restaurant. Wir hatten heute ein geschäftliches Treffen mit zwei Anwälten, das ich völlig vergessen hatte.«

»Es tut mir so leid, Luca«, flüsterte Emily und erneut stiegen ihr Tränen in die Augen. Sicherlich wurde ihr jetzt erst richtig bewusst, was alles geschehen war.

»Schhh, schon okay, Bellina. Wir bekommen das wieder hin. Das verspreche ich dir.« Eine weitere überflüssige Floskel, die nichts bedeutete – und dennoch das Einzige war, was ich jetzt erwidern konnte.

»Ist es denn nun vorbei? Ich meine, zwischen dir und Mafia-Barbie?« Emily wischte sich mit dem Ärmel ihres Pullovers über die Wangen. Mein Polohemd reichte ihr offenbar nicht aus.

»Nein, Emily. Ich denke, das wird nie vorbei sein. Sophia wird niemals Ruhe geben. Deswegen dürfen wir uns beide auch nicht mehr wiedersehen. Ich werde mich meinem Schicksal fügen und Sophia heiraten.« Diesen Entschluss zu fassen war die eine Sache, aber die Worte auszusprechen, war etwas ganz anderes. Und als ich Emilys weit aufgerissene Augen sah und ihre leicht geöffneten Lippen ein entsetztes Keuchen hervorbrachten, hatte ich das Gefühl, dass ein Teil meines Herzens für immer aufhörte zu schlagen.

»Nein! Das darfst du nicht! Sie darf nicht gewinnen, Luca!«

Emily versuchte sich aus meiner Umarmung zu befreien, aber ich konnte sie nicht loslassen. Noch nicht. Denn wenn ich sie jetzt losließ, würde ich sie nie wieder berühren können. Und dafür war ich in diesem Moment einfach noch nicht bereit.

»Ich muss, Emily. Es ist die einzige Lösung, um diesen Irrsinn zu beenden. Erst Mario – und jetzt auch noch du.« Ich schüttelte entschieden den Kopf. »Sophia wird nicht aufhören, solange sie nicht bekommen hat, was sie will. Und ich will nicht, dass weitere Menschen meinetwegen verletzt werden.«

Emily sah mich einen Moment fassungslos an, dann verengte sie ihre Augen und ein trotziger, eingeschnappter Blick spiegelte sich in ihrer Mimik. »Du hast mir gesagt, dass wir für unsere Zukunft kämpfen sollen. Dass das zwischen uns mehr als nur ein bedeutungsloser Flirt ist. Und jetzt gibst du auf?« Sie verschränkte die Arme vor der Brust und sah weg.

Sie war gekränkt und verletzt, das wusste ich. Und ein winziger Teil von mir freute sich sogar darüber, denn es würde ihr helfen über mich hinwegzukommen. Wut und Hass waren starke Emotionen, die einen dazu bringen konnten, die schwarze Leere einer gescheiterten Liebe zu überstehen.

»Erzählst du mir noch, was passierte, nachdem die zwei Schläger ins Haus eingedrungen waren?« Es stand außer Frage, dass es Antonio und Philippe waren, aber das wollte ich Emily nicht auch noch verkünden müssen. Sicherlich konnte sie es sich bereits selbst denken.

Sie antwortete nicht und ich unterdrückte einen Fluch. Wie konnte man nur so verdammt stur sein?

»Bitte, Emily. Es ist wichtig. Ich muss wissen, was dann passiert ist«, versuchte ich es erneut und wartete geduldig.

Nach einem tiefen Seufzen fuhr sie fort: »Ich war gerade auf der Treppe, als ich hörte, wie sie die Wohnung verwüsteten. Dann sagten sie etwas auf Italienisch, das ich nicht verstanden habe. Ich wollte gerade die letzten Stufen hochrennen und mich verstecken, als der Blonde mich entdeckte. Er rief den anderen und beide folgten mir die Stufen nach oben. Im Schlafzimmer versuchte ich die Tür abzuschließen, aber da war kein Schlüssel. Ich habe auch nichts gefunden, womit ich mich hätte verteidigen können, als sie ins Zimmer stürmten.«

Emily verlagerte ein wenig ihr Gewicht und ich lockerte meinen Griff. Sofort nutzte sie die Chance, sich von mir loszumachen. Ohne mich anzusehen, kletterte sie von mir herunter und setzte sich auf den Bettrand. Die Kluft zwischen uns, die ich zuvor mit meinen Worten geschaffen hatte, war schmerzhafter als alles, was ich in meinem bisherigen Leben ertragen musste.

»Sie schrien mich wütend an. Ich verstand kein Wort. Doch immer wieder erhaschte ich deinen und Sophias Namen. Dann packte mich der eine und schlug mir ins Gesicht. Ich kam ins Taumeln, er boxte mich in den Magen.« Emily umschlang ihre Körpermitte mit beiden Armen und ich drehte beinah durch, weil ich sie nicht berühren und trösten durfte.

Diese Arschlöcher hatten sich an einer Frau vergangen, die völlig unschuldig war. Aber natürlich war ihnen das egal. Sie führten nur Befehle aus.

»Dann riss der Blonde an meinen Haaren und sagte immer wieder auf

Englisch, dass Sophia mich umbringen wird. Anschließend schlug er mich wieder und ich fiel zu Boden. Dabei muss ich mir den Kopf angestoßen haben. Dann wurde mir schwarz vor Augen und ich erinnere mich an nichts mehr.«

Ich biss mir auf meine geballte Faust, um zunächst einen Aufschrei der Wut zu unterdrücken. Dann fluchte ich, holte aus und schlug mit der rechten Faust gegen den hölzernen Türrahmen, der sich direkt neben mir befand. Das Geräusch dröhnte in der Stille des Zimmers und Emily sah erschrocken auf.

»Luca!« Sie sprang vom Bett, um zu mir zu kommen, aber ich erhob mich nur mit Mühe und drehte mich von ihr weg.

»Schon okay. Mir geht's gut. Wir sollten nicht ...« Aber der Rest des Satzes blieb unausgesprochen. »Ich geh runter in die Küche und suche nach Pflastern«, erklärte ich und wandte mich ab zur Tür, bevor Emily etwas sagen konnte.

Abkommen

In der Küche wickelte ich ein nasses Handtuch um meine aufgeplatzten Fingerknöchel. Ich hatte mich noch nie geprügelt oder meine Wut auf diese Art rausgelassen. Irgendwie war ich froh über die Erfahrung und gleichzeitig erschreckte sie mich. Solche Kontrollverluste kannte ich seit Kindertagen von meinem Vater und bisher dachte ich, dass ich diese Eigenschaft nicht geerbt hatte. Offensichtlich war heute der große Tag der Erkenntnisse.

Ich starrte aus dem Fenster, während ich mit meiner linken Hand mein Handy aus der Hosentasche kramte. Wieso ich ausgerechnet jetzt diesen Anruf tätigte, war mir selbst nicht bewusst, aber meine Finger huschten automatisch über das Display, und als sich die Verbindung aufbaute, hielt ich mir das Smartphone ans Ohr.

»Ciao, amore mio«, flötete Sophia gut gelaunt in den Hörer.

»Hör auf mit dem Mist, Sophia«, unterbrach ich die blonde Schlange. »Wieso hast du deine Cousins auf Emily gehetzt? Ich dachte, wir wären uns einig gewesen.« Ich umklammerte wutschnaubend das Handy und presste die Worte zwischen meinen zusammengepressten Lippen hervor.

»Luca, du kleines Dummerchen«, sagte Sophia fröhlich lachend. »Denkst du wirklich, ich lass dieses Flittchen davonkommen, nur weil du dich von mir getrennt hast?« Sophia machte ein schnalzendes Geräusch, das mir die Nackenhaare zu Berge stehen ließ. »Diese Schlampe ist der Grund, wieso du mich verlassen hast. Und dafür wird sie büßen.«

Eigentlich hätten mich ihre Worte nicht überraschen sollen, und trotzdem waren sie wie ein Schlag in den Magen. Wann war Sophia zu dieser kaltherzigen und bösartigen Intrigantin geworden? Oder war sie das schon immer gewesen, und ich hatte es bisher nicht bemerkt?

»Ich habe nachgedacht«, presste ich leise hervor. »Du hattest Recht. Ich hatte nur kalte Füße. Wir beide gehören zusammen.« Die Worte ertönten, aber ich wusste nicht, wer sie sagte. »Ich habe mich von Emily getrennt. Sie ist Geschichte.« Jedes einzelne Wort schmeckte wie bittere Galle, aber es musste gesagt werden. Sophia würde nur Ruhe geben, wenn sie endlich bekam, was sie wollte.

Einen Moment lang herrschte Totenstille in der Leitung, dann lachte Sophia laut, künstlich – und viel zu glücklich. »Ich wusste doch, dass du zur Besinnung kommst, mein Liebling«, säuselte sie in den Hörer und ich bekam eine Gänsehaut.

»Ja«, brachte ich erstickt hervor. »Dann kannst du Emily jetzt in Ruhe lassen, okay? Sie ist nicht mehr wichtig. Ich ... Ich liebe dich.« Ich fühlte mich matt und leer, ließ den Kopf gegen das kalte Küchenfenster sinken und schloss die Augen.

»Wenn du das wünschst, mein Schatz. Für dich tue ich doch alles, mio tesoro.« Es entstand eine kleine Pause, bevor Sophia wieder das Wort ergriff. »Kommst du nach Hause? Ich würde gerne unsere Versöhnung feiern«, schnurrte sie und Übelkeit ergriff von mir Besitz. Am liebsten hätte ich jetzt einfach auflegen und nie wieder mit ihr sprechen wollen. Aber das würde alles nur schlimmer machen. Um ihr zu beweisen, dass ich meine Worte ernst meinte, musste ich jetzt zu ihr. Aber vorher würde ich mit Elisa sprechen und Emily in ihre Wohnung begleiten.

»Ja, aber erst in ein paar Stunden. Ich hatte heute ein Treffen mit meinem Vater. Er richtete mir aus, dass Mutter mich vermisst. Ich hatte ihm versprochen, sie später zu besuchen.«

Sophia schwieg am Ende der Leitung und ich spannte meine Muskeln an. War ich zu weit gegangen? Erkannte sie meine Lüge? Ich war erleichtert, als sie antwortete: »Okay, ich erwarte dich dann zum Abendessen hier oben.« Nun war die Fröhlichkeit aus ihrer Stimme kaltem, berechnendem Kalkül gewichen. Ehe ich etwas erwidern konnte, hatte Sophia aufgelegt.

Kraftlos ließ ich meine Hand sinken und das Handy glitt mir aus den Fingern. Das Poltern, als das Gerät auf den Fliesen aufschlug, nahm ich kaum wahr.

»Ich gehe jetzt nach Hause. Wenn du nichts dagegen hast, verabschiede ich mich noch kurz von Elisa«, erklang Emilys Stimme hinter mir.

Der Schreck fuhr mir in den Körper, als ich mich umdrehte und Emily sah, die mit ausdruckslosem Gesicht im Türrahmen stand. Wie viel sie wohl von dem Gespräch mitbekommen hatte? Offenbar genug, damit ich den blanken Hass in ihren Augen verdiente.

Anstatt zu antworten, nickte ich nur knapp. Es war gut, dass sie gelauscht hatte. Wenn sie mich hasste, würde sie mir aus dem Weg gehen und Sophia würde sie in Ruhe lassen. Es war richtig. Es war gut. Und wenn ich es mir lange genug einredete, würde ich es vielleicht sogar irgendwann selbst glauben.

***

Emily und ich verließen Elisas Haus und ich schloss die Tür hinter uns ab. Eine unnötige Handlung, da das Wohnzimmerfenster einer öffentlichen Einladung gleichkam.

Wir liefen die paar Meter schweigend nebeneinanderher und hielten so viel Abstand voneinander, dass die dritte unsichtbare Person zwischen uns genügend Platz besaß.

Wir fanden Elisa hinter ihrer Theke, als sie gerade irgendwelche Belege sortierte.

»Dio mio!« Sie schlug sich eine Hand vor den Mund und kam gleich zu uns hervor. »Was ist passiert?« Sie legte Emily ihre Hände auf die Schultern und wollte sie bereits an sich drücken, aber ich versuchte möglichst unauffällig den Kopf zu schütteln. So, wie ich Emily inzwischen kannte, wollte sie jetzt kein Mitleid.

»Antonio und Philippe sind in dein Haus eingebrochen und haben Emily bedroht«, schilderte ich knapp die Ereignisse, ohne zu tief ins Detail zu gehen.

»Was?« Elisa sah mich mit ihren großen Augen ungläubig an. »Geht es dir gut, Bambina? Bist du verletzt?«

Emily schüttelte stumm den Kopf.

»Ich bringe Emily jetzt nach Hause und werde anschließend zurück zu Sophia gehen.«

Elisa zog überrascht ihre Stirn in Falten und sah mich fragend an. »Zu Sophia?« Man sah in ihrem Blick, was sie davon hielt, aber dankenswerterweise hielt sie den Mund.

»Ja«, erwiderte ich knapp. Mehr gab es dazu nicht zu sagen.

»Luca, du bist ein ehrenwerter Mann und ich werde deine Entscheidung nicht in Frage stellen.« Elisa lächelte mich kurz an, dann wandte sie sich wieder Emily zu. »Bambina, ich hatte ein kleines Geschenk für dich. Kannst du es bitte kurz holen? Es ist im Arbeitszimmer, auf dem großen Tisch. In einer schwarzen Tüte. Du kannst es nicht übersehen.«

Emily blickte Elisa unsicher an, schlug meiner Tante diese Bitte aber nicht ab.

Sobald Emily hinter dem schweren Stoffvorhang verschwunden war, beugte sich Elisa zu mir vor. »Du kennst Sophia besser als jeder andere, Luca. Aber ich glaube nicht, dass du diese verzwickte Situation löst, indem du zu dieser Hexe zurückgehst. Wenn du denkst, Emily dadurch schützen zu können, irrst du dich. Sei ehrlich! Sophia wird nicht aufgeben, solange Emily hier ist!«

Elisa sah mich ernst an, und ich wusste, dass sie Recht hatte. Aber was sollte ich tun? Emily aus Italien vertreiben?

»Da ist keine schwarze Tüte«, sagte Emily. Falls sie die angespannte Stille zwischen Elisa und mir bemerkte, ließ sie sich nichts anmerken.

»Oh, tut mir leid, Bellina. Dann habe ich sie wahrscheinlich doch zu Hause vergessen. Ich werde es dir bei Gelegenheit zukommen lassen.« Elisa zwang sich ein fröhliches Gesicht aufzusetzen. »Dann bleibt mir jetzt wohl nichts anderes übrig, als mich zu verabschieden und euch beiden alles Glück dieser Welt zu wünschen.« Meine Tante trat hinter dem Tresen hervor und auf Emily zu. Elisa zog das Mädchen in eine feste Umarmung und hauchte ihr zum Abschied zwei Küsse auf die Wangen. »Pass auf dich auf, Emily.«

Nachdem sich die beiden Frauen voneinander gelöst hatten, kam meine Tante zu mir. »Ich hoffe für dich, Bambino, dass du die richtige Entscheidung getroffen hast.« Elisa zog mich ebenfalls an ihre Brust und hauchte auch mir zwei Küsse auf die Wangen.

Ich nickte steif und unbehaglich.

»Passt auf euch auf, Kinder«, murmelte sie zum Abschied, als wir ihren Laden verließen.

***

Seit wir die kleine Boutique hinter uns gelassen hatten, sprach keiner von uns mehr ein Wort. Wie zwei völlig Fremde liefen wir durch die Straßen auf dem Lido. Während der Vaporettofahrt hatte sich Emily ein ganzes Stück abseits von mir gesetzt und schweigsam auf die Adria geblickt. Der Wunsch, sie anzusprechen oder zumindest neben ihr zu sitzen, war so grenzenlos, dass es die reinste Folter gewesen war, es nicht tun zu dürfen.

Ich dachte an das Gespräch mit Elisa. Würde Emily in Sicherheit sein, sobald ich heute zurück zu Sophia ging? Wahrscheinlich nicht ... Aber was konnte ich sonst tun?

Während ich meinen Gedanken nachhing, hatten wir Emilys Wohnung erreicht und aus einem geöffneten Fenster hörten wir die lauten Stimmen ihrer Vermieter. Offensichtlich hatten sie gerade wieder einen Ehestreit.

»Danke, dass du mich nach Hause gebracht hast«, murmelte Emily erschöpft, als sie die Haustür aufschloss. Wenn sie dachte, dass ich jetzt einfach verschwinden würde, täuschte sie sich jedoch. Auch wenn ich selbst nicht wusste, wieso ich mich so quälte und unbedingt noch einmal mit hochgehen wollte, ertrug ich den Gedanken nicht, dass das hier und jetzt der Abschied war.

Emily schlüpfte durch den Eingang und wollte die Tür schon wieder hinter sich schließen, als ich ihr wortlos folgte.

Sie bedachte mich mit einem funkelnden Blick, drehte sich aber stumm zur Treppe und stieg die Stufen zu ihrer Wohnung hinauf.

***

Das Apartment war nicht mehr wiederzuerkennen. Die Reinigungsfirma hatte innerhalb eines Tages alles aufgeräumt und die neue Ware bereits einsortiert. Zum ersten Mal hatten der Name und die Kreditkarte der Dandolos einen positiven Effekt gehabt.

»Danke für die Sachen.« Emily blieb unsicher mitten im Raum stehen und spielte mit ihrem Schlüsselbund. Sie blickte auf den Boden. Sie sah so zerbrechlich aus. So unschuldig.

»Bitte verlass Italien.« Die Worte waren mir über die Lippen gegangen, ehe ich es verhindern konnte.

»Was?« Jetzt sah sie auf und blickte mich irritiert an. Sicher dachte sie, mich falsch verstanden zu haben.

»Bitte verlass Italien. Flieg zurück in die Staaten.« Ja, es war nur logisch. Elisa hatte Recht! Sophia würde nicht aufgeben, solange Emily in Venedig war.

»Ist das dein Ernst, Luca?«

Ich nickte.

»Das kannst du vergessen! Ich werde nicht mein Auslandssemester aufgeben, nur weil du und deine Mafia-Barbie eure Differenzen nicht klären könnt!« Emily verschränkte ihre Arme bockig vor der Brust und streckte mir trotzig ihr Kinn entgegen.

»Emily, Sophia wird nicht Ruhe geben, solange du hierbleibst. Und du bedeutest mir zu viel, als dass ich dein Leben aufs Spiel setzen möchte.« Ich trat dicht vor sie, doch sie wich automatisch einen Schritt zurück.

»Du hast Sophia am Telefon gesagt, dass du wieder mit ihr zusammen sein willst. Dass du sie liebst.« Emily klang verletzt und ihre Stimme belegt. Ob es von den bereits vergossenen Tränen oder von neuen, noch unterdrückten kam, konnte ich nicht sagen.

»Ich bin dir vom ersten Moment an, als ich dich sah, völlig verfallen, Stellina. Seitdem konnte ich dich nicht mehr vergessen. Du hast mir von der ersten Sekunde an meinen Verstand und mein Herz geraubt.« Ich griff nach ihren Händen und hielt sie fest, als Emily sie mir entreißen wollte. »In dem Augenblick, als ich das erste Mal in deine Augen sah, habe ich mich in dich verliebt. Und das, was ich zu Sophia gesagt habe, waren nur Worte. Aber das hier …« Ich hob ihre Hand und legte sie auf meine Brust, wo mein Herz wild unter ihrer Hand pochte. »Das hier ist die Wahrheit.«

»Ihr Italiener seid so schrecklich impulsiv und leidenschaftlich. Und grauenvoll arrogant. Du kannst doch nicht ernsthaft denken, dass ich dir noch irgendetwas glaube, oder? Du hast mich belogen. Deinetwegen wurde meine Wohnung verwüstet und ich überfallen.« Sie senkte den Blick, ohne einen erneuten Versuch zu starten, ihre Hand wegzuziehen.

»Ich weiß das alles. Und genau deswegen will ich, dass du Venedig verlässt. Ich will nicht, dass du mit ansehen musst, wie ich mit Sophia zusammen bin, obwohl wir beide wissen, dass ich mich nach dir sehne. Und ich will nicht in ständiger Angst leben, dass dir etwas passiert. Es ist die einzige Lösung, il mio angelo.« Ich verlangte Unmögliches von ihr, das war mir bewusst, aber es ging nicht anders.

Einen Moment sahen wir uns schweigend in die Augen und mein Herz raste, als die kalte Wut aus ihren Augen wich und sich ein verliebtes Funkeln breitmachte.

»Luca …«

Die Art, wie Emily meinen Namen flüsterte, verursachte mir eine Gänsehaut und ich konnte nicht mehr widerstehen. Mit einer fließenden Bewegung griff ich in ihren Nacken und presste meine Lippen auf ihre, als würde mein Leben von diesem Kuss abhängen.

Gerade als ich dachte, dass Emily mich von sich schieben würde, legte sie ihre Hand in meinen Nacken und zog mich fester zu sich heran. Sie öffnete ihre Lippen und forderte Einlass. Ihr Atem mischte sich mit meinem. Ihre Zunge glitt in meinen Mund und ich hieß sie sehnsüchtig willkommen. Es war bereits viel zu lange her, seit wir uns das letzte Mal geküsst hatten.

Meine freie Hand begann über ihre Wange zu streichen, bis sie an ihrem Hals liegen blieb. Ich konnte ihren erhöhten Puls spüren. Der Kuss wurde intensiver und das Kribbeln in meinem Bauch verstärkte sich.

»Du schmeckst so süß, Stellina«, flüsterte ich gegen ihre Lippen und öffnete meine Augen, nur um ein letztes Mal in ihren zu versinken.

»Du bist wirklich unglaublich …«, raunte Emily, nachdem wir unsere Lippen atemlos voneinander gelöst hatten.

Mein Herz raste vor Anstrengung und Verlangen. Still forderte es eine Wiederholung.

»Du auch«, hauchte ich voller Leidenschaft und drängte mein Becken weiter an ihren Körper.

»So meinte ich das nicht.« Emily stemmte ihre Handflächen gegen meine Brust und versuchte mich ein wenig von sich wegzuschieben. Ihre Wangen glühten und ihre Augen strahlten. Meine eigene Sehnsucht spiegelte sich in ihrem Blick wider.

»Wie meintest du es dann?« Ich war sichtlich verwirrt und konnte ihr nicht folgen.

»Draußen wartet der Weltuntergang auf uns und wir haben nichts anderes im Kopf, als wie zwei hormongesteuerte Teenager übereinander herzufallen. Du hast es geschafft, mir völlig den Verstand zu verdrehen, Luca.«

»Und weil es mir genauso geht, möchte ich dich in Sicherheit wissen, Stellina. Ich weiß, was ich von dir verlange, ist viel. Aber hier bist du nicht mehr in Sicherheit«, redete ich mit Nachdruck auf sie ein.

Emily biss sich auf die Lippe und verengte ein wenig die Augen. Sie dachte ernsthaft über meine Bitte nach. Ich sah den bröckelnden Widerstand in ihrem Blick.

»Ich habe kein Flugticket, keinen Pass, überhaupt nichts. Diese Gorillas haben alles verwüstet. Ich kann nicht so einfach ausreisen. Ich muss erst neue Papiere beantragen. Und das kann Wochen dauern, Luca.« Emily klang nun schon unsicherer. Offenbar sah sie endlich ein, dass ich Recht hatte.

Sie machte einen Schritt von mir weg, aber ich folgte ihr sofort. Ich durfte ihr keine Gelegenheit geben, nachzudenken und ihre Meinung zu ändern.

»Ich bringe dich zur Botschaft. Wir erklären ihnen das Problem.« Ich ging wieder auf Emily zu, die weiter zurückwich. »Mit genug Geld und meinem Namen als Pfand kann ich vielleicht etwas erreichen.« Ich folgte Emily, bis sie nicht weiter von mir weggehen konnte, da sie bereits mit dem Rücken an der Zimmerwand stand. »Bitte«, wisperte ich ihr zu und drückte mein Becken gegen ihren Körper, um ihr jeden Fluchtweg abzuschneiden. Mein Verstand war losgelöst von meinem Körper und das Blut rauschte in meinen Ohren.

»Ich ...«, hauchte Emily schwach und blickte mich mit großen hungrigen Augen an. »... kann mich nicht konzentrieren.«

»Das brauchst du nicht. Hör auf dein Herz. Was sagt es dir?«, flüsterte ich leise und senkte mein Gesicht, bis es nur noch wenige Zentimeter von ihrem entfernt war.

»Dass ich dich will«, hauchte sie fast tonlos und ein Schauer durchfuhr meinen Körper. Noch nie hatten mich ein paar wenige Worte so in den Bann gezogen wie diese.

Während unsere Lippen miteinander verschmolzen und unsere Zungen einander umspielten, bahnten wir uns einen Weg zu der Matratze mit frisch bezogener Bettwäsche, die das Möbelhaus geliefert hatte und die auf dem Boden lag.

»Ich dachte immer, es ist nur so ein Vorurteil, dass ihr Italiener so tolle Liebhaber seid«, sagte Emily gerade, als ich sie auf das Nachtlager legte und ihren Körper mit meinem bedeckte.

Ich senkte die Lippen wieder auf ihre und zog sie dabei fest an mich heran.

Nur zu willig erwiderte sie den Kuss und fuhr mit ihren Händen über meinen Rücken. Dann zog sie den Saum meines Polohemds ein Stück weit hoch, um mit ihren Fingern über meine nackte Haut zu streichen.

»Wir sollten das nicht tun«, nuschelte sie in den Kuss hinein und ich hob meinen Kopf, um in diese wunderschönen blauen Augen zu blicken, die mich regelrecht dazu zwangen, in ihnen zu versinken.

»Nein, das sollten wir wirklich nicht.« Ich biss ihr sanft in die Unterlippe, was Emily dazu brachte, ihren Oberkörper aufzubäumen.

Sie stöhnte leise und es war der sinnlichste Klang, den ich jemals gehört hatte. Ich war mir sicher: Wenn ich jetzt nicht diese Wohnung verließ, würde ich mich nicht mehr zurückhalten können. Viel zu oft hatte ich bereits von dieser Frau und ihrem Körper geträumt.

»Dann sollten wir wohl aufhören, oder?« Ich senkte meine Lippen wieder auf ihre und hinderte Emily so an einer Antwort, während ich weiter ihre Taille umfasste und meine Hände unter den Stoff ihres Pullovers schob. In diesem Moment konnte ich nur daran denken, wie unglaublich schön sie war und wie weich ihr Körper sich anfühlte.

»Ja, das sollten wir …« Emily griff nach meinem Polohemd und zog es mir vom Körper.

»Ich wünschte, wir müssten nicht aufhören«, hauchte ich erregt gegen ihre sinnlichen Lippen und glitt mit meiner Hand über die samtweiche Haut an ihrem Bauch.

»Dann … lass uns nicht aufhören.« Ihre Worte waren kaum mehr als ein Flüstern und ich dachte schon, mich verhört zu haben, als sie mich ein wenig von sich schob und sich gleichzeitig aufsetzte, um sich mit einer geschmeidigen Bewegung ihren Pullover über den Kopf zu ziehen.

»Emily …«, hauchte ich – unfähig einen klaren Gedanken zu fassen. Bei dem Anblick ihres perfekten Körpers stöhnte ich leise auf. Wie oft hatte ich bereits von diesem Moment geträumt? Wie oft waren meine Gedanken bereits in diese Richtung gewandert? Es gab nichts auf der Welt, dass ich mir sehnlicher wünschte, als mich und meine Gefühle völlig in die Hände dieser Frau zu geben – und sei es nur für diese eine Nacht.

Emily sah mir tief in die Augen und in ihrem Blick spiegelten sich einmal mehr meine Sehnsucht und mein Verlangen wider. Und in diesem Moment wusste ich, dass wir beide uns diese Art von Abschied wünschten …

Unsere Lippen fanden erneut zueinander und mit dem Kuss, der folgte, gaben wir unseren Gefühlen und Sehnsüchten füreinander nach.

Wahrheiten

Am nächsten Morgen, als ich aufwachte, lag Emily an meine Brust gekuschelt und atmete friedlich. Ihre nackte Haut war warm und weich, und ich vergrub automatisch meine Nase in ihrem Haar, nur um ihren betörenden Duft nach frischen Erdbeeren einzuatmen.

Meine Gedanken glitten zurück an die letzte Nacht und sofort begann mein Herz zu rasen. Ihre Haut, ihr Köper. Sie raubte mir alle Sinne und wie ein Süchtiger bekam ich nicht genug von ihr. Mein einziger Lebensinhalt bestand darin, diese Frau für den Rest meines Lebens glücklich zu machen. Leider wurden die Freude und das Glücksgefühl, das mich umgab, viel zu schnell von der Realität verdrängt …

Mit einem Schlag war mir gerade klar geworden, dass ich die ganze Nacht hier verbracht hatte! Wir mussten eingeschlafen sein, nachdem wir uns geliebt hatten. Und Sophia hatte mich gestern Abend noch zurückerwartet!

Mit einem lauten Fluch erhob ich mich von der Matratze und begann meine Kleidung zusammenzusuchen.

Emily erwachte von meinen hektischen Bewegungen und rieb sich noch völlig verschlafen über das Gesicht. Mühevoll öffnete sie die Augen. Als sie mich ansah, zuckten sofort ihre Mundwinkel, als würde sie ebenfalls an die letzte Nacht denken.

»Buongiorno, Bello«, säuselte sie verträumt. Doch ihr Lächeln verblasste. »Was ist los, Luca, mein Schöner? Ist wieder etwas passiert?«

»Nein, nein«, beruhigte ich sie schnell und sie atmete erleichtert aus. Dann reckte sie sich und die Bettdecke rutschte auf ihrem nackten Körper bis zu ihrem Bauch herunter. Der Anblick ließ meinen Körper direkt reagieren. »Du bist so bildschön, principessa.« Mit keiner Macht der Welt hätte ich mich in dem Moment von diesem Anblick losreißen können.

»Wieso bist du dann so hektisch?« Emily zog sich die weichen Laken über ihren Körper und versperrte mir somit den himmlischen Anblick. Aber zumindest konnte ich mich dadurch auf ihre Worte konzentrieren.

»Weil ich zu Sophia muss. Sie hatte mich bereits gestern Abend erwartet. Ich will mir nicht vorstellen, wie wütend sie ist.«

Ein harter Ausdruck huschte über Emilys engelhaftes Gesicht und mit einem Seufzen ließ sie sich wieder in die Kissen sinken. »Die letzte Nacht war auch zu schön, um wahr zu sein. Na, dann los. Renn zu deiner Verlobten. Und vergiss nicht, mich zur Hochzeit einzuladen.« Wütend verschränkte Emily ihre Arme vor der Brust und starrte an die Wand gegenüber.

»Du weißt, dass ich keine Wahl habe, Stellina. Ich tue das, um euch zu schützen. Meine Familie. Und besonders dich. Deswegen möchte ich auch, dass du dich jetzt anziehst, ein paar Sachen packst und auf meinen Anruf wartest. Ich werde jemanden schicken, der dich abholt und zum Flughafen bringt. Ich werde von unterwegs mit der Botschaft telefonieren und ihnen alles erklären.« Während des Sprechens hatte ich mich bereits angezogen und schlüpfte jetzt nur noch in meine Schuhe.

»Luca, du kannst mir sagen, was du willst. Ich fühle mich trotzdem wie die billige Affäre eines Mannes, der nach dem Sex sofort zu seiner Frau nach Hause muss.«

»Denk das nicht, il mio angelo. Du weißt, dass es so nicht ist.« Ich kniete mich vor Emily auf die Matratze und nahm ihre Hände in meine. »Auch wenn unsere Beziehung keine Zukunft hat, bereue ich keine Sekunde.« Als sie mich ungläubig ansah, sprach ich schnell weiter. »Du kennst mein Leben nicht. Alles wurde mir immer vorgegeben. Keine Entscheidung durfte ich jemals selbst treffen. Seit meiner Kindheit stand fest, dass ich das Chemiewerk meines Vaters übernehmen muss, egal, was ich mir für meine Zukunft wünschte. Als es dann zu Schwierigkeiten und dem Deal mit Diego kam, wurde die Hochzeit mit Sophia beschlossen. Anfangs konnte ich mich mit der Idee noch anfreunden, aber … Sophia weiß, welche Macht sie über mich hat – und dass ich ihr nicht entkommen kann. Und das nutzt sie immer wieder aus.« Emily blickte mich mit traurigen Augen an und ich versuchte ihr ein aufmunterndes Lächeln zu schenken. »Auch wenn ich jetzt zurück in mein Gefängnis muss, werde ich die Zeit mit dir niemals bereuen. Du hast mir gezeigt, was Freiheit ist. Und dafür werde ich dir bis zu meinem letzten Atemzug dankbar sein.«

Emily sah mich mit gerührtem Blick an. »Wie hast du es nur geschafft, dass ich mich so hemmungslos in dich verliebt habe? Wie konntest du nur in so kurzer Zeit solche Gefühlen in mir wecken?« Auch wenn sie sich Mühe gab, locker und unverbindlich zu klingen, spürte ich genau, wie ernst sie ihre Worte meinte und wie schwer es ihr fiel, das zuzugeben.

»Und weil das so ist, und ich genauso empfinde, Stellina, musst du dich jetzt anziehen. Sophia wird ausflippen, wenn sie erfährt, dass wir miteinander geschlafen haben. Deswegen musst du mir jetzt unbedingt zuhören, Emily! Ich werde jemanden schicken. Solange du also nichts von mir hörst, darfst du unter keinen Umständen deine Wohnung verlassen«, flehte ich und Emily nickte ergeben.

»Okay.« Sie senkte den Kopf. »Ich werde dich vermissen, Luca«, flüsterte sie unter Tränen und mein Herz kam aus dem Takt.

»Ich werde dich niemals vergessen, Emily.« Ein letztes Mal beugte ich mich vor, hob ihr Gesicht mit meiner Hand und legte meine Lippen auf ihre. Dieser Kuss hatte nichts mit Liebe oder Leidenschaft zu tun. Er war voller Trauer, Schmerz und Kummer.

Als Emilys Körper zu beben begann, riss ich mich mit letzter Kraft von ihr los und verschwand aus der Wohnung, ohne sie noch ein letztes Mal anzusehen.

***

Anderthalb Stunden später stand ich vor dem Anwesen der Familie Roux. Sie hatten ihre Villa auf dem Festland in Mestre, genau wie meine Eltern, nur etwas weiter außerhalb. Sophia begründete die Lage mit »Privatsphäre«, ich mit »Schutz für illegale Tätigkeiten« und irgendwie hatten wir wohl beide Recht.

Nachdem ich Emilys Wohnung verlassen hatte, rief ich sofort Sophia an, die mich jedoch wegdrückte und mir anschließend eine schlichte SMS schickte, in der stand, dass sie bei ihren Eltern war.

Also fuhr ich mit einem Taxi nach Mestre, wo ich beim Anwesen meiner Eltern mein Auto holte. Da Fahrzeuge in Venedig verboten waren, brauchte ich meinen *Fiat Barchetta* so gut wie nie. Aber das Anwesen der Familie Roux erreichte man nur mit einem eigenen Wagen. Kein Taxi oder ein anderes öffentliches Verkehrsmittel würde diesen Weg jemals fahren.

Nachdem ich mich so weit beruhigt hatte, dass ich meinen zitternden Körper unter Kontrolle hatte, ging ich zum Eingang und benutzte den altmodischen Türklopfer. In all den Jahren war ich erst zwei-, maximal dreimal hier gewesen und ich nutzte den Augenblick, mir das Anwesen genau anzusehen. Die dunkle Fassade wirkte kalt und abweisend. Die verspiegelten Fenster, die keinen Einblick ins Innere des Hauses gestatteten, verstärkten den Eindruck noch.

Nach einigen Sekunden wurde die Tür von einem streng dreinblickenden Butler geöffnet, der keine Miene verzog, als er mich sah. Ohne ein Wort zu sagen, trat er zur Seite und wies mich mit einer Geste an, ins Haus zu kommen. Wie ich mir bereits gedacht hatte, wurde ich erwartet.

Stumm folgte ich dem Butler hinein. In Gedanken versuchte ich mich krampfhaft an seinen Namen zu erinnern, aber jedes Mal, wenn ich dachte, ihn zu haben, verflüchtigte er sich wie sich auflösender Nebel. Der Mann arbeitete nach Sophias Aussage schon ewig für Diego Roux und war dank seiner Loyalität zu einem festen Mitglied der Familie geworden. *Genauso wie Francesco,* dachte ich bitter. Der verkalkte Concierge war der größte Schleimer unter der venezianischen Sonne und ich war mir sicher, dass er Sophia berichtet hatte, dass ich am letzten Sonntag mit Emily im Hotel erschienen war. Nur dass es zu dem Zeitpunkt noch gar nichts zu vermelden gab – und nach heute auch nie wieder.

Wir gingen durch einen schmalen Flur, der von dunklem Holz getäfelt und mit einem dunkelroten Teppich ausgestattet war. Als wir vor einer verschlossenen Tür ankamen, deutete der Butler eine Verbeugung an und zog sich dann diskret zurück.

Ich blickte dem Mann noch einen Moment nach und holte einmal tief Luft, bevor ich die Hand hob, um anzuklopfen. Aber die schwere dunkle Holztür schien sich automatisch wie von Geisterhand zu öffnen, noch ehe meine Fingerknöchel die Oberfläche berührten. Ich ließ meine Hand sinken und trat ein.

In dem geräumigen Zimmer entdeckte ich Diego hinter seinem Schreibtisch. Er sah wie immer frisch und ordentlich aus. Er trug einen dunkelblauen Nadelstreifenanzug – mit weißem Hemd und blutrotem Einstecktuch. Die dazu passende Krawatte war ebenfalls rot und seine Manschettenknöpfe blitzten im Licht der Deckenlampe auf. Sein seltsam altersloses Gesicht hatte ein paar Krähenfüße, aber ansonsten deutete nichts auf die Jahre hin, die er bereits verlebt hatte. Seine dunklen Augen blickten mich durchdringend an, aber seine Mimik blieb ausdruckslos.

Erst als die Tür sich wieder geräuschvoll schloss und ich einen Blick über meine Schulter warf, entdeckte ich, wer mir geöffnet hatte.

Sophia.

»Ciao, Luca«, sagte sie gut gelaunt und trat hinter ihren Vater. »Ich habe dich letzte Nacht vermisst.«

»Entschuldige, Sophia. Ich habe bei meinen Eltern völlig die Zeit vergessen. Und Mutter hat mich überredet, mal wieder eine Nacht dort zu verbringen.«

»Ach wirklich?« Sophia zog ihre perfekt geschwungene Augenbraue in die Höhe. »Du hättest mir Bescheid sagen sollen. Ich habe mir Sorgen gemacht. In letzter Zeit hört man immer wieder von Einbrüchen und Überfällen.« Sie bedachte mich mit einem bösartigen Grinsen und ich musste mich auf meine Atmung konzentrieren, um meine Wut im Bauch unter Kontrolle zu halten.

»Es tut mir leid. Beim nächsten Mal werde ich nicht so rücksichtslos sein«, brachte ich etwas gepresst hervor.

»Ich denke, es wird kein nächstes Mal mehr geben«, säuselte sie. Wusste sie etwa von letzter Nacht oder bildete ich mir die doppelte Bedeutung ihrer Worte nur ein? »Aber du kommst genau rechtzeitig. Ich habe gerade mit Vater über unsere Hochzeit gesprochen. Wir sind beide der Meinung, dass es Zeit wird, einen Termin festzulegen. Und ich möchte unbedingt eine Maihochzeit. Das heißt … wir werden schon in sieben Wochen heiraten«, quiekte sie aufgeregt und strahlte mich an, als wäre das eine erfreuliche Nachricht.

»Das … das ist … großartig«, brachte ich unter Qual hervor. Ihre Worte schlugen wie eine Abrissbirne ein und raubten mir den Atem.

Sophia öffnete den Mund, um etwas zu sagen, wurde aber direkt von ihrem Vater unterbrochen. »Ich hoffe sehr, Luca, dass deine Freude bis zur Hochzeit glaubwürdiger wird. Oder hat dein Vater es verpasst, dir beizubringen, wie man sich im Kreis seiner Familie zu benehmen hat?« Auch wenn Diego ruhig und kultiviert sprach, stellten sich die feinen Härchen auf meinen Armen und in meinem Nacken auf.

Ich ballte die Hände zu Fäusten und schluckte meinen bissigen Kommentar hinunter.

»Vater, Luca ist nur ein wenig müde und gestresst. Immerhin macht er sich Sorgen um seinen Freund. Sei nicht so hart zu ihm.« Sophia blickte mich liebevoll an und in diesem Moment begann ich ernsthaft an ihrem Verstand zu zweifeln. Trotzdem nickte ich, obwohl niemand nach meiner Meinung gefragt hatte.

»Wir sind schon mal die Gästeliste durchgegangen. Ist es sehr schlimm, wenn wir Mario nicht einladen? Irgendwie denke ich, dass seine Anwesenheit unpassend wäre.«

Mechanisch – wie ein Roboter – schüttelte ich den Kopf. Ich war sogar erleichtert, dass Sophia mich nicht zwang Mario einzuladen. Ich wollte nicht, dass er mit ansah, wie ich in diese lebenslängliche Tortur einwilligte.

»Gut. Denn ich weiß nicht, ob er bis dahin wieder fit sein wird. Ich habe gehört, es hat ihn ordentlich erwischt.« Sophia lachte künstlich und warf ihre langen blonden Haare über die Schulter.

Mit jeder weiteren Spitze, die sie gegen Mario feuerte, schwoll meine Wut weiter an. Ich ballte die Fäuste und spürte, wie das Adrenalin durch meinen Körper pulsierte. Lange würde ich mich nicht mehr unter Kontrolle halten können.

»Sophia, es reicht. Du hattest deinen Spaß. Du hast gewonnen. Ich bin zurückgekommen. Jetzt lass Mario aus dem Spiel. Er hat seine Lektion gelernt. Genauso wie ich.«

»Aber, aber Luca. Ich bin noch lange nicht am Ende. Wir steuern gerade erst das große Finale an.« Sophia zwinkerte mir verschwörerisch zu und ich blickte sie nur irritiert an.

»Wie meinst du das?«

»Lass dich überraschen. Ich verspreche dir, du wirst es nicht verpassen. Aber jetzt sollten wir wieder über die Hochzeit reden.« Sie beugte sich über die Schulter ihres Vaters und sah auf den Tisch. Von meinem Standpunkt aus konnte ich nicht erkennen, was dort lag und ihre Aufmerksamkeit forderte. »Ich bin wirklich froh, dass du noch zur Vernunft gekommen bist, Luca. Ich hätte Vater nicht davon überzeugen können, dich am Leben zu lassen, wenn du dich anders entschieden hättest.«

»Il mio cuore, du weißt, dass ich ihn nicht aus Freude umgebracht hätte. Damit hätte ich nur die Schuld deines zukünftigen Schwiegervaters beglichen«, sagte Diego beinah gelangweilt. »Aber es wäre eine Verschwendung gewesen, nachdem er sich solche Mühe gegeben hat Luca am Leben zu halten, da hast du natürlich Recht.«

Ich war verwirrt, blickte Sophias Vater direkt an. »Was meinst du damit, Diego? Worauf spielst du an?«

Er erhob sich und schritt um den Tisch herum. »Offenbar hat dir Guiseppe nie die ganze Wahrheit über dein Leben erzählt. Tja, dann hole ich das gerne nach. Es wird langsam Zeit. Alt genug bist du inzwischen allemal.« Diego lehnte sich an die Tischkante und verschränkte seine Arme vor der Brust. »Erinnerst du dich an Samuele? Er war ungefähr zehn Jahre älter als du und mein erster und einziger Sohn.« Als ich Diego verständnislos ansah, zuckte er nur mit den Schultern und sprach weiter. »Das wundert mich nicht. Du warst erst fünf, als Samuele bei deinem Vater in der Fabrik mit seiner Lehre anfing. Er sollte dort lernen und später studieren, um nach seinem Abschluss im Vorstand zu arbeiten. Aber … nach ein paar Monaten gab es einen Unfall in dem Werk. Einer der Arbeiter hatte seinen Platz nicht ordentlich verlassen und eine der Maschinen war explodiert, als Samuele daran arbeitete. Er war sofort tot.«

Sophia, die hinter Diego stand, senkte betroffen den Kopf und bekreuzigte sich, als würde sie für ihren toten Bruder beten. Ich überschlug schnell im Kopf die Jahreszahlen. Sophia war damals erst drei Jahre alt gewesen und ich konnte mir nicht vorstellen, dass sie sich noch an Samuele erinnerte.

»Nach altem italienischem Recht schuldete dein Vater mir nun dein Leben.« Diego sprach völlig ungerührt, als würde er über den Ersatz eines Kleidungsstücks sprechen.

Fassungslos starrte ich Diego an. »Was? Wieso? Vater hat ihn doch nicht umgebracht! Es war ein Unfall!«, schrie ich aufgebracht. Aber Diego schüttelte nur den Kopf.

»Samuele stand unter dem Schutz und der Aufsicht deines Vaters. Hätte Guiseppe sein Personal besser ausgewählt, wäre dieser Unfall nicht geschehen.«

Ich öffnete den Mund, um zu protestieren, aber Diego sprach bereits weiter und so schwieg ich.

»Dein Vater bot mir seine Firma und sein Vermögen an, um die Schuld zu begleichen, aber Geld und Macht besaß die Familie Roux schon immer zur Genüge. Doch den einzigen Sohn, den Stammhalter, zu verlieren ...« Diegos Stimme bekam einen betroffenen Ton. Trotzdem konnte ich ihn nur sprachlos anstarren. Wieso wusste ich von alldem nichts? Wieso hatte mir nie jemand davon erzählt? »Ich handelte mit deinem Vater aus, dass wir noch zehn Jahre warten würden, bis du dasselbe Alter erreicht hattest wie Samuele, bevor wir die Schuld beglichen, aber zu meiner Missgunst und zu deinem Glück hatte mein Täubchen hier ...« Er deutete vage nach hinten, wo Sophia stand. »... ein Auge auf dich geworfen und gesagt, dass sie dich heiraten will. Und dein Vater war mehr als gewillt, diesem Wunsch zuzustimmen.«

Ich war immer noch fassungslos über Diegos Worte. »Aber ... ich habe Sophia doch erst mit neunzehn kennengelernt. Dann müsste ich bereits ...«

Diego unterbrach mich rüde. »Du hast Sophia bereits einmal auf dem Karneval kennengelernt. Ihr wart beide fünfzehn. Es ist eine Schande, dass du dich nicht mehr daran erinnern kannst, denn dieses Treffen hat dein armseliges Leben gerettet.« Diego stieß sich von seinem Tisch ab und stolzierte wie eine Raubkatze auf mich zu, während ich fieberhaft über seine Worte nachdachte. Ich konnte mich wirklich nicht mehr an den Karneval erinnern, an dem ich Sophia kennengelernt haben sollte.

Erst als Diego vor mir stand und mir mit seinen dunklen, kalten Augen ins Gesicht sah, sprach er weiter. »Du begleichst die Schuld deines Vaters. So oder so. Entweder lebendig, solange dich meine Tochter an ihrer Seite haben will, oder tot, sobald sie deiner überdrüssig geworden ist.«

Die Art und Weise, wie Diego hier von einem Menschenleben sprach, als wäre es nicht mehr wert als ein verrostetes Auto, das auf den Schrottplatz gehörte, jagte mir einen Schauer über den Rücken. Wie konnte ich nur so blind sein? Wieso hatte ich das Ganze nicht früher erkannt? Dann hätte ich vielleicht fliehen können.

»Also, Luca«, begann Sophia gut gelaunt, als hätte dieses ganze Gespräch zwischen Diego und mir nie stattgefunden. »Passt dir der siebte Mai für unsere Hochzeit – oder lieber eine Woche später?«

»Ihr seid krank! Alle beide! Abscheuliche, widerwärtige Mörder! Ihr entscheidet so einfach über das Leben fremder Menschen, ohne euch einen Dreck darum zu scheren. Lieber sterbe ich, als dich zu heiraten, Sophia. Jeden Tag deinem Wankelmut ausgesetzt zu sein und um mein Leben bangen zu müssen ... das ist kein Leben mehr. Wenn das also bedeutet, dass ihr mich gleich hier umbringen wollt, dann soll es so sein. Denn ich sterbe lieber als freier Mann, als mein restliches Leben in Angst dahinzuvegetieren.« Auch wenn meine Stimme ruhig klang, zitterte ich innerlich. In meinem Kopf kreisten die Gedanken. Und zwischendrin tauchte immer wieder Emilys wunderschönes Gesicht auf. So durfte es nicht enden. Nicht, bevor ich sie nicht in Sicherheit gebracht hatte. Nicht, bevor ich nicht ein letztes Mal ihre samtweiche Stimme hören konnte. Ein letztes Mal wollte ich in ihre wunderschönen Augen blicken.

»Luca, du bist gestresst, deswegen sagst du so etwas. Wir sollten Urlaub machen. Frankreich soll schön sein. Oder die Schweiz«, versuchte es Sophia erneut, doch ich schüttelte den Kopf.

»Nein, Sophia. Ich meine das völlig ernst. Ich hätte diese Hochzeit aus einem Pflichtgefühl erfüllt, aber nicht aus Liebe. Denn mein Herz gehört Emily.«

»Dann hoffe ich, dass du sie leichenblass und totenstarr auch noch liebst. Denn das wird sie bald sein!«

Freiheit

»Was? Was meinst du damit?«, spie ich zitternd aus und wollte bereits einen Schritt auf Sophia zugehen, als Diego seine Hand hob und mich innehalten ließ.

Ich warf ihm einen Blick zu, der, wie ich hoffte, meine ganze Verachtung zum Ausdruck brachte. Auch wenn es vielleicht ein Leichtes gewesen wäre, ihn jetzt zu überwältigen, musste ich mich dazu zwingen, ruhig zu bleiben. Eine unüberlegte Handlung würde alles nur schlimmer machen. Ich musste erst erfahren, was Sophias Worte zu bedeuten hatten.

»Was ich damit meine? Du hast doch nicht wirklich gedacht, dass ich diese Hure ungeschoren davonkommen lasse – nach dem, was sie mir angetan hat, oder?« Sophia sah mich ehrlich überrascht an. Als ich nicht reagierte, blickte sie auf ihre Armbanduhr. »Antonio und Philippe müssten gleich mit ihr hier sein. Immerhin möchte ich dabei sein, wenn dieses Miststück seinen letzten Atemzug aushaucht!«

Mit einem Schlag wich mir das gesamte Blut aus dem Gesicht. Mein Kopf war leer und ich konnte Sophia nur fassungslos anstarren, während die Bedeutung ihrer Worte nur langsam in mein Bewusstsein drang. Mein Körper fühlte sich taub an und meine Hände waren schweißnass. Ich war unfähig mich zu bewegen. Die ganze Zeit starrte ich nur Sophias Gesicht an. Das Gesicht, das ich fünf Jahre lang jeden Tag gesehen hatte, ohne zu wissen, zu welchen Taten diese Frau wirklich fähig war.

»Nein! Nein, das ... ist nicht wahr!«, brachte ich stockend hervor. »Du willst mir nur Angst machen.« Automatisch machte ich einen Schritt zurück. Mein Körper handelte instinktiv. Ich hatte keine Kontrolle mehr über meine Bewegungen. Meine Beine schoben sich mechanisch weiter. Schritt für

Schritt. Langsam, bis ich mit dem Rücken an der Tür stand, wich ich zurück – Diego und Sophia stets im Blick.

»Luca, du wirst ihr nicht mehr helfen können. Sie hat sich dieses Schicksal selbst ausgesucht. Sie wusste, worauf sie sich einlässt«, sagte Sophia kaltherzig und verengte ihre Augen ein wenig, aber ich hörte ihr nicht mehr zu.

»Woher wusstest du, wo sie sich befindet?« Die Worte flossen mir einfach über die Lippen, ohne dass ich sie zurückhalten konnte. Obwohl die Antwort nichts an der Situation ändern würde, musste ich es wissen.

»Ist dir eigentlich bekannt, dass auf unseren gemeinsamem Freund Thomas in den Staaten ein Haftbefehl ausgestellt ist?« Sophia spielte mit einer Haarsträhne, während sie sprach. »Er ist wohl ein kleiner Hacker, unser Amerikaner. Deswegen ist er auch nach Italien gekommen. Er versteckt sich hier. Und als ich ihm androhte ihn ausliefern zu lassen, war er plötzlich sehr erpicht darauf, mir zu helfen, Informationen über meinen untreuen Verlobten zu sammeln. Also hat er mir berichtet, dass ihr beiden Turteltäubchen auf dem Ball verschwunden seid. Und gestern hat er mir dabei geholfen, dieses Flittchen zu finden, damit Antonio und Philippe ihr einen Besuch abstatten konnten. Und nachdem ihr beide gestern das Haus deiner Tante verlassen hattet, ist er euch gefolgt. Und heute Morgen, als du euer kleines Liebesnest verlassen hattest, rief er mich an und berichtete mir davon.«

»Woher weißt du das über ihn?« Sophia hatte zwar Einfluss, aber sie wäre niemals durch bloßen Zufall auf diese Information gestoßen. Sie musste einen Tipp bekommen haben.

»Ach, das war nicht schwer, Luca. Kennst du noch meine Freundin Mariella aus der Tanzschule? Thomas hatte sich ausgerechnet in sie verguckt. Wie klein doch die Welt ist, nicht wahr? Und mit seinen wachsenden Gefühlen wurde er sehr redselig und hat ihr von seinem kleinen Geheimnis berichtet.« Sophia schüttelte tadelnd den Kopf. »Ich hätte ja nicht gedacht, dass sich diese Information jemals als nützlich erweisen könnte, aber nachdem ich dieses Foto von dir und diesem Miststück in der Zeitung entdeckt hatte, war er irgendwann erste Wahl, ihn als Spitzel einzusetzen, um ein wenig über diese Hure herauszufinden.« Sophia verengte ihre Augen und funkelte mich erbost an.

Sobald ich die Klinke in meinem Rücken spürte, tasteten meine Finger über das glatte Holz, bis ich das kalte Messing in der Hand spürte. Sofort riss ich die Tür auf und rannte auf den Flur. Ohne innezuhalten, lief ich den Gang entlang, bis ich die Haustür erreichte und fluchtartig das Anwesen verließ.

Wie konnte Thomas nur so dumm sein? Er wusste doch genau, dass er mit diesem Anruf möglicherweise Emilys Todesurteil unterschrieben hatte.

Ich stand vor meinem Auto und fischte mit zitternden Händen mein Handy aus der Tasche. Drei Versuche benötigte ich, bis Emilys Nummer auf dem Display erschien und sich die Verbindung aufbaute. Es klingelte sechs Mal. Sechs unerträgliche Rufzeichen lang musste ich warten, bis die Mailbox ansprang. Fluchend steckte ich mein Handy wieder weg und rannte zu meinem Auto. Meine Bewegungen waren fahrig und ich hatte Probleme, den Schlüssel ins Schloss zu führen und den Motor zu starten. Als das Röhren endlich erklang, presste ich meinen Fuß auf das Gaspedal und die Reifen drehten sofort durch. Dann endlich schoss der Wagen vorwärts.

Ich raste die einzige Straße, die zum Anwesen hin und zurück führte, entlang. Wenn Antonio und Philippe mit Emily hierherfuhren – und ich betete stumm, dass Sophia in diesem Punkt die Wahrheit sagte –, dann würde ich ihnen auf der Straße begegnen.

Und dann?

Darüber würde ich mir Gedanken machen, wenn es so weit war. Gerade war ich nicht in der Verfassung für einen genauen Plan. Ich wusste nur, dass ich handeln musste. Irgendwie. Niemals würde ich mir verzeihen, wenn dieses unschuldige, schöne, kluge Mädchen meinetwegen sterben sollte.

Verdammt! Wieso hatte ich es so weit kommenlassen? Am liebsten hätte ich meinen Kopf gegen das Lenkrad geschlagen. Immer und immer wieder, aber ich musste mich auf die Fahrt konzentrieren. Jede Sekunde war entscheidend.

Ich war noch keine vier Kilometer gefahren, als mir der erste Wagen entgegenkam. Ich erkannte leider zu spät, dass es ein roter *Audi* war. Als mir bewusst wurde, dass es Sophias Auto war, rissen meine Hände das Lenkrad automatisch nach links. Mein schwarzer *Fiat* rutschte quer über die Straße, bis – nur einen Wimpernschlag später – ein Aufprall auf der Beifahrerseite den Wagen erschütterte.

Durch die überhöhte Geschwindigkeit überschlug sich mein Auto mehrfach und blieb anschließend mit dem Dach auf der Straße liegen. Mein Kopf wurde noch einige Male hin und her geschleudert, der Gurt fesselte mich an den Sitz und ich hing wie eine leblose Marionette in der Luft. Der Aufprall presste mir die Luft aus den Lungen. Das Blut sammelte sich in meinem Kopf und erschwerte mir das Denken. Ich hob meine Hände in dem Versuch, mich abzuschnallen, aber ich glitt immer wieder vom Verschluss ab. Schweiß und Tränen brannten in meinen Augen und ich brauchte einen Moment, um zu verstehen, wieso meine Hände so glitschig waren.

Nach mehrmaligem Blinzeln schaffte ich es, meinen Blick zu klären, und erkannte endlich meine blutverschmierten Hände. Ich musste mich an den Scherben der zerborstenen Seitenscheibe geschnitten haben, aber darauf konnte ich jetzt keine Rücksicht nehmen.

Ich startete einen weiteren Versuch, mich aus dem Sitz zu befreien, und tastete nach dem Schloss des Sicherheitsgurtes. Ich drückte auf den Verschluss, aber durch das Gewicht meines Körpers war die Entriegelungssicherung aktiv. So würde ich mich nicht befreien können. Unwillkürlich stieß ich einen wütenden, hilflos klingenden Schrei aus. Der Ausbruch half mir für einen Moment wieder klar zu denken. Ich musste mich konzentrieren.

Meine vom Schweiß nassen Haare fielen mir ins Gesicht und ich strich sie mir aus den Augen, nur um schmerzhaft zusammenzuzucken, als ich meine Schläfe berührte. Ich wusste nicht, ob das frische Blut an meinen Fingerspitzen von meinem Kopf oder meinen Händen kam, aber ich ignorierte den Schmerz und tastete nach einer der größeren Glasscherben. Die spitze Kante schnitt schmerzhaft in meine Haut, als ich sie umklammerte und versuchte, damit den Gurt aufzuschneiden.

Immer wieder warf ich panische Blicke nach draußen, aber der *Audi* stand dampfend quer über der Straße und nichts rührte sich.

Nach qualvollen Minuten hatte ich es endlich geschafft. Der Gurt gab reißend nach und ich fiel auf Knie und Hände. Den stechenden Schmerz, der durch meinen Körper zischte, ignorierend, versuchte ich die Autotür zu öffnen. Aber der Aufprall hatte sie verklemmt.

Ich trat die restlichen Scherben aus dem kaputten Seitenfenster und zwängte mich hindurch. Meine Handlungen waren instinktiv, mein Kopf war leer. In dieser Situation war ich unfähig zu denken. Ich konnte nur handeln.

Sobald ich draußen war, taumelte ich schnaufend und keuchend auf den *Audi* zu, als sich die Beifahrertür öffnete und Antonio ausstieg. Auch er war voller Blut und aus einer Wunde an seinem Kopf floss immer wieder neues. Ob er mich schon gesehen hatte, wusste ich nicht, aber er war durch einen Hustenanfall abgelenkt und so rannte ich an ihm vorbei zum Fond des *Audis* und riss die Tür auf.

Emily lag bewusstlos auf der Rückbank und ihr flacher Atem peitschte mein Adrenalin weiter an. Sie lebte und auf den ersten Blick war sie auch unverletzt. Was ein Wunder war, denn diese Drecksäcke hatte sie nicht angeschnallt und sie musste ordentlich umhergewirbelt worden sein.

Auf dem Fahrersitz saß Philippe, aber er rührte sich nicht. Wenn ich Glück hatte, war er lange genug bewusstlos, damit ich mit Emily fliehen konnte.

Ich griff nach ihren Händen, um sie aus dem Auto zu ziehen, als eine Hand auf meiner Schulter landete. Reflexartig drehte ich mich herum und blickte in Antonios Gesicht. Seine blonden Haare klebten ihm am Kopf und sein markantes Gesicht mit den stahlgrauen Augen und der krummen Nase war von Schnitten und Blut verdreckt. Sein Dreitagebart ließ ihn schmuddelig und wild aussehen und seine kleinen Augen starrten mich wütend an.

»Du Idiot! Wolltest du uns alle umbringen?« Antonio raste vor Wut und holte mit seiner Faust aus, um mich zu schlagen. Dem ersten Schlag konnte ich noch ausweichen, indem ich mich duckte, aber der zweite traf mich an der Brust und verfrachtete mich ins Wageninnere, wo ich über Emily liegen blieb.

»Lasst sie gehen. Sie ist unschuldig«, schrie ich und spuckte einen Klumpen Blut aus. »Diego will mich.«

»Das ist schön für Diego, aber die Kleine steht auf Sophies Abschussliste. Also verschwinde und versuch dich zu verstecken. Dann macht das Jagen noch mehr Spaß.« Antonio lachte heiser, was ihm wieder einen Hustenanfall bescherte.

Ich nutzte die Chance, um an seine Waffe zu kommen, die er normalerweise immer in der Jackentasche hatte. Aber mein Griff ging ins Leere. Die Waffe war nicht da.

»Suchst du die hier?«, fragte Antonio spöttisch und winkte mit dem 9mm-Selbstlader in seiner Hand. Mir entglitt ein Fluch, während ich versuchte mich weiter schützend vor Emily aufzubauen.

»Lasst sie gehen«, sagte ich noch einmal so bestimmt, wie ich nur konnte, aber Antonio lachte mir nur wieder ins Gesicht.

»Halt die Klappe oder ich schieße dir ins Bein. Das wird dich wenigstens ablenken, damit wir deine Donnaccia zu Sophia bringen können. Wir haben sie gewarnt, die kleine Schlampe, aber sie wollte ja nicht auf uns hören!« Antonio kam mit seinem Oberkörper näher an mich heran, wahrscheinlich um mich aus dem Auto zu zerren, als ich ihm mit meinem Bein in den Magen trat.

Der Koloss kam ins Wanken und ich sprang aus dem Wagen und griff nach der Pistole, aber Antonio hatte sie weiterhin so fest umklammert, dass ich sie ihm nicht entreißen konnte. Wir rangen darum, als sich ein Schuss löste.

***

Einen Atemzug lang stand die Welt still. Ich wartete darauf, dass der Schmerz einsetzte, aber er kam nicht. Dann blickte ich auf, doch auch Antonio sah unverletzt aus. Dafür schnaufte er wütend. Er blickte über meine Schulter Richtung *Audi* und ein Knurren kam über seine Lippen. Sofort sah ich mich um und entdeckte Emily, die fassungslos auf ihre Hände starrte, die zitternd eine Waffe umklammerten.

»Stupido! Weißt du nicht, dass das kein Spielzeug ist? Philippe! Wie dämlich! Die Schlampe hat deine Waffe gefunden. Beweg dich endlich, Mann!« Aber Philippe lag immer noch bewusstlos auf der Fahrerseite und rührte sich nicht.

Antonio nutzte die Ablenkung und riss an meiner rechten Hand. Durch den Ruck drehte ich mich herum und stieß mit dem Rücken gegen seine Brust. Gleichzeitig zerrte er meinen linken Arm auf den Rücken und hielt ihn mit eisernem Griff fest. Den Arm – er hielt noch immer die Waffe in der Hand – drückte er gegen meinen Hals, so dass ich kaum noch Luft bekam. Verzweifelt versuchte ich mit meiner freien rechten Hand von ihm loszukommen. Vergeblich! Und auch mit dem Ellbogen gelang mir kein Treffer.

»Leg die Waffe auf den Boden, bevor du noch jemanden verletzt, Bambina. Oder deinem Lover hier passiert was.«

Emily starrte reglos vor Angst in meine Richtung und ein unablässiger Strom Tränen rann ihr über die Wangen. Auf den ersten Blick sah sie unverletzt aus, aber wenn mir nicht bald was einfiel, könnte sich das noch schlagartig ändern.

»Tu, was er sagt, Emily.« Meine Stimme war nicht mehr als ein Röcheln und ich hoffte, dass sie mich überhaupt gehört hatte.

Emily brauchte einen endlos langen Moment, bis sie den Befehl verstand und ausführte, aber dann legte sie die Waffe, als könnte sie jeden Moment explodieren, auf den Boden und hob langsam ihre Hände. Eine Geste, die sie sicherlich aus Hunderten von Filmen kannte und die ihr jetzt passend erschien.

»Braves Mädchen, und jetzt vorsichtig mit dem Fuß wegtreten.« Während sich Antonio auf Emily konzentrierte, nutzte ich den Moment und stieß ihm meinen Ellbogen in den Magen. Überrascht und schmerzgepeinigt ließ er meinen Hals los und krümmte sich nach vorn, während ich mich gleichzeitig von ihm losriss und auf Emily zutaumelte.

Ich griff nach der Pistole, die noch unbewegt auf dem Boden vor Emilys Füßen lag, und drehte mich zu Antonio um.

Instinktiv legte sich mein Finger um den Abzug.

Der erste Schuss ging daneben. Aber ich ließ Antonio nicht die Zeit, sich darüber zu freuen, und feuerte gleich das ganze Magazin hinterher. Die Rückstöße waren härter, als ich in Erinnerung hatte, aber das Adrenalin half mir mich zu konzentrieren. Nachdem ich ein weiteres Mal den Abzug betätigt hatte, aber keine Kugel mehr im Magazin war, bemerkte ich, dass

Antonio sich überrascht mit seiner freien Hand an die Brust griff. Zwischen seinen Fingern quoll unaufhörlich Blut hervor.

»Vai al diavolo! Verdammt, geh zum Teufel …«, spuckte der Koloss röchelnd zwischen seinen Lippen hervor und ein weiterer Knall zerriss die Stille.

»Nein!« Emilys Schrei hallte ohrenbetäubend durch die Landschaft und verlor sich in der Ferne.

Der Schmerz setzte nur langsam ein und ich blickte überrascht auf meinen Bauch, den meine Hand reflexartig umklammerte. Genau wie bei Antonio quoll frisches glänzendes Blut hervor und meine Knie knickten ein. Wenige Herzschläge später glitt ich zu Boden.

»Nein! Luca! Bitte … nicht …! Bitte, stirb nicht!« Emily kniete sich neben mich und zog meinen Kopf auf ihren Schoß, während sie meine Taschen nach meinem Handy durchsuchte.

»Cuore mio. Mein Herz. Meine Seele.« Ein Husten unterbrach meine geröchelten Worte und ich wollte nach Emilys zitternder Hand greifen, die mit großer Anstrengung versuchte die blutende Wunde in meinem Bauch zu stoppen, während die andere über den Bildschirm meines Handys glitt. »Bitte, du musst mir was versprechen …«

»Schhh … Luca. Sei leise. Bitte.« Emily klemmte das Handy mit ihrer Schulter an ihr Ohr und sprach nun zu der Stimme am anderen Ende der Leitung.

»Hallo? Hallo? Hören Sie mich? Sprechen Sie Englisch? Ja? Okay, es gab eine Schießerei. Mein Freund wurde getroffen … ich weiß nicht, wo wir sind. Auf dem Festland irgendwo! Ja! Ich wurde entführt! In Mestre! Ich glaube, wir sind immer noch auf dem Festland! Ja … mit einem Auto! Können Sie das Signal orten?« Es entstand eine kleine Pause und Emily sah sich panisch um. »Hier ist nichts. Nur eine Landstraße …« Sie sprach weiter, aber ich spürte, wie meine Kraft langsam schwand. Ich hatte nicht mehr viel Energie, gegen die seltsam dröhnende Kälte und Müdigkeit anzukämpfen.

»Emily … bitte hör mir zu …«, strengte ich mich an ihr zuzuflüstern.

Aber mein blonder Engel ignorierte mich und telefonierte weiter. »Ja! Beeilen Sie sich! Bitte!« Dann legte sie auf und warf das Handy fluchend auf den Boden, wo es über den Asphalt schlitterte und dann zum Liegen kam.

»Luca, halte durch. Sie haben gesagt, sie kommen. Sie haben das Signal gefunden.« Tränen rannen Emily unaufhörlich über die Wangen und brachten ihre kornblumenblauen Augen zum Leuchten. Ihre Lippen zitterten und in diesem Moment wünschte ich mir nichts mehr, als sie ein letztes Mal küssen zu dürfen.

»Emily, bitte. Il mio bellissimo angelo. Versprich mir, mein wunderschöner Engel ... dass du mich und unsere gemeinsame Zeit ... nie ... vergisst!«

»Nein, Luca! Sag das nicht! Sag das nicht!« Sie presste ihre Augen fest zusammen und noch mehr Tränen rannen ihr über die Wangen, bis sie ihr vom Kinn herabtropften.

»Küss mich ... noch ein ... einziges Mal«, brachte ich mit letzter Kraft heraus.

Emily riss ihre Augen erschrocken auf und ich sah in ihrem Blick, dass sie widersprechen wollte. Sie wollte sich weigern, aber irgendetwas veranlasste sie ihre weichen warmen Lippen auf meine eiskalten zu legen.

Ein letztes Mal durfte ich ihren süßen Duft – gepaart mit ihren salzigen Tränen – kosten und in diesem Moment war ich in meinem persönlichen Himmel und hatte keine Angst oder Schmerzen mehr. In diesem Moment war ich frei.

***

Ich hatte mir nie Gedanken über meinen Tod gemacht. Wann er käme oder wodurch. Wenn man jung ist, gibt man sich der Vorstellung hin, alle Zeit der Welt zu haben. Aber das Ende kann schneller kommen, als man denkt.

Nicht jeder kann von sich behaupten, dass er die letzten Stunden seines Lebens glücklich verbracht hat. Ich hingegen kann sogar behaupten, dass ich die letzten Stunden meines Lebens mit der einzigen Frau verbracht habe, die ich jemals aufrichtig und aus tiefstem Herzen geliebt habe. Frei und glücklich.

Epilog

Dicke, schwere graue Wolken bedeckten den Nachmittagshimmel, als zwei Dutzend schwarz gekleidete Personen auf einer Wiese standen und einem Pfarrer lauschten, der aus der Bibel vorlas. Er sprach über das Leben, die Liebe und den Tod. Und dass Gott den jungen, viel zu früh verstorbenen Luca Dandolo in sein Himmelreich aufnahm, wo er selig über die Hinterbliebenen wachen würde.

Emily Bishop stand in der hintersten Reihe und hatte den Kopf zum Gebet gesenkt. In der Hand hielt sie einen Strauß Kornblumen. Sie weinte nicht. Nicht mehr. In den letzten sieben Tagen hatte sie nichts anderes getan, so dass für heute keine Tränen mehr übrig waren.

Rechts neben ihr standen ihre Eltern, die gestern wegen der Beerdigung angereist waren und anschließend mit Emily zurück in die Staaten fliegen würden. Sie hatte es Luca versprochen und sie würde ihr Versprechen halten.

Direkt vor Emily stand Elisa, die ebenfalls keine Träne mehr vergoss. Links neben Emily waren Mario und Fabio, Lucas engste Freunde. Sie waren Emily in den letzten Tagen eine wertvolle Stütze gewesen. Immer wieder hatten sie sie besucht und von lustigen, schönen, rührenden und auch traurigen Momenten erzählt, in denen Luca die Hauptrolle spielte. Sie hatten Emily gehalten, wenn sie wieder in Tränen ausbrach und sich am liebsten die Haare vom Kopf gerissen hätte – als Buße für ihre selbst auferlegte Schuld an Lucas Tod.

Auch Signora Catalano erschien zweimal täglich in Emilys Apartment, um nach dem Rechten zu sehen. Sie brachte dann immer köstlich duftendes Essen mit, das Emily jedoch nicht anrührte, bis Mario sie dazu zwang, sich wie ein Kleinkind füttern zu lassen.

Elisa kam ebenfalls ein paar Mal vorbei, blieb ein wenig und schloss sich den Erinnerungen an ihren Neffen an.

Emily wurde wieder und wieder gefragt, wieso sie nicht ihr Apartment verließ und in ein Hotel zog. Immerhin erinnerte diese kleine Wohnung an die schreckliche Zeit, die sie erleben musste. Aber niemand von ihnen wusste, dass Emily in genau diesen achtundzwanzig Quadratmetern zugleich auch die schönste Erinnerung ihres Lebens erfahren durfte.

»Vater unser im Himmel …« Der Pfarrer begann das Abschlussgebet und die Trauergäste stimmten leise mit ein.

Emily hatte Lucas Familie entdeckt. Ebenso Sophia, die sich weinend an der Schulter eines älteren, adrett gekleideten Mannes ausweinte. Emotionslos fragte sich Emily, ob das ihr Vater Diego war, aber eigentlich interessierte es sie gar nicht.

Nach Lucas Tod begann die Polizei zu ermitteln. Emily – ebenso wie Elisa, Mario und auch Fabio – machte ihre Aussage, aber irgendwann erfuhr sie, dass die Ermittlungen wegen fehlender Beweise eingestellt wurden. Sie war sich sicher, dass dies der Macht und Einflussnahme von Diego Roux geschuldet war.

Neben Sophia stand ein junger Mann und im ersten Augenblick dachte Emily, dass es Thomas war. Aber dieser befand sich bereits wieder in den USA, wo ihm der Prozess gemacht werden sollte. Durch die Ermittlungen an Lucas Tod war Thomas' Identität aufgedeckt worden und er wurde umgehend ausgewiesen.

Dank Fabio, der wie immer einen unerschöpflichen Fundus an Informationen, Klatsch und Tratsch erfahren hatte, kannte Emily die ganze Geschichte und jede noch so unschöne Einzelheit über Lucas Tod und wie Thomas daran beteiligt war.

Zu der Bestattung waren auch ein paar von Lucas Kommilitonen erschienen. Ebenso der Rektor der Universität. Sie alle waren gekommen, um Abschied von Luca Dandolo zunehmen.

»… Amen.« Der Pfarrer hatte das Gebet beendet und sechs junge starke Männer traten aus der ersten Reihe auf den elfenbeinfarbenen Sarg zu, um ihn mit Manneskraft in das frische Grab hinabgleiten zu lassen. Sobald der Sarg seine endgültige Ruhestätte gefunden hatte, traten die Trauergäste in einer Schlange gereiht auf das Grab zu. Lucas Vater, seine Mutter und sein kleiner Bruder waren die ersten, die Blumen und eine kleine Schippe voll frischer Erde auf den makellosen Sargdeckel niederprasseln ließen, ehe Maria Dandolo weinend auf die Knie fiel. Sie schluchzte leise und so theatralisch, dass Emily sich unweigerlich fragte, ob die Gefühle der Frau echt waren. Lucas Erzählungen nach hatte Emily berechtigte Zweifel daran.

Nach wenigen Sekunden trat ihr Ehemann neben sie und mit Hilfe eines weiteren Emily völlig fremden Mannes schafften sie es, gemeinsam die weinende Frau von dem Grab wegzubringen. Anschließend traten andere Trauergäste heran, um sich zu verabschieden.

Emily bewegte sich keinen Zentimeter. Sie stand ganz am Ende der Schlange und die Distanz zu der Person vor ihr wurde mit jedem Augenblick größer. Emilys Eltern wollten sie mit sanften Worten zu dem Grab leiten, aber Mario bedachte das ältere Ehepaar mit einem zarten Kopfschütteln und sie ließen von Emily ab. Nur Mario blieb bei ihr stehen, ohne sie anzusprechen.

Erst als der letzte Trauernde das Grab verlassen hatte und der Pfarrer die Anweisung gab, das Grab zu füllen, schaffte es Emily, ihre Lethargie abzuschütteln.

Mario bedeutete dem Pfarrer mit einer stummen Bewegung, noch einen Moment zu warten.

Mit steifen Gliedern trat Emily an das Grab und blickte hinab. Der Sarg war bereits unter einer dünnen Erddecke begraben, aber sie musste das edle Holz nicht sehen, um zu wissen, dass er dort war. Dass Luca darin lag, wusste sie auch so. Immerhin streifte sie seit Tagen durch Venedig und klapperte alle Plätze und geheimen Orte ab, die sie gemeinsam mit Luca besucht hatte, nur um ihm nahe zu sein. Und jeden Abend, wenn sie in ihrem kleinen Apartment weinend aus einem Albtraum erwachte, griff sie nach ihrem Handy und rief seine Nummer an, die sie inzwischen auswendig kannte, nur um seine Stimme auf der Mailbox zu hören.

An all das dachte Emily gerade, als sie vor dem Grab stand, in dem Luca

Dandolo lag. Der Mann, der ihr in einer Woche mehr Liebe geschenkt hatte, als sie in ihrem jungen Leben bisher jemals erleben durfte.

Es dauerte einen Moment, bis Emily in der Lage war, ihre Gedanken und Gefühle in Worte zu fassen. »Ich werde dich und unsere gemeinsame Zeit niemals vergessen, Signor Luca Pepé.«

Ihre Worte waren leise und wurden vom kräftigen Wind davongetragen, kaum dass sie ihre Lippen verließen. Aber Emily war sich sicher, dass Luca sie hören konnte. Und das genügte ihr. Schließlich war er auch der Einzige, der verstehen würde, was diese Worte bedeuteten.

Sie hob den Strauß Blumen an die Lippen, hauchte einen letzten liebevollen Kuss auf die blauen Blüten und warf den Strauß mit einer zärtlichen Bewegung in das Grab. Dann zog sie die übergroße Sonnenbrille, die zuvor Luca gehört hatte und in ihrem Haar steckte, auf ihre Nase.

»Niemals … Das verspreche ich dir.«

DIE MACHT DER GEFÜHLE
TAUCH EIN IN ROMANTISCH-FANTASTISCHE GESCHICHTEN.
IMPRESS
#IMPRESSBOOKS
ALLES VON IMPRESS HIER:
IMPRESSBOOKS.DE

VERBOTENE LIEBE

Anna Savas

FORBIDDEN LOVE STORY. WEIL ICH DIR BEGEGNET BIN

ISBN 978-3-551-30109-3

Softcover

Auch als E-Book erhältlich

Schon als Vesper Alex zum ersten Mal über den Weg läuft, fühlt sie sich unwiderstehlich zu ihm hingezogen. Seine leuchtend grünen Augen scheinen direkt in ihr Herz zu blicken. Bis sie ihm bei einem Essen mit ihrer Mutter und deren neuem Verlobten samt Familie wiedersieht. Und ihnen wird klar, dass ihre Liebe niemals sein darf.

Veronika Mauel

KAI & ANNABELL 1: VON DIR VERZAUBERT

ISBN 978-3-551-30069-0

Softcover

Auch als E-Book erhältlich

Sie gehen seit Jahren auf dieselbe Schule und haben noch nie miteinander gesprochen: Annabell, die behütete Arzttochter, und Kai, der jede Nacht mit seiner Gang um die Häuser zieht. Doch was sie voneinander trennt, ist letztlich, was sie verbindet. Wie sehr sie einander brauchen, merken sie jedoch erst, als sich die ganze Welt gegen sie stellt.

IMPRESS

WWW.IMPRESSBOOKS.DE

Impress

Die Macht der Gefühle

Unser Versprechen für mehr Nachhaltigkeit
- Klimaneutrales Produkt
- Papiere aus nachhaltiger Waldwirtschaft
- Hergestellt in Europa

MIX
Papier aus verantwortungsvollen Quellen
FSC® C083411

Impress
Ein Imprint der Carlsen Verlag GmbH
Juni 2021

Lektorat: Dietlind Koch
Umschlagbild: shutterstock.com / © Svyatoslava Vladzimirska / © NikaMooni / © Irina Vaneeva / © BK666
Umschlaggestaltung: formlabor
Satz und Umsetzung: readbox publishing, Dortmund
ISBN 978-3-551-30378-3
www.impressbooks.de